SALANA

Die Suche nach dem
vergessenen Zauber

von

Christina Jung

1. Auflage 2025

FSC
www.fsc.org
MIX
Papier aus verantwortungsvollen Quellen
FSC® C083411

Impressum

Bamacher Verlag
Kurt Bamacher
Franz Stelzhamer-Straße 4
A-4840 Vöcklabruck

Tel. +43 664 338 9294
E-Mail: office@bamacher.com

Mitglied der Wirtschaftskammer Oberösterreich

Fachgruppe / Berufszweig:
Buch- und Medienwirtschaft / Buch-, Kunst- und Musikalienverlag

www.bamacher.com

Das Coverbild dieses Werkes wurde mithilfe künstlicher Intelligenz (Artistly) generiert. Das Element wurde anschließend umfassend persönlich überarbeitet und angepasst, um den individuellen Stil der Autorin widerzuspiegeln.

Herstellung und Druck über tolino media GmbH & Co. KG,
Albrechtstr. 14, 80636 München. Printed in Germany.
Fragen zu Produktsicherheit an: gpsr@tolino.media.

Für dich, Papa.

Danke für unsere gemeinsamen Reisen
in die Welt der Geschichten!

Karte von Beleriem

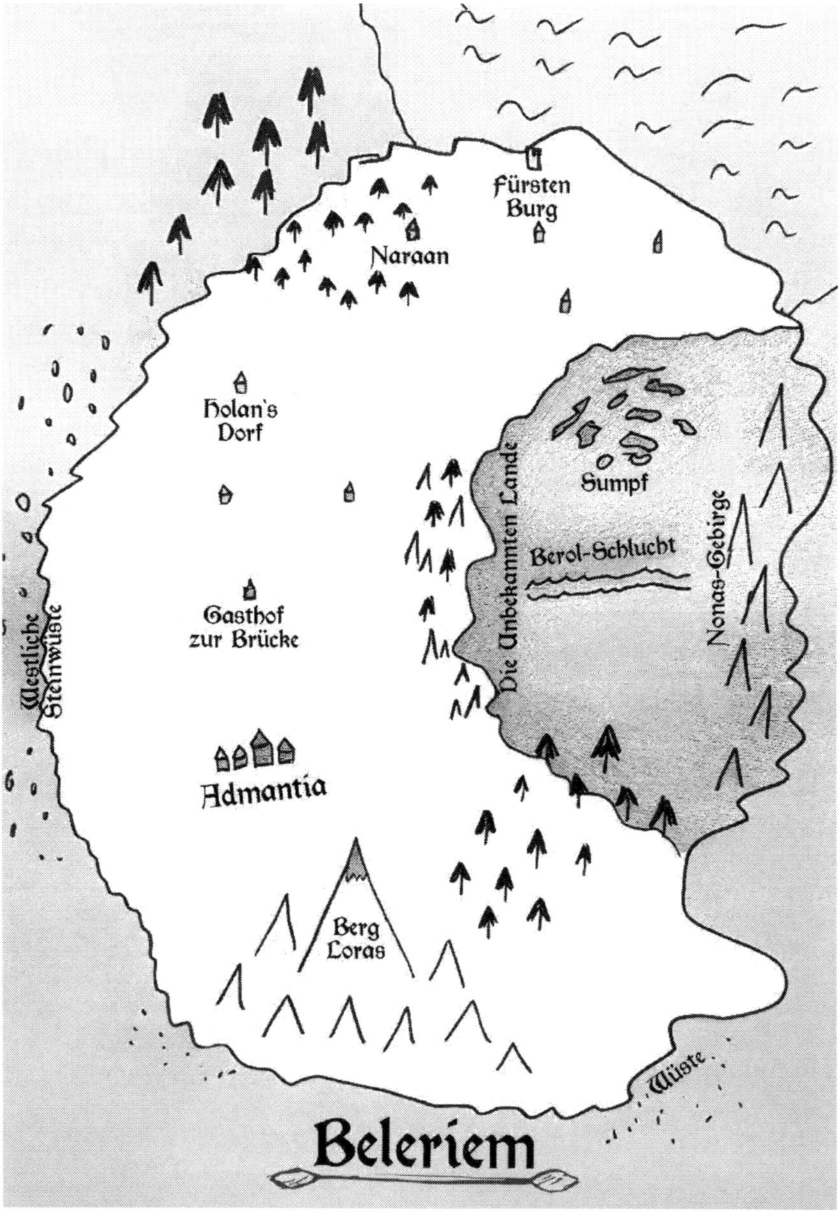

Die grauen Reiter

Die Dunkelheit umhüllte Tami, als sie plötzlich aus einem unruhigen Schlaf hochschreckte. Ihr Herz pochte laut in ihrer Brust, während sie sich im Bett aufrichtete. Ein eisiger Schauer lief ihr über den Rücken. Was hatte sie geweckt? Eine unbestimmte Angst kroch in ihr hoch, während sie sich aus dem Bett schlich und zum Fenster ihrer kleinen Kammer huschte. Der Hof lag still und verlassen unter dem silbernen Schein des Mondes, das Tor zum Weg in die dunklen Wälder schimmerte im sanften Licht. Tami öffnete das Fenster und spähte hinaus, doch alles war still. Trotzdem spürte sie, dass etwas nicht stimmte.

Nach einer Weile beschloss Tami, sich wieder ins Bett zu legen, als sie plötzlich aus der Dunkelheit der Nacht ein Geräusch hörte. Es war leise, weit weg und klang wie ein Wiehern, allerdings viel heller und melodischer, als sie es je zuvor gehört hatte. Sofort war sie wieder am Fenster und lauschte, aber das Geräusch wiederholte sich nicht.

Ihre Tante hatte Tami eingeschärft, in der Nacht niemals das Haus zu verlassen. Tami hatte sich stets an diese Warnung gehalten, nicht aus Gehorsam, sondern aus Angst vor den Geheimnissen, die die Dunkelheit verbarg. Das Haus ihrer Tante, in dem Tami wohnte, lag abseits des Dorfes, am Rand eines großen Waldes. Die Vorstellung, allein in der Nacht durch diese finstere Umgebung zu streifen, war beängstigend. Sie legte sich wieder hin, nahm sich aber fest vor, am nächsten Tag nachzusehen, was das Geräusch verursacht haben könnte. Vielleicht brauchte ein Tier im Wald Hilfe, oder es waren doch nur die Nachwirkungen eines Traums? Trotzdem sie sich so zu beruhigen versuchte, war an Schlaf nicht mehr zu denken, und Tami lag wach in ihrem Bett und wartete auf den Anbruch des neuen Tages.

Als endlich die ersten zarten Strahlen der Morgendämmerung das Dunkel durchdrangen, war Tami schon längst auf den Beinen. Sie konnte es kaum erwarten, in den Wald zu laufen und dem Geheimnis der Nacht auf den Grund zu gehen. Tami war noch vor ihrer Tante Rella in der Küche und begann, das Frühstück für sie beide zuzubereiten.

„Guten Morgen, Tante Rella!“, rief Tami, als ihre Tante in die Küche kam.

„Morgen“, antwortete ihre Tante und musterte sie argwöhnisch. „Warum so früh auf den Beinen heute?“

„Ich wollte gleich in den Wald laufen und uns ein paar Pilze für das Mittagessen suchen, wo doch heute ein so schöner Tag ist…“, begann Tami.

„Nicht bevor du die Tiere versorgt und den Stall geputzt hast“, antwortete ihre Tante. „Die Arbeit erledigt sich nicht von selbst.“

„Ja, Tante Rella“, antwortete Tami und stellte ihrer Tante mit gesenktem Blick den Frühstücksbrei auf den Tisch.

Tami machte sich nach dem Frühstück und dem Aufräumen der Küche in Windeseile an die Arbeit, doch ihre Gedanken kreisten weiter um das seltsame Geräusch der letzten Nacht. Der Hof war klein, aber lebendig, mit Hühnern, Ziegen und einer einsamen Kuh. Sie kümmerte sich um die Tiere, was sie normalerweise mit Freude erfüllte, doch ihre Gedanken waren weit weg. Die Erinnerungen an glücklichere Zeiten drängten sich in ihren Verstand, bevor sie diese Gedanken energisch verdrängte. Sie durfte sich nicht ablenken lassen.

Der Hof, auf dem Tami mit ihrer Tante lebte, war eigentlich eher eine Hütte, an die man einen kleinen Stall angebaut hatte. Die Tiere und der Gemüsegarten gaben grade so viel her, dass Tami und ihre Tante zu essen hatten und ihre Tante Eier und Gemüse am Markt verkaufen oder gegen andere wichtige Dinge wie Kleidung oder Wolle tauschen konnte. In harten Wintern reichte es auch dafür nicht immer aus, aber bisher waren die beiden immer irgendwie über die Runden gekommen.

Als Tamis Eltern noch lebten, hatte Tami mit ihnen in einem schönen großen Haus gewohnt, hinter dem Hügel, der an das Dorf Naraan grenzte. Tamis Dorf lag im Land Beleriem, und ein ganzes Stück von den nächsten größeren Städten und Burgen entfernt. Tamis Mutter war eine schöne, lebensfrohe Frau gewesen, die viel lachte, und Tamis Vater hatte sie über alles geliebt. Er war als Händler sehr oft auf Reisen, darum war er nicht besonders oft zu Hause gewesen. Wenn er nicht da war, vermissten sie ihn, aber es war auch schön, gemeinsame Tage zu zweit mit ihrer Mutter zu verbringen. Sie saßen dann abends oft am Feuer und ihre Mutter bürstete Tamis feines blondes Haar. Tami konnte sich aber auch an viele wunderbare Tage und Abende erinnern, an denen die Familie zusammen in der großen hellen Küche saß und gemeinsam aß, Spiele spielte und ihr Vater Geschichten erzählte. Er wusste so viele spannende Geschichten! Vielleicht kam es daher, dass Geschichten Tamis große Leidenschaft waren. Und sie hatten so viel zusammen gelacht. Tami liebte vor allem das glockenhelle und klingende Lachen ihrer Mutter. Immer schienen besonders ihre Augen zu leuchten, wenn sie lachte. Ihre schönen blauen Augen, die Tami laut Tante Rella geerbt hatte. Alles war wunderbar gewesen, bis… ja, bis… Tami schob den Gedanken entschieden zur Seite. Sie konnte jetzt nicht darüber nachdenken. Endlich war sie im Stall fertig und lief ins Haus, um einen Korb und ihren Umhang zu holen.

Tami ließ den Hof hinter sich und bog auf den Weg ein, der zum Wald und weiter in Richtung Dorf führte. Die goldene Sommersonne schaffte es, ihre trüben Gedanken aufzulösen. Was für ein wunderschöner Tag! Der Wald leuchtete in unzähligen Schattierungen von Grün. Die Wiesen standen noch in voller Blüte und die Luft war frisch und klar, ließ aber noch die Wärme des ausklingenden Sommers verspüren. Die Sonne stand schon relativ hoch am Himmel – Tami musste sich beeilen, um die Pilze für das Mittagessen zu sammeln, und vor allem endlich nach der möglichen Quelle für das nächtliche Geräusch zu suchen.

Während sie sich dem Waldrand näherte, hörte sie plötzlich Hufgetrappel, das sich in ihre Richtung bewegte. Was war das? Im Dorf gab es wenige Pferde, und jene die es gab, waren meistens zur Arbeit vor Wagen oder Pflüge gespannt. Das hier klang nach einer ganzen Menge Pferde, die ziemlich schnell liefen.

Nun drangen die Stimmen mehrerer Männer an ihr Ohr, und Tami zog sich eilig hinter ein Gebüsch zurück, um sich zu verstecken. Was hatten diese Reiter hier zu suchen? Die Worte der Fremden klangen düster und geheimnisvoll, und Tamis Herz begann schneller zu schlagen. Sie wagte kaum zu atmen, ging leise und geduckt zum Waldrand und zog sich hinter ein paar dichte Büsche zurück. Sie wollte den Fremden – inzwischen war sie ziemlich sicher, dass es Fremde sein müssten – lieber nicht begegnen. Trotzdem war sie neugierig. Was hatten diese Männer zu Pferde hier zu suchen?

Das Hufgetrappel und die Stimmen wurden lauter und Tami konnte nun schon einzelne Wörter und Satzfetzen vernehmen.

„Ich verstehe nicht, warum wir hier in dieser entlegenen Gegend suchen sollen", sagte einer der Männer. „Hierher verirrt sich doch nie im Leben jemand."

„Du kennst unsere Befehle", sagte ein anderer Mann, den Tami jetzt auch sehen konnte. Er hatte eine tiefe Stimme, sah kräftig aus und ritt auf einem schwarzen Pferd. „Alle Grenzbereiche werden durchkämmt, bis es gefunden wird. Dem Herrscher ist es egal, ob du das gut findest oder nicht."

Der andere Mann, der sehr groß und grobschlächtig war und auf einem braunen Streitross saß, lachte dunkel: „Na ja, wenigstens gibt es hier ein paar Dörfer mit hübschen Mädchen, da wird den Männern zumindest nicht langweilig unterwegs."

„Du weißt, dass wir dafür eigentlich keine Zeit haben", entgegnete der erste Soldat.

„Ja, vielleicht machen wir die eine oder andere Ausnahme", ergänzte der Mann mit einem bösen Lachen. „Was machen wir eigentlich, wenn wir es gefunden haben?", fragte der grobschlächtige Mann. „Wir können es ja nicht den ganzen Weg…"

„Halt den Mund!“, unterbrach ihn der andere. „Das ist für niemandes Ohren bestimmt. Wir nehmen es gefangen, rufen unseren Herrn und der wird sich der Sache annehmen – und auch unserer Belohnung, hoffe ich!“

Die beiden Männer waren nun an Tamis Versteck vorbeigeritten. Nach ihnen folgten noch ungefähr zwanzig weitere Krieger, alle in dunklen Rüstungen und zu Pferd. Tami begann vor Angst zu zittern – sie wollte sich nicht vorstellen, was der grobschlächtige Mann anstellen würde, wenn er sie sah und erkannte, dass sie ihn belauscht hatte. Langsam und leise begann sie sich tiefer in den Wald zurückzuziehen. Tami verbrachte oft Zeit im Wald und war wirklich gut darin, sich leise fortzubewegen – nicht aber heute. Sie war so aufgeregt und voller Angst, dass sie nicht auf den Boden vor sich achtete und auf einen großen trockenen Zweig trat. Der Knacks klang für sie ohrenbetäubend. Sie erstarrte und hielt vor Schreck die Luft an. Da hörte sie einen der Männer im hinteren Teil der Truppe sagen: „Habt ihr das gehört? Da ist etwas oder jemand im Wald!“

„Das ist sicher nur ein Waldtier“, entgegnete ein anderer Soldat.

„Ich gehe trotzdem nachsehen“, sagte der Krieger, gab den anderen ein Zeichen anzuhalten und stieg vom Pferd.

Tami bekam panische Angst und fing an, sich so schnell und gleichzeitig so leise sie konnte, von dem Mann wegzubewegen, tiefer in den Wald hinein. Als sie ihn und die Soldaten nicht mehr hören konnte, fing sie an zu laufen, so schnell sie konnte. Es war schwierig, im dichten Wald zu laufen, aber die Angst beflügelte ihre Schritte. Sie lief und lief, bis sie völlig außer Atem war und einfach nicht mehr weiterkonnte. Da sah sie einige Schritte vor sich ein besonders dichtes Gestrüpp am Fuß einer hohen Felswand. Ein besseres Versteck würde sie nicht finden! Tami achtete sorgsam darauf, keine Spuren zu hinterlassen und kroch tief in das Dickicht hinein. Als sie wieder etwas bei Atem war, horchte sie sorgfältig, ob von den Soldaten noch etwas zu hören war. Gott sei Dank blieb alles ruhig.

Ein wundersames Ereignis

Tami blieb noch einige Zeit zitternd in ihrem Versteck sitzen. Ihren Korb hatte sie anscheinend auf ihrer Flucht verloren – Tante Rella würde wütend sein. Und irgendwann musste sie sich auf den Rückweg machen, sie würde ohnehin schon Schwierigkeiten mit ihrer Tante bekommen, weil sie zu spät und ohne Pilze zurückkommen würde. Tami schickte sich an, aus dem Dickicht herauszukriechen, als sie weiter hinten im Gestrüpp etwas leuchten sah: einen hellen Lichtschein, golden und weiß. Was war das? Sie blinzelte und das Leuchten verschwand, nur um kurz darauf wieder aufzutauchen. Entschlossen, der Sache auf den Grund zu gehen, folgte Tami dem Schein, der sie tiefer ins Dickicht führte. Jedes Mal, wenn das Licht zu erlöschen schien, flackerte es erneut auf, wie ein verlockendes Versprechen.

Tami zwängte sich weiter tiefer in das Gestrüpp hinein und stieß auf Anzeichen, dass hier jemand oder etwas entlanggegangen oder gekrochen war: abgebrochene Äste und Blätter. Das Herz klopfte ihr bis zum Hals, aber irgendetwas in ihr zwang sie, weiter vorwärtszugehen, in Richtung des Leuchtens. Noch ein paar Mal erlosch das Leuchten und erschien wieder. Immer weiter drang Tami durch das Dickicht, bis sie schließlich auf eine Lichtung stieß, nahe an einem imposanten Felsen. Dort, zwischen den Bäumen, durch die Blätter hindurch, erblickte sie das Unerwartete – ein Pferd? Doch dieses Pferd war anders als alles, was sie je gesehen hatte. Sein Fell schimmerte in strahlendem Weiß, die Mähne wie silbernes Gewebe. Und auf seinem Kopf... ein Horn, glänzend und majestätisch. Ein Einhorn – ein Wesen aus Legenden und Märchen! Aber das war unmöglich... Einhörner gab es gar nicht, die kamen nur in Geschichten ihres Vaters oder der alten Morah, der Geschichtenerzählerin des Dorfes, vor. Doch nicht in der Wirklichkeit!

Aber es bestand kein Zweifel, das leuchtende Wesen auf der Lichtung war ein Einhorn. Es lag auf dem Boden und hatte weißes, leuchtendes Fell, eine silberne Mähne und ein schimmerndes silbernes Horn auf seinem Kopf. Und es war das Schönste, was Tami jemals in ihrem Leben gesehen hatte. Tamis Herz schlug wild, als sie das wundersame Geschöpf betrachtete. Doch ihre Bewunderung verwandelte sich rasch in Besorgnis, als sie sah, dass das Einhorn verletzt war. Es lag auf dem Boden, blutend und schwer atmend. Tami fühlte den unwiderstehlichen Drang, ihm zu helfen.

Gerade als sie überlegte, was sie tun sollte, und sich einen Schritt in Richtung der Lichtung bewegte, knackste wieder ein Zweig unter ihren Füßen. Das Einhorn sah in ihre Richtung, schlug aufgeregt mit dem Kopf um sich und versuchte aufzustehen, was ihm aber nicht gelang. Vorsichtig und langsam bewegte sich Tami auf das Einhorn zu und sprach ganz ruhig zu ihm: „Ich tue dir nichts, ich bin ein Freund! Ich will dir helfen! Bleib ganz ruhig." Das zauberhafte Wesen schien sich tatsächlich zu beruhigen, als hätte es die Worte verstanden, und sah Tami aus großen schwarz–goldenen Augen aufmerksam an. Es schien starke Schmerzen zu haben. Tami ging langsam und ruhig weiter auf das Einhorn zu, bis sie vor ihm ankam und sich auf den Boden kniete. Sie begann, es sanft zu streicheln, während sie weiter ruhig mit ihm sprach. Nach und nach begann das Tier Vertrauen zu schöpfen und entspannte sich ein wenig. Jetzt konnte Tami seine Wunden näher in Augenschein nehmen. Das Fell war schmutzig, an einigen Stellen war es aufgerissen und blutete, und das Tier schien sehr schwach zu sein. Es konnte wohl auch nicht aufstehen – Tami hoffte, dass nichts gebrochen war. Sie wusste, dass das zumindest bei Pferden oft einem Todesurteil gleichkam.

Wasser! Natürlich, das Einhorn brauchte bestimmt Wasser und Nahrung – wer weiß, wie lange es hier schon lag. „Bleib ruhig, meine Schöne. Ich hole dir etwas zu trinken und zu essen, ich bin gleich wieder da!", sagte sie liebevoll, und ging los. An einem Bach in der Nähe füllte sie den Trinkschlauch, den sie immer bei sich trug mit Wasser, riss etwas Gras aus und machte sich auf den Weg zurück zur Felswand. Es war nicht einfach, das Gestrüpp wiederzufinden, und

Tami brauchte einige Anläufe, das Einhorn ausfindig zu machen. Schließlich gelang es ihr. Sie goss etwas Wasser in ihre beiden Handflächen und hielt sie dem Einhorn hin. Es begann gierig zu trinken. Bald war der Schlauch leer, und Tami gab ihm das mitgebrachte Gras – auch dieses verschlang das Tier hungrig.

In der Ferne hörte Tami die Kirchenglocken läuten. Oh weh, so spät war es schon? Sie würde gehörig Ärger mit Tante Rella bekommen, wenn sie ohne Korb, ohne Pilze und viel zu spät nach Hause kam. „Ich verspreche dir, ich komme wieder, sobald ich kann, und dann bringe ich dir noch mehr Wasser und Futter mit!“, sagte Tami zum Einhorn, das sie aus wachen Augen aufmerksam anblickte. Sie streichelte es nochmal kurz, stand auf, kletterte durch das Dickicht und begann dann zu laufen, bis sie außer Atem an Tante Rellas Haus ankam.

Morahs Geschichte

Wie erwartet gab es gehörig Ärger mit Tante Rella, und sie brummte Tami so viele Extra–Arbeiten am Hof auf, dass es ihr unmöglich war, an diesem Nachmittag noch einmal in den Wald zu gehen. Sie wagte es nicht, Tante Rella von ihrem Zusammentreffen mit dem Fabeltier zu erzählen – ihre Tante war eine sehr praktisch veranlagte Frau, die nichts von Phantastereien oder generell allen Dingen hielt, die nicht zu ihrer kleinen Welt hier im Dorf gehörten. Sie hätte Tami sicher als Spinnerin geschimpft. Und selbst wenn Tami sie überzeugen könnte, mit ihr in den Wald zu gehen und das Einhorn mit eigenen Augen zu sehen… nein, irgendetwas hielt Tami davon ab.

Am nächsten Morgen lief Tami schon bei den ersten Anzeichen der Dämmerung in den Wald, noch bevor Tante Rella aufwachte. Sie nahm neben ihrem Wasserschlauch noch eine Schüssel mit, und so viel Gras wie sie tragen konnte, außerdem etwas Heilsalbe aus dem Vorrat ihrer Tante und ein Tuch zum Waschen der Wunden. Sie hoffte so sehr, dass das Einhorn noch da war, und ihm nichts passiert war – es gab zwar nicht viele große Raubtiere in diesem Teil des Waldes, aber hin und wieder erzählte man schon Geschichten von Angriffen durch Wölfe oder Bären. Das Einhorn wäre so einem Angriff in seinem Zustand schutzlos ausgeliefert.

Aber Tamis Ängste waren grundlos. Als sie sich dem Dickicht näherte, sah sie das weiße Fell durch die Blätter blitzen. Das Einhorn schnaubte zuerst aufgeregt, aber es schien Tami wiederzuerkennen, denn es beruhigte sich fast augenblicklich, und begann gierig aus der Wasserschale zu trinken, die Tami ihr hinstellte und die sie zuvor aus ihrem Wasserschlauch gefüllt hatte. Während das Einhorn fraß, kümmerte sich Tami um die Wunden, reinigte sie mit dem weichen

Tuch, das sie mitgebracht hatte, und verteilte etwas Salbe auf jene, die besonders schlimm aussahen. Sie musste sparsam mit der Salbe umgehen, damit ihre Tante nicht merkte, dass in der kleinen Hausapotheke etwas fehlte – Arzneimittel wie diese waren kostbar. Tami war immer noch ganz durcheinander von ihrer Entdeckung und den Ereignissen des letzten Tages. Gleichzeitig war sie erleichtert, dass das Einhorn immer noch da war – sie hatte beim Aufwachen am Morgen kurz Angst gehabt, dass das Erlebte nur ein Traum war. Denn so fühlte es sich ein wenig an – wie ein aufregender und spannender Traum, ein Wirklichkeit gewordenes Märchen.

In den nächsten Tagen verbrachte Tami jede freie Minute bei dem Einhorn, und sie merkte, wie die Kräfte des Tiers nach und nach zurückkamen. Es war so wundervoll, einfach neben dem Einhorn zu sitzen, es zu streicheln oder in seine sanften Augen zu blicken. Irgendwie fühlte sich Tami immer unglaublich glücklich und friedlich, wenn sie bei ihm war. Und sie konnte immer noch nicht glauben, dass dieses wunderbare Fabelwesen tatsächlich existierte und sie das Glück gehabt hatte, es zu finden. Es war ihr wundervolles, ganz eigenes Geheimnis.

Eines Nachmittags, als Tami wieder Wasser und Essen in den Wald gebracht hatte, lehnte sie sich seufzend gegen das Einhorn. „Ich wünschte, es könnte immer so schön sein, wie wenn ich bei dir bin! Aber bald wirst du gesund sein, und dann musst du wieder zu deiner Familie zurück – wo auch immer sie ist. Wo du wohl herkommst? Jedenfalls brauchst du einen Namen, damit ich dich nicht immer ‚Einhorn' nennen muss. Hmmm... was würde zu dir passen?" Tami kuschelte ihre Wange gegen den Hals des Tieres und schloss die Augen, während sie nachdachte. Mit einem Mal klang ein Name in ihrem Kopf, ein wunderschöner Name! Sie hörte es mit völliger Klarheit: „Salana!" Tami lauschte dem Klang in ihrem Kopf und wusste einfach, in ihrem Herzen, dass dies der richtige Name war. „Salana! Wie wunderbar. Das passt zu dir!"

Gedankenverloren legte sie die Stirn an den Hals des Tieres und schloss die Augen. Sie musste dabei wohl eingedöst sein, denn plötzlich entstanden vor ihren Augen Bilder. Sie sah ein grünes Land mit sanft gewellten Hügeln, Blumen, die sie noch nie zuvor gesehen hatte, und mehrere Einhörner, die auf einer Wiese grasten… Tami schrak hoch. Ein seltsamer Traum! Durch ihr Hochschrecken hatte sich auch Salana unruhig bewegt, und Tami legte beruhigend wieder ihre Hand und Stirn auf den Hals des Pferdes. In diesem Moment stiegen wieder Bilder vor ihrem inneren Auge auf… ein wunderschönes Schloss… wieder die Einhörner… Tami zog erschrocken ihre Hand zurück und hob den Kopf. War das gar kein Traum gewesen? Konnten diese Bilder irgendwie… von Salana kommen? Salana sah Tami aus ihren klugen Augen an und wieherte leise. Auf dem Weg nach Hause war Tami vollkommen durcheinander. Das gab es doch alles gar nicht! Einhörner, Bilder, die man im Kopf sah, von fremden Ländern, oder was auch immer das gewesen war…

Am Hof erwartete Tante Rella Tami schon ungeduldig. „Tami, du musst ins Dorf gehen, wir brauchen Mehl und Käse, und ich kann hier nicht weg, die Kuh wird vielleicht bald kalben. Hier hast du etwas Geld, aber bitte kauf nichts, außer dem, was ich dir aufgetragen habe!“ Tami wusste, das Geld war sehr knapp bei ihnen, darum nahm sie die Münzen vorsichtig in die Hand, verbarg sie sorgfältig in ihrer Rocktasche und machte sich auf den Weg ins Dorf.

Naraan war ein ziemlich kleines Dorf, etwa dreißig Häuser und kleine Höfe gruppierten sich um den Dorfplatz, in dessen Mitte der Dorfbrunnen stand. Umgeben war das Dorf von Hügeln, im Norden begann der dichte Wald, im Süden befanden sich die Felder, die die meisten Dorfbewohner ernährten. Es gab einen Bäcker, einen Schmied und freitags einen kleinen Markt, an dem man das Nötige für den täglichen Bedarf kaufen konnte. Ablenkung vom arbeitsreichen Alltag der Menschen gab es nicht viele, aber die Gemeinschaft hielt meistens zusammen, und Tami war dankbar dafür, an so einem Ort leben zu dürfen. Dennoch hatte sie häufig das Gefühl, dass es noch mehr im Leben geben musste oder sollte, dass irgendetwas fehlte – eine Art Sehnsucht, die sie immer wieder befiel.

Die Einkäufe waren schnell erledigt, und als Tami sich auf den Rückweg machen wollte, sah sie, dass sich einige Leute, darunter auch viele Kinder, am Dorfplatz um das Feuer versammelt hatten. In der Mitte, auf einem Schemel, saß die alte Morah – die Heilerin des Dorfes. Morah war nicht nur eine gute Heilerin, sondern auch eine begnadete Geschichtenerzählerin. Sie kam nicht oft auf den Dorfplatz, lieber war sie allein in ihrer Hütte am Rand des Dorfs, umgeben von ihren Kräutern und Tinkturen. Aber wenn sie es tat, ließ sie sich manchmal von den Kindern überreden, eine ihrer berühmten Geschichten zu erzählen. Dann saßen viele ums Feuer und lauschten den Erzählungen von anderen Zeiten, Ländern oder sogar Welten, mit Freude und Spannung.

Dem konnte Tami auf keinen Fall widerstehen. Sie liebte Geschichten über alles – fast noch mehr, als sie den Wald liebte, der ihr zur zweiten Heimat geworden war. Als er noch lebte, hatte ihr Vater von seinen Reisen immer viele Geschichten zu erzählen gehabt, und Tami hing jedes Mal gespannt an seinen Lippen, schon von ganz klein auf. Manchmal brachte er ihr sogar ein Buch mit, ein ungemein kostbarer Schatz. Er las ihr daraus vor, und Tami lernte rasch selbst zu lesen, damit sie die Geschichten immer und immer wieder erleben konnte. Sie setzte sich also zu den anderen und begann Morahs Worten zu lauschen.

„In einer Welt, nahe an der unseren, und doch ganz, ganz anders, lebten die Menschen seit Menschengedenken glücklich, friedlich und zufrieden. Ach, ihr solltet diese Welt sehen – grüne Wiesen, sanft gewellte Hügel, wunderschöne Wälder und Seen, Blumen, deren Farbpracht und Vielfalt ihr euch gar nicht vorstellen könnt, süße Früchte in Hülle und Fülle. Die Wälder waren voll besonderer Tiere – manche sind hier gar nicht bekannt, von manchen, wie den Einhörnern, habt ihr wahrscheinlich schon mal gehört."

Tami traute ihren Ohren nicht. Das klang… das klang ja genauso wie in den Bildern, die sie im Wald bei Salana gesehen hatte! Und es gab dort Einhörner! Das konnte doch gar nicht sein…

„Die Einhörner hatten eine ganz besondere Rolle in dieser Welt – sie heißt übrigens Abaloria. Sie waren Wesen reinen Lichts, die überall, wo sie hinkamen, Friede, Freude und Glück verströmten. Und alle 100 Jahre wurde ein ganz besonderes Einhorn geboren, dass sich durch seine Magie mit dem König von Abaloria verband, so dass er durch diese Magie im ganzen Land gerecht, friedlich und voller Liebe regieren konnte."

Tami war sich jetzt sicher, dass das kein Zufall war. Genau diese Gefühle hatten sie immer durchströmt, wenn sie neben Salana gesessen hatte! Konnte die Geschichte wahr sein, konnte Salana aus dieser anderen Welt kommen?

„Doch eines Tages erhob sich eine neue Macht in Abaloria. In einer verlassenen, halb verfallenen Burg am Rand des Meeres, richtete ein düsterer Mann sich ein. Man munkelte, er wäre ein Magier der dunklen Künste, und die Menschen hatten Angst vor ihm. Sein Name war Tiranos. Er baute die Burg mit Hilfe seiner Männer wieder auf und sie begannen, die umliegenden Dörfer zu unterjochen. Seine Reiter, die meist dunkel gekleidet und auf dunklen Pferden unterwegs waren, wurden „graue Reiter" genannt. Und jeder, der sie sah oder hörte, dass sie in der Nähe waren, flüchtete, wenn er konnte.

Als der König erfuhr, was Tiranos seinem Volk antat, reiste er sofort zur Burg, um den Magier zur Rede zu stellen. Doch anstatt auf den König zu hören, griff Tiranos ihn und seine Wachen mit seinen grauen Reitern an. Er tötete und verletzte viele. Der König konnte mit seiner Leibgarde entkommen und musste sich auf sein Schloss zurückziehen. Der König bereitete sich vor, mit der Magie der Einhörner den Bösewicht zu bezwingen. Doch bevor er sein Vorhaben in die Tat umsetzen konnte, griff Tiranos die Ebene der Einhörner an, tötete viele und nahm noch mehr gefangen – auch das magische Einhorn, das die Quelle der Macht des Königs war, wurde dabei schwer verwundet und konnte seine Magie nicht mehr wirken. Seit dieser Zeit herrscht Krieg im Lande Abaloria, und die Menschen leiden. Noch ist es niemandem gelungen, Tiranos zu besiegen. Aber die Menschen kämpfen weiter und hoffen, dass eines Tages die Magie zurückkehrt und sie alle rettet."

Tami war nicht aufgefallen, dass sie bei diesen letzten Worten vor lauter Aufregung aufgestanden war. Nun sah Morah sie direkt an – und bemerkte, wie aufgewühlt Tami war. Kurz schauten sich die beiden intensiv in die Augen. „Natürlich ist das – wie immer, ihr Lieben – nur eine Geschichte. Ich hoffe, sie hat euch gefallen. Gute Nacht!" Mit diesen Worten stand sie auf und wandte sich zum Gehen.

Tami ging mit raschen Schritten Morah nach. „Morah, bitte warte!"

Morah wandte sich zu ihr um. „Was ist denn, mein Kind?"

„Ähm..." Tami wusste nicht so recht, was sie sagen sollte – sie hatte so viele Fragen! „Ich möchte gerne noch mehr über Abaloria wissen. Kannst du mir noch mehr erzählen?"

Morah sah sie aufmerksam an. „Heute Abend ist es schon zu spät, meine Liebe, und auch ist es besser, in Ruhe zu sprechen. Komm morgen Abend zu mir in mein Haus, und ich werde dir deine Fragen beantworten."

Mit diesen Worten wandte sie sich ab und ging in Richtung ihrer Hütte davon.

Morgen Abend also… Tami konnte es nicht erwarten – und in dieser Nacht träumte sie einen wirren Traum nach dem anderen, von fremden Ländern, Soldaten, und einem leuchtend weißen Einhorn auf der Spitze eines Hügels, das zu ihr herabsah.

Es bedurfte einiger Überredungskunst, Tante Rella am nächsten Tag davon zu überzeugen, Tami nach dem Abendessen nochmal ins Dorf zu lassen. Seitdem Tante Rellas Schwester – Tamis Mutter – und ihr Mann damals aus heiterem Himmel in ihrem Haus von fremden Reitern überfallen und getötet worden war, lebte sie zurückgezogen und war, besonders was Tami betraf, sehr vorsichtig und ängstlich. Tami hatte das Unglück damals nur überlebt, weil sie grade zum Beeren sammeln im Wald war. Sie, Rella, hatte Tami bei sich aufgenommen, und beide hatten die Tragödie nie wirklich überwunden. Bis zum heutigen Tag wusste man nicht, was die Krieger gewollt hatten und warum sie zu Tamis Haus gekommen waren. Sie hatten ein paar Dinge mitgenommen, bevor sie das Haus in Brand gesteckt hatten. Unter anderem ein paar von Tamis geliebten Büchern, aber dennoch wusste niemand genau, was die Gründe für diese schreckliche Tat gewesen waren. Vielleicht waren sie einfach von Grund auf böse und hatten Freude daran gehabt, den Hof anzuzünden. Es gab ja so viel Böses in manchen Menschen… Erst als Tami das gefühlt zehnte Mal versprochen hatte, vor der Dämmerung zu Hause zu sein und ihr einen Bund Kamille von Morah mitzubringen, ließ Tante Rella sie gehen.

Tami lief zu Morah so schnell sie konnte, um keine Zeit zu verlieren. Morah hatte sie dennoch schon erwartet. „Möchtest du eine Tasse Tee, Tami?“, fragte sie.

„Ja gerne, Morah. Das wäre großartig“, antwortete Tami und sah sich in der Hütte um. Es war gemütlich, wenn auch voll – überall hingen Bündel von Kräutern von der Decke und erfüllten die kleine Behausung mit einem intensiven, aber wundervollen Duft.

Morah zeigte auf einen der zwei Schemel am grob gezimmerten Holztisch. „Setz dich doch.“

Tami nahm Platz, und bevor Morah noch ein weiteres Wort sagen konnte, platzte sie heraus: „Stimmt es? Gibt es Abaloria und die Einhörner wirklich?“

Morah sah sie aufmerksam an und lächelte sanft. „Was ist schon wirklich, mein Kind… es ist doch eigentlich immer die Frage, wie man die Wirklichkeit betrachtet…“

„Also ich glaube es, ich glaube, dass es sie gibt!“, sagte Tami vehement. „Bitte erzähl mir, was du weißt!“

Morah’s Blick war eindringlich. „Tami, es ist wichtig, dass du verstehst, dass viele Menschen hier nicht gerne über Dinge sprechen, die sie nicht sehen und verstehen können. Du solltest vorsichtig sein mit dem, was du sagst – und nicht über alles reden, was du glaubst. Wenn du mir das versprechen kannst, will ich dir gerne erzählen, was ich über diese Geschichte gehört habe – was nicht unbedingt das gleiche ist, wie etwas zu wissen, das ist dir doch sicher klar?“

Tami sah Morah fest in die Augen: „Ja, das verstehe ich, und ich verspreche es dir."

Morah seufzte. „Na gut. Also… Meine Großmutter hat mir viele Geschichten über das Land Abaloria erzählt, als ich klein war. Ich dachte damals, sie hätte sie erfunden, aber dann habe ich über die Zeit hinweg immer wieder auch andere Menschen von Abaloria und den Einhörnern sprechen gehört… Geschichtenerzähler, reisende Gelehrte… aber wie gesagt, das meiste, das ich gehört habe, habe ich schon in der Geschichte am Marktplatz erzählt. Was möchtest du denn wissen?"

„Alles!", antwortete Tami. „Wo ist diese Welt, wie ist es dort, woher weiß man davon, und..."

Morah unterbrach sie: „Tami, all das kann ich dir leider nicht beantworten – und wie gesagt, vielleicht ist es auch nur eine Geschichte…"

Tami überlegte. „Wie genau sehen Einhörner aus? Und welche Fähigkeiten haben sie?"

„Der Sage nach sehen sie aus wie wunderschöne weiße Pferde, mit leuchtendem Fell und einem silbernen Horn auf der Stirn. Sie verbreiten Frieden und Glück in den Herzen aller Menschen, die in ihrer Nähe sind", antwortete Morah.

„Und können sie auch zaubern?", wollte Tami wissen.

„Ich weiß es nicht, mein Kind. Aber sie sind Wesen des Lichts, es ist natürlich möglich."

Morah sah, dass Tami sehr aufgewühlt war. „Trink deinen Tee aus, meine Liebe. Du musst dich langsam auf den Weg machen, es wird bald dunkel. Und denk nicht zu viel über alte Geschichten nach – es ist besser, im Jetzt zu leben als in einer Phantasiewelt. Wie alt bist du eigentlich jetzt?"

„Dreizehn", antwortete Tami.

„Du bist noch so jung, aber bald wirst du erwachsen werden. Dann wird das echte Leben mehr Raum in deinen Geschichten bekommen, du wirst sehen", sagte Morah.

Tami war nicht sicher, was sie davon halten sollte. Besonders verlockend kam ihr das nicht vor – eine Welt ohne Geschichten, nur mit dem langweiligen und harten täglichen Leben. Nachdem Morah ihr noch die von Tante Rella gewünschte Kamille mitgegeben hatte, machte Tami sich auf den Rückweg. Wieder fand sie nicht viel Schlaf in dieser Nacht.

Als sie Salana am nächsten Tag besuchte, empfing das Einhorn sie freudig wiehernd. Seine Kräfte kehrten offensichtlich langsam, aber stetig zurück. „Ach, Salana, wie soll ich nur herausfinden, wie ich dir helfen kann! Du kannst ja nicht für immer hierbleiben. Und wenn ich dich mitnehme, wirst du entdeckt – ich will mir gar nicht vorstellen, was dann passieren würde. Alle würden dich besitzen wollen, verkaufen, zur Schau stellen… du wärst nie wieder frei und könntest nicht nach Hause!“ Eine Träne des Mitgefühls lief Tami über die Wange. „Was soll ich bloß tun!“

Salana sah sie aus ihren dunklen Augen an und stupste sie mit der Nase. Tami legte ihre Stirn wieder auf den Hals des Tiers – und wie schon zuvor, stiegen Bilder vor ihren Augen auf. Diesmal sah sie wieder die wunderschöne Wiese mit den Einhörnern, aber das Bild blieb nicht so friedlich wie beim letzten Mal. Plötzlich erschien eine ganze Horde dunkler Reiter auf einer Hügelkuppe. Die Einhörner bemerkten sie zuerst nicht. Ein besonders groß gewachsener Reiter mit einem langen Umhang hob die Hand und schrie etwas, daraufhin preschten die Reiter den Hügel hinab, direkt auf die Einhörner zu. Die Einhörner gerieten in Panik und versuchten zu fliehen, und einigen gelang das auch, andere aber hatten nicht schnell genug reagiert. Die Reiter verfolgten sie – und feuerten Speere und Pfeile auf sie ab!

Was dann folgte, war so entsetzlich, dass Tami all ihre Willenskraft aufbieten musste, um die Verbindung zu Salana nicht zu lösen – aber sie musste es wissen, musste wissen, was passiert war! Die Krieger zeigten keine Gnade und wüteten unter den verbliebenen Einhörnern, sie töteten und verletzten so viele von ihnen. Einige Männer, sie sahen aus wie Wachen, kamen den Einhörnern zu Hilfe, aber es waren viel zu wenige, auch sie wurden von den Kriegern erbarmungslos niedergemacht. Tami konnte nichts hören, die Bilder nur sehen, aber in ihrem Inneren ahnte sie die schrecklichen Geräusche, hörte das verzweifelte Wiehern und die Schreie…

Dann änderte sich das Bild. Sie sah Wiesen und Hügel in rasendem Tempo an sich vorbeiziehen, nach einer Weile einen Wald, durch den sich die Bilder unglaublich schnell bewegten. Der Wald wurde immer dichter, dann öffnete sich eine enge Schlucht, durch die es weiterging – und plötzlich sah sie vor sich einen Abgrund… dann nichts mehr. Stille und Schwärze. Die Bilder hatten aufgehört.

Schwer atmend lehnte Tami sich zurück. Hatte ihr Salana gerade gezeigt, was passiert war? Das musste bedeuten, dass sie irgendwie von Abaloria hier in den Wald bei Tamis Dorf gekommen war! Aber wie? Tamis Gedanken überschlugen sich. Sie streichelte Salanas Hals und versuchte, mit den Gefühlen, die die Bilder in ihr ausgelöst hatten, fertig zu werden. „Ach, Salana, es tut mir so leid! Du hast so viel Schlimmes erlebt… wie kann ich dir nur helfen?“ Tränen flossen ihr über die Wangen.

Nach einer gefühlten Ewigkeit spürte Tami, wie sich etwas in ihr regte. Ja, sie musste Salana helfen! Aber wie? Plötzlich, von Tatendrang erfüllt, sprang sie auf. Sie brauchte unbedingt Antworten, mehr Informationen. „Salana, ich bin bald wieder da!“, rief sie und machte sich eilends auf den Weg zu Morahs Haus.

Morah war in ihrem Kräutergarten, als Tami auf sie zugelaufen kam. „Tami, was ist denn los, mein Kind? Du bist ja ganz außer Atem!“

„Morah, ich muss unbedingt wissen – gibt es eine Verbindung von Abaloria zu unserer Welt? Ist schon mal jemand dort gewesen?“

Morah sah Tami durchdringend an. „Komm, wir gehen rein. Trink erst mal einen Schluck Wasser, du bist ja ganz erhitzt. Warum ist es denn so wichtig für dich, das zu wissen?“

„Weil… weil… ich kann es dir nicht sagen, du würdest denken ich bin verrückt!“ Tami war verzweifelt.

Morah lächelte und legte ihre Hand auf Tamis. „Die Menschen denken seit langer Zeit, ich sei verrückt, damit kann man ganz gut leben." Dann wurde sie wieder ernst und sagte: „Tami, es ist gut, nicht zu vertrauensvoll zu sein und Geheimnisse zu wahren, wenn es Sinn macht. Wenn du aber Hilfe brauchst, ich bin gerne für dich da. Du bist noch so jung und wenn du Probleme hast, solltest du dich jemandem anvertrauen." Sie drehte sich um und begann Tami ein Glas Wasser einzugießen.

In Tamis Kopf wirbelte alles durcheinander. Sollte sie, konnte sie Morah ihr Geheimnis anvertrauen? Und andererseits, wenn sie niemandem von Salana erzählte, wie sollte sie an mehr Informationen kommen und wie sollte sie Salana helfen können? Sie fasste einen Entschluss. „Gut, Morah. Ich werde es dir erzählen. Aber kannst du mir schwören, es nicht weiterzuerzählen?"

„Ja, mein Kind, das kann ich. Wenn es dein Geheimnis ist, ist es auch deine Entscheidung, wo und bei wem du es lüftest, nicht meine."

Tami atmete tief durch, dann erzählte sie Morah alles, was in den letzten Tagen passiert war. Morah hörte ihr aufmerksam zu, und als Tami in ihrem Bericht an die Stelle kam, wo sie von den Bildern erzählte, die sie zuvor bei Salana über den Überfall und die Flucht gesehen hatte, erblasste sie. Als Tami geendet hatte, war Morah eine ganze Weile still. „Dann ist es wahr – die Geschichten sind tatsächlich wahr", flüsterte sie. Schließlich hob sie ihren Blick, sah Tami fest an und sagte: „Du hast recht. Wir müssen dem Einhorn helfen."

„Aber wie?", antwortete Tami. „Wo soll es hin?"

„Es muss wieder nach Hause, nach Abaloria. Wenn die Geschichten wahr sind, ist vielleicht auch die Erzählung der Portale wahr…"

Tami sah sie verwundert an. „Welche Portale?

Morah antwortete: „In den Geschichten war von einigen wenigen Portalen die Rede – Tore, Verbindungen zwischen den Welten, die mit Magie geöffnet werden können. Das Einhorn – wie hast du es genannt, Salana? Salana muss durch eines dieser Tore gekommen sein."

„Wie finden wir das Tor, und wie bringen wir sie zurück?“, fragte Tami aufgeregt.

„Das kann ich dir leider nicht beantworten. Aber…“, Morah überlegte, „vielleicht weiß ich jemanden, der es kann. Vor vielen Jahren gab es oben in der Burg einen Gelehrten, mit dem ich einige Gespräche über Heilkunst und Kräuter führte. Er war auch einer von jenen, die von der Geschichte um Abaloria gesprochen hatten. Ich weiß, dass er viel Zeit dafür aufgewendet hat, Nachforschungen über Abaloria und die Einhörner anzustellen. Er könnte bestimmt einige Fragen für uns beantworten und uns weiterhelfen.“

„Das ist großartig!“, rief Tami. „Lass uns gleich zu ihm gehen!“

„Leider ist das nicht so einfach, mein Kind, er wohnt schon lange nicht mehr hier. Er ist vor Jahren in den Süden gezogen, nach Admantia.“

„Admantia“, wiederholte Tami bedrückt und nachdenklich. Die Stadt Admantia war viele Meilen von Naraan entfernt, es würde bestimmt viele Tage dauern, dorthin zu kommen.

Mutlos sank Tami auf ihren Schemel zurück. „Das ist so weit... was sollen wir bloß tun?“

„Ich könnte versuchen, ihm eine Nachricht zu schicken, vielleicht kann er herkommen und uns helfen“, schlug Morah vor.

Tami überlegte – das dauerte alles so lange, aber es fiel ihr keine bessere Möglichkeit ein. „Gut, lass sie uns gleich schreiben!“, sagte Tami.

„Es wird gleich dunkel, mein Kind. Du musst nach Hause – komm morgen wieder, ich bereite den Brief inzwischen vor. Und vielleicht darf ich Salana dann auch mal kennenlernen? Würdest du sie mir zeigen?“

Tami stimmte zu, und hoffnungsvoll machte sie sich auf den Weg nach Hause.

Tamis Entscheidung

An diesem Abend war Tante Rella beim Abendessen besonders schlecht gelaunt. Sie mäkelte an allem an Tami herum und trug ihr alle möglichen Sonderaufgaben auf, die sie noch erledigen musste. Das passierte oft – Tami vermutete, dass ihre Tante mit ihrem Leben häufig nicht zufrieden war und das dann an ihr ausließ. Sie war im Grunde ein guter Mensch und hatte sich immer gut um Tami gekümmert, aber an solchen Tagen fühlte sich Tami so unverstanden und unendlich einsam. Sie war froh, als sie endlich in ihr kleines Schlafzimmer gehen konnte und ihre Gedanken wieder ganz auf Salana und den nächsten Tag richten konnte.

Noch vor der Morgendämmerung stand Tami auf, versorgte die Tiere des Hofs und lief dann los, über die Weide, durch das kurze Waldstück und das Dorf in Richtung von Morahs Haus. Doch als sie im Dorf ankam, war dort helle Panik, Geschrei, Menschen rannten herum und schrien durcheinander, trugen Eimer mit Wasser… „Was ist los?“, fragte Tami einen Mann, der an ihr vorbeirannte.

„Morahs Haus brennt!“, rief der Mann und eilte weiter. Tami erschrak bis ins Mark. Nein! Das konnte nicht sein! So schnell sie konnte, rannte sie weiter und als sie Morahs Haus sehen konnte, erblickte sie die schwarze Rauchsäule, die vom Haus aufstieg. „Nein, bitte nicht!“, sandte Tami ein stummes Gebet in den Himmel und beschleunigte ihre Schritte nochmals.

Beim Haus angekommen, sah sie ein Bild der Verwüstung. Der Brand war scheinbar gelöscht, doch ein Teil des Hauses war abgebrannt. Der Kräutergarten war zertrampelt und zerstört, sie sah Hufabdrücke im Boden. Die Dorfbewohner, die den Brand gelöscht hatten, standen erschöpft da und blickten ebenso entsetzt drein wie

Tami. „Wo ist Morah?" Tami wandte sich verzweifelt an eine Frau, die neben ihr stand.

Mit Tränen in den Augen antwortete die Frau: „Sie ist weg, Tami! Es waren fremde Männer mit Rüstungen und Pferden, sie haben sie wohl mitgenommen – mein Sohn hat sie wegreiten sehen." Tamis Knie gaben unter ihr nach, und sie wankte. „Geht es dir gut, mein Kind?", fragte die Frau.

Tami sah sie wie durch einen Schleier an, stammelte ein „Ja" und ging ein paar Schritte von den Dorfbewohnern weg. Sie sank zu Boden. Morah verschleppt… das Haus zerstört… durch Reiter! Wie entsetzlich… was sollte sie nur tun?

Tami blieb eine ganze Weile im noch morgendlich feuchten Gras sitzen, unfähig sich zu bewegen. Nach einer Weile gingen die Dorfbewohner nach und nach zurück, und Tami blieb alleine beim Haus. Zögernd ging sie ein paar Schritte auf das Haus zu und trat in den unverbrannten Teil ein. Auch hier war alles durcheinander – Tisch und Schemel umgestürzt, Teller zerbrochen am Boden. Tami stiegen die Tränen in die Augen. Sie drehte sich um und wollte hinausgehen, als sie aus den Augenwinkeln etwas am Boden unter dem Bett liegen sah. Sie schaute genauer hin – es war ein Stück Pergament. Sie lief hin, und tatsächlich – es war der Brief, den Morah an den Gelehrten verfasst hatte, und der heute an den Boten übergeben werden sollte. Leider war er wohl noch nicht fertig, aber die ersten Zeilen waren zu erkennen.

„Lieber Ranur", stand darin, „es ist viele Jahre her, dass wir uns in Naraan gesehen haben. Ich denke oft an dich. Erinnerst du dich noch an unsere vielen Gespräche? Du hast mir so viele Geschichten von Abaloria erzählt und ich habe gehört, du hast dein Leben der Erforschung dieses Mythos gewidmet. Ranur, ich brauche deine Hilfe – nur du kannst das Rätsel lösen. Bitte…" Und hier hörte der Brief auf, und war nicht mehr zu Ende geschrieben worden. Es gab auch keine Adresse oder Umschlag. Tami steckte den Brief ein und verließ das zerstörte Haus.

Am Dorfplatz standen die Bewohner in Gruppen zusammen und sprachen über den Vorfall. Tami konnte mithören, dass die Reiter in

Richtung Süden geritten waren. Als sie das Dorf durchquerte, kam ihr ihre Tante entgegen. Sie hatte von dem Feuer gehört und eilte wie viele andere auf den Dorfplatz, um zu hören, was passiert war und ob noch Gefahr herrschte. Tante Rella war außer sich, dass Tami sich in der Früh davongeschlichen hatte. „Tami, ich hab mir solche Sorgen gemacht! Stell dir vor, du wärst dort gewesen… geh jetzt gefälligst nach Hause und bleib dort! Es ist zu gefährlich!"

„Aber Tante Rella, ich…", stammelte Tami.

„Mach was ich dir sage!", schimpfte Tante Rella. Etwas freundlicher fügte sie hinzu: „Ich erzähle dir später, was es zu berichten gibt."

Tami ging nicht nach Hause, sondern lief in den Wald, zu Salana. Schluchzend fiel sie dem Einhorn um den Hals und erzählte, was passiert war. „Oh, Salana, es ist so schrecklich! Wenn sie Morah etwas antun… sie ist doch nur eine Heilerin, was können sie von ihr wollen? Und was machen wir mit dir? Der Brief ist nicht fertig, wir wissen nicht, wo Ranur in Admantia wohnt – kein Bote wird das übernehmen! Und dann kommst du nicht mehr nach Hause!" Tami war verzweifelt.

Salana sah Tami aufmerksam an. Dann, mit einem Mal, schien ihr weißes Fell noch heller zu werden, es begann fast zu leuchten. Ein Ruck ging durch das Tier, und – zum ersten Mal seit ihrem Zusammentreffen – stand das Einhorn auf. Es stand auf der kleinen Lichtung, strahlend hell, schien seine Beine zu testen und lief ein paar Mal hin und her. Tami sah ihm mit offenem Mund zu – so etwas Schönes hatte sie noch nie im Leben gesehen. Es war, als würde man in eine sanfte Sonne schauen.

Salana lief auf Tami zu, blieb vor ihr stehen und sah sie an. Dann erlosch das Leuchten, als hätte man eine Lampe dunkler gedreht, und mit einem Mal – verschwand das Horn auf Salanas Stirn! Tami griff verblüfft auf die Stelle, wo gerade noch das Horn gewesen war. Sie konnte es noch fühlen! Es war da, aber man konnte es nicht sehen. Tami traute ihren Augen nicht – aber nach den vielen wundersamen und unmöglichen Erlebnissen, die sie gehabt hatte, seit sie Salana begegnet war, kam ihr inzwischen kaum mehr etwas als unglaublich vor. War das etwa ein Zeichen der Magie des Einhorns?

Salana wieherte leise und stupste Tami nochmal an, und sie begann auf das Dickicht zuzugehen, das die Lichtung einschloss. Sie drehte sich zu Tami um.

„Ja, du hast recht“, sagte Tami zu Salana. „Wir müssen gehen. Wir müssen Ranur suchen. Ich weiß nicht wie, aber das ist die einzige Möglichkeit. Und wir müssen Morah helfen.“

Die Reise beginnt

Tami lief nach Hause und begann ein paar Sachen einzupacken. Viel konnte sie nicht mitnehmen, aber ein paar Taler von ihrem kargen Ersparten, etwas zu essen, eine warme Decke und ihren Wasserschlauch brauchte sie auf jeden Fall – und natürlich ihren Bogen. Ihr Vater hatte ihr schon früh beigebracht, mit Pfeil und Bogen zu jagen. Tami mochte es zwar nicht gerne, Tiere zu töten, aber es war zum Essen und Überleben einfach notwendig. Als sie fertig war, versteckte sie ihr Bündel unter dem Bett.

Tante Rella kam nach einer Weile nach Hause, konnte aber nicht viel Neues aus dem Dorf berichten. Niemand wusste, was genau passiert war. Tami war aufgewühlt, sie hatte Angst vor ihrer Entscheidung, wusste aber auch, dass es der einzige Weg war. Der Einzige, der jetzt helfen konnte, war Ranur.

Sie wartete, bis ihre Tante eingeschlafen war, nahm ihr Bündel und wandte sich zum Gehen. An der Tür drehte sie sich nochmals um, nahm ein kleines Stück des Papiers, das ihre Tante in der Lade am Tisch aufbewahrte, und eine Feder und schrieb ein paar Worte. Zumindest sollte Tante Rella sich keine Sorgen machen, ihr sei etwas zugestoßen. Ob sie verstehen würde, dass das, was Tami vorhatte, wichtig und notwendig war, daran zweifelte Tami. Aber damit konnte sie sich auseinandersetzen, wenn sie wieder zurückkam. Eine Welle der Gefühle überkam sie. Tante Rella war ihre einzige lebende Verwandte und hatte sich immer um sie gekümmert. Sie hauchte einen Kuss auf das Papier und hoffte, ihre Tante würde es irgendwie doch verstehen.

An der Türschwelle verließ sie plötzlich der Mut. Sollte sie es wirklich wagen? So viele Gefahren konnten auf sie warten am Weg zu Ranur, und sie war ganz allein… aber was sollte dann aus Salana werden? Und wer würde Morah helfen? Tami straffte ihre Schultern und trat durch die Tür.

Salana wartete am Waldrand unter einer großen Trauerweide auf sie – dort, wo sie sie zuvor zurückgelassen hatte. Das Tier schien wirklich jedes Wort irgendwie zu verstehen, das Tami an sie richtete. Da Salanas Fell mit seiner weißen Farbe sehr hell war, auch wenn es gerade nicht leuchtete, nahm Tami etwas Schlamm vom Bett des Bachs, der sich am Waldrand entlang schlängelte, und verteilte ihn auf Salanas Fell. Salana schien das zwar nicht zu gefallen, aber sie ließ es ruhig geschehen, und so begannen sie ihre Wanderung nach Süden.

Der Mond schien sanft und beleuchtete ihren Weg über Wiesen und Felder, wenn auch auf gespenstische Weise. Tami mochte die Dunkelheit nicht und was diese aus Umrissen und Schatten von Bäumen und Sträuchern machte. Niemals hätte sie sich vorgestellt, allein durch die Nacht zu reisen. Als sie den Wald erreichten, wurde es noch deutlich dunkler, da das Mondlicht den Boden des Waldes nur schwer erreichte. Tamis ungutes Gefühl wuchs immer mehr, und sie bekam richtig Angst. Als in der Nähe ein Ast knickte, fuhr sie erschrocken zusammen und stieß einen kleinen Schrei aus. Dann spürte sie, wie Salana sich nahe an sie drängte. Sie legte ihre Hand auf den Hals des Einhorns und fühlte, wie eine Welle der Zuversicht ihre überreizten Nerven beruhigte. Ja, sie war nicht allein. Salana war bei ihr, und für Salana würde sie es schaffen. Tami atmete tief durch und ging weiter.

Nach einigen Stunden war Tami so müde, dass sie kaum mehr einen Fuß vor den anderen setzen konnte. „Wir müssen uns einen Schlafplatz suchen“, sagte Tami zu Salana. Sie gingen etwas tiefer in den Wald hinein und fanden Zuflucht unter einem großen Baum, der durch ein Dickicht gut auf mehreren Seiten geschützt war. Tami kuschelte sich an Salana und war trotz aller Aufregungen so erschöpft, dass sie rasch einschlief.

Tami erwachte früh, schon zu Beginn der Dämmerung. Sie konnte nur wenige Stunden geschlafen haben – die Nacht im Wald, so ganz ohne Schutz oder Dach über dem Kopf, hatte ihr trotz aller Müdigkeit Angst gemacht und sie war bei jedem Geräusch halb aufgewacht. Und Geräusche gab es im Wald nachts viele. Außerdem war es kalt. So warm die Tage jetzt im Spätsommer noch waren, so kühl wurde es nachts schon – ein Zeichen des herannahenden Herbstes. Salana hatte sich zum Schlafen neben ihr niedergelassen und der Körper des Einhorns hatte Tami im Schlaf ein wenig gewärmt. Sie war auch schon wach und rieb ihre Nüstern an Tamis Schulter. Ihr silbernes Horn war wieder sichtbar – Tami hoffte, dass sie es wieder verstecken konnte, wenn die Reise weiterging. Sie streckte ihre müden Glieder und überlegte, ob sie ein Feuer machen wollte. Sie entschied sich dann aber dagegen – sie wollte rasch aufbrechen, um so weit wie möglich an diesem Tag zu kommen.

Nach einem kargen Frühstück aus Brot und ein paar Schlucken Wasser, gepaart mit ein paar Beeren von einem Strauch im Dickicht neben ihrem Lager, beseitigte Tami die Spuren ihrer Übernachtung so gut es ging und sie machten sich auf den Weg. Als sie aus dem Waldstück traten, war die Sonne hervorgekommen und beleuchtete den Weg und die Ebene vor ihnen. Der Weg führte einen Bach entlang. Tami war sehr froh darüber – so würden sie genug Wasser haben. Bald tauchte die Straße auch wieder in den Wald ein und Tami wusste, dass ein guter Teil des Wegs nach Süden durch den Wald führte. Es würde auf diesem Teil der Strecke genug Möglichkeiten geben, sich zu verstecken. Nicht nur wegen Salana – auch ein alleine reisendes Mädchen war auf Straßen und Wegen nicht wirklich sicher.

So begann ihre Reise anfangs recht ruhig. Tami hatte herausgefunden, dass Salana ihr silbernes Horn tarnte, wenn sie es sanft berührte und zu ihr sprach, und dass es wieder sichtbar wurde, wenn Salana sich sicher fühlte. Sie musste einfach darauf vertrauen, dass das funktionierte. Falls irgendjemand das Horn erblickte, wären sie geliefert – man würde Salana sofort einfangen und einsperren wollen, oder noch schlimmer – den grauen Reitern übergeben. Und Tami würde sie bestimmt nie wiedersehen.

Am Abend des zweiten Tages überlegte Tami gerade, wo sie ihr Quartier aufschlagen wollten, als sie vor sich auf dem Weg zwei Frauen mit Körben gehen sah. Sie sah sich um; sonst war niemand zu sehen. Tami fasste sich ein Herz – sie musste unbedingt Informationen bekommen, wie sie am schnellsten nach Admantia kam! Sie machte Salana klar, am Waldrand zu warten und lief den Frauen nach. „Guten Tag, liebe Damen! Dürfte ich Euch vielleicht etwas fragen?“, rief sie, als sie die Frauen fast eingeholt hatte.

Die beiden waren bäuerlich gekleidet und in ihren Körben lagen Pilze und Beeren. Sie wandten sich um und sahen Tami erstaunt an. „Was machst du denn hier, Mädchen?“, fragten sie misstrauisch, aber durchaus freundlich.

„Ich... äh... bin auf dem Weg zu meinem Onkel“, antwortete Tami nach kurzem Nachdenken.

„Aha, und wer begleitet dich?“, fragte die Jüngere von den beiden.

„Ähm... ich bin allein unterwegs, meine Eltern sind gestorben und mein Onkel wird mich bei sich aufnehmen“, sagte sie mit leiser Stimme und trauriger Miene. Tami ärgerte sich über sich selbst – sie hätte sich vorher überlegen sollen, welche Geschichte sie erzählte, wenn sie jemand nach dem Ziel und Grund ihrer Reise fragte. Sie hoffte, dass die Frauen ihr glauben würden. Aber ihre Sorge war unbegründet.

Die ältere Frau sah Tami voller Mitleid an und sagte: „Du armes Kind. Wo wohnt denn dein Onkel?“

„In Admantia“, antwortete Tami leise.

„Da hast du noch zwei Tagesreisen vor dir, und es wird heute noch regnen. Wenn du willst, komm mit uns – wir wohnen im nächsten Dorf. Wir können dir zwar kein Bett anbieten, aber eine Mahlzeit und ein Lager im Schuppen, wenn du magst. Ich heiße übrigens Tonia, und das ist meine Tochter Kira.“

Tami überlegte rasch – es war ein Risiko, natürlich, aber andererseits musste sie sich genauer nach dem Weg erkundigen, und dies schien eine gute Gelegenheit zu sein. Sie konnte aber nicht ohne Salana gehen! Konnte sie es wagen? „Vielen Dank, dieses freundliche Angebot nehme ich gerne an. Darf ich bitte mein Pferd mitbringen? Es grast oben am Waldrand und es ist das Einzige, was mir meine Eltern vermacht haben…“ Tami machte ein trauriges Gesicht.

„Natürlich, hole es nur!“, antwortete die jüngere Frau. „Etwas Heu werden wir auch noch übrighaben, denke ich.“

Tami lief zu Salana, vergewisserte sich, dass das Horn versteckt und das Fell noch ausreichend schmutzig war, und erklärte ihr mit raschen Worten, was sie vorhatte. Salana schnaubte unruhig, ließ sich aber von Tami das Ende eines Seils, das Tami in ihrem Bündel mitgebracht hatte, um den Hals legen. Wenn sie das „Pferd“ nicht führte, würde das Misstrauen und Aufmerksamkeit erregen – das mussten sie um jeden Preis vermeiden. Sie hoffte, dass das stolze Tier das verstand.

Als Tami die beiden Frauen mit Salana wieder erreichte, machten sie große Augen. „Das ist aber ein schönes Tier“, meinte Kira. „Warum reitest du es nicht?“

„Ich… ähm… es muss erst zugeritten werden“, versuchte Tami zu erklären. „Dabei soll mir auch mein Onkel helfen.“ Den beiden schien diese Erklärung auszureichen, und sie machten sich zu viert auf den Weg zum Haus der Familie.

Das Haus war ein sehr kleiner Hof, etwas außerhalb eines Dorfes. Ein Bach plätscherte munter am Haus vorbei, sie sah eine Ziege und ein paar Hühner in einem umzäunten Bereich vor dem Schuppen. Es sah ordentlich aus und war ein gutes Stück von den übrigen Häusern entfernt, die man in einiger Entfernung hinter einem Hain erahnen konnte. Tami atmete innerlich auf – sie würde Salana hier nicht zu vielen Blicken aussetzen müssen. „Du kannst das Pferd in den Schuppen bringen und dann reinkommen, der Regen wird bald anfangen“, sagte Tonia. Tami sah in den Himmel – tatsächlich hatten sich große dunkle Regenwolken aufgetürmt und der Wind war stärker geworden. Tami führte Salana in den Schuppen. Es gab zwar keine Box, aber es war Platz neben dem Verschlag für die Ziegen.

„Ich muss dich mit dem Seil hier anbinden, Salana, sonst schöpfen sie Verdacht“, sagte Tami. „Es tut mir so leid, ich hoffe du kannst das verstehen. Ich komme bald wieder!“ Salana wieherte leise und schmiegte ihren Kopf an Tami. Tami lehnte sich gegen das Einhorn und atmete tief ein. „Wir schaffen das. Ich hole mir alle Informationen, die wir brauchen, und morgen früh machen wir uns wieder auf den Weg.“ Sie wandte sich schweren Herzens ab und verließ den Schuppen.

Im Haus angekommen, herrschte geschäftiges Treiben in der Stube. Außer Tonia und Kira waren noch ein Junge von etwa acht Jahren und ein kleines Mädchen da und spielten mit hölzernen Bausteinen. Tonia und Kira waren dabei, eine Mahlzeit zuzubereiten. „Komm rein und setz dich, Tami. Möchtest du einen Schluck Wasser?“ Tami nahm dankend an, und Kira stellte einen Krug Wasser und ein paar Becher auf den Tisch.

Tonia sagte: „Darf ich vorstellen, Kinder, das ist Tami, sie wird heute bei uns bleiben. Tami, das sind Anto und Rona. Mein Mann ist leider heute nicht zuhause, er ist bei seinem Bruder, um ihm beim Bau des neuen Stalls zu helfen und wird erst morgen wiederkommen.“ Tami atmete insgeheim auf. Je weniger Menschen sie sahen, desto besser war es.

Nach dem Essen – es gab Eintopf mit Pilzen und Kräutern und dazu selbst gebackenes Brot – fühlte sich Tami satt und schläfrig. Sie schüttelte den Kopf – jetzt musste sie ihre Informationen bekommen, bevor sie zu müde wurde! „Tonia, Kira, könnt ihr mir noch ein paar Hinweise geben, wie ich am besten und schnellsten nach Admantia komme?“, fragte sie.

Tonia schenkte sich noch einen Becher Wasser ein und sah Tami an. „Es ist nicht kompliziert, du musst nur der Straße durch das Dorf folgen, weiter für ungefähr einen Tag, bis zur großen Brücke. Nach der Brücke gibt es eine Weggabelung, dort musst du dich links halten. Von dort noch ein weiterer Tag und du wirst in Admantia ankommen. Bei der Brücke gibt es ein Gasthaus, da kannst du vielleicht übernachten.“ Sie seufzte. „Ich mache mir ein wenig Sorgen um dich, wenn du da so allein weiterreist. Willst du nicht bei uns bleiben, und wenn mein Mann wieder da ist, versuchen wir jemanden zu finden der dich vielleicht begleitet oder dem du dich anschließen kannst?"

Tami überlegte. Eigentlich wäre sie lieber mit Salana allein unterwegs, aber sicherer wäre es jedenfalls, mit anderen zu reisen und vielleicht auch weniger auffällig… Sie musste um jeden Preis verhindern, dass man auf sie und Salana aufmerksam wurde. „Das wäre natürlich wunderbar, aber liebe Tonia, ich kann nicht bis morgen Abend warten. Mein Onkel erwartet mich bestimmt schon und würde sich Sorgen machen."

„Hm", meinte Tonia. „Wir können auch morgen früh ins Dorf gehen und uns umhören, ob dich jemand mitnehmen kann."

„Vielen Dank, Tonia, sehr gerne!", antwortete Tami. Kurz darauf entschuldigte sie sich und ging hinüber in den Schuppen, um sich schlafen zu legen. Sie gab Salana noch etwas Wasser und erzählte ihr von Tonias Vorschlag. „Ich weiß, es ist ein Risiko, Salana, aber ich denke es ist unsere beste Chance", seufzte Tami. Sie schloss die Augen, und mit dem sanften Rhythmus von Salanas gleichmäßigem Atem im Ohr und der Wärme des Strohs unter sich, war sie bald eingeschlafen.

Am nächsten Morgen wachte Tami davon auf, dass Salana sie schnaubend anstupste. „Was ist los, Salana?" Salana warf unruhig den Kopf hin und her, ihr Horn schimmerte sanft im dämmrigen Licht im Schuppen. Tami streichelte sie und berührte das Horn, das Salana daraufhin wieder mit ihrem Zauber verschwinden ließ. Keinen Moment zu früh – die Tür zum Schuppen öffnete sich und Anto kam herein. „Du… ähm… Mutter will wissen, ob du bereit bist, zum Frühstück zu kommen", stotterte er. Er war offensichtlich schüchtern und unsicher, wie er mit Tami umgehen sollte. Dann fiel sein Blick auf Salana und seine Augen weiteten sich. „Das… das ist aber ein schönes Pferd! Darf ich es mal streicheln?", rief er.

Tami erschrak – was sollte sie tun? Was, wenn sie es erlaubte, und er auch die Bilder sehen konnte, die sie schon oft gesehen hatte, wenn sie Salana berührte? „Salana mag es nicht so gerne, wenn Fremde sie berühren, weißt du? Sie ist noch sehr scheu und nicht zugeritten", antwortete sie nach kurzem Zögern. Salana begann, unruhig auf der Stelle zu tänzeln und mit dem Kopf zu schlagen – Tami war immer wieder erstaunt, wie gut das Einhorn sie offensichtlich verstand und wie intelligent es war. Anto sah enttäuscht aus, aber er trat einen Schritt zurück und deutete Tami mitzukommen.

Nach dem Frühstück half Tami Kira damit, die Küche aufzuräumen und das Geschirr zu waschen und zu verstauen. Danach packte sie ihr Bündel zusammen, verabschiedete sich herzlich von Kira und den beiden Kindern und machte sich mit Tonia auf den Weg ins Dorf. Tonia hatte ihr ein altes Halfter für Salana geschenkt, was Salana zwar nicht begeisterte, was jedoch sehr dazu beitrug, das Bild eines normalen Pferdes aufrecht zu erhalten, das Tami nun ins Dorf führte. Sie war ungemein nervös und hätte Salana eigentlich lieber im Schuppen gelassen, aber sie hatte zu viel Angst, dass Anto oder jemand anderes versuchen könnte, sie zu berühren oder irgendwie das Horn sehen würde. Gott sei Dank war das Wetter noch immer schlecht. Es nieselte sanft, und so waren wenige Menschen auf der Straße. Tonia steuerte zielstrebig eine Hütte an, vor der ein Pferdekarren stand, auf dem Tami Töpfe und Eimer erkannte. Tonia klopfte an die Tür und ein älterer Mann öffnete. „Guten Morgen, Holan!“, sagte Tonia.

„Guten Morgen, Tonia“, antwortete der Mann. „Wie kann ich dir helfen? Brauchst du einen neuen Topf?“

Tonia lächelte. „Immer nur das Geschäft im Kopf, Holan“, sagte sie mit einem Augenzwinkern. „Nein, heute nicht. Aber ich habe eine andere Frage. Das hier ist Tami. Sie muss dringend zu ihrem Onkel nach Admantia, ihre Eltern sind leider gestorben und er erwartet sie schon.“

Holan sah Tami mitfühlend an. „Das tut mir leid, Kleines“, sagte er.

Tonia fuhr fort: „Hast du nicht dieser Tage wieder eine Lieferung für Admantia? Und könntest du sie da vielleicht mitnehmen? Ich möchte nicht, dass sie alleine reist.“

„Ja, das wäre sicher nicht so gut – es sind einige graue Reiter unterwegs grade, und es werden schlimme Geschichten über sie erzählt“, erwiderte Holan.

Tonia seufzte. „Ich verstehe nicht, warum der Fürst diesem Treiben keinen Einhalt gebietet! Er kann doch nicht einfach zulassen, dass diese Reiter ihr Unwesen in seinem Land treiben!"

„Tja", sagte Holan, „man hört Gerüchte, dass er es nicht nur zulässt, sondern sogar mit ihnen zusammenarbeitet. Seine eigene Wache ist nicht groß, die Reiter unterstützen ihn, und das gibt ihm mehr Macht. Daher lässt er sie gewähren. Wie gesagt, die Zeiten waren schon mal besser." Er seufzte. „Und ja, ich kann Tami mitnehmen. Ich wollte eigentlich heute aufbrechen, bin aber mit der Arbeit noch nicht ganz fertig, also wird es wohl morgen werden."

„Ich kann dir helfen!", rief Tami aus. „Dann geht es vielleicht schneller?"

Tonia lächelte. „Tami hat es ziemlich eilig, ihr Onkel erwartet sie schon und sie will nicht, dass er sich Sorgen macht."

Holan überlegte kurz, dann nickte er. „Gut, dann an die Arbeit! Wenn wir es in zwei Stunden schaffen, alles aufzuladen, können wir heute noch aufbrechen."

Tami verabschiedete sich herzlich von Tonia. „Ich kann dir gar nicht genug danken, Tonia. Du hast mir so geholfen!"

Tonia umarmte Tami fest. „Pass auf dich auf, Kleines. Ich hoffe, ihr kommt gut an und es ergeht dir gut bei deinem Onkel. Alles Gute!" Dann drehte sie sich um und ging über den Dorfplatz davon. Tami hatte plötzlich einen Kloß im Hals. Jetzt waren sie wieder auf sich gestellt.

„Du kannst dein Pferd hinter dem Haus anbinden, bis wir fertig sind", sagte Holan. „Ein schönes Tier übrigens." Tami schaute verlegen zu Boden und erzählte Holan wieder ihre Geschichte, dass Salana das einzige Erbe ihrer Eltern an sie war, und noch nicht zugeritten. Holan nickte verständnisvoll und ließ die Sache auf sich beruhen.

Die nächsten zwei Stunden hatte Tami keine Zeit, sich Sorgen zu machen. Es war eine ziemliche Schufterei, alle Töpfe und Eimer aus dem Lager auf den Karren zu tragen und dort festzumachen. Sie strengte sich an, so sehr sie konnte, damit sie nur ja bald aufbrechen konnten. Schließlich war es geschafft. „Gut gemacht, Mädchen", sagte Holan anerkennend. „Nun denn, dann lass uns aufbrechen. Am besten bindest du dein Pferd hinten am Karren an und setzt dich zu mir auf den Kutschbock."

Salana schnaubte verärgert, als Tami das Seil hinten am Karren festmachte. „Es muss sein, Salana, versteh das bitte", flüsterte sie dem Einhorn zu. Sie machte den Knoten aber ganz locker, so dass Salana sich im Notfall durch einen kräftigen Ruck befreien würde können.

Ihre Reise startete gut – Holan war ein schweigsamer, aber freundlicher Mann. Die Wolken lichteten sich und bald kam die Sonne hervor und wärmte Tami. Zusammen mit dem sanften Schaukeln des Wagens fühlte sich Tami bald angenehm entspannt, fast ein wenig schläfrig. Am frühen Nachmittag aßen sie ein paar Bissen aus Holans mitgebrachtem Jausenbündel. „Ich möchte keine lange Pause machen, wir werden im Gasthof vor der Brücke übernachten und ich möchte nicht zu spät dort ankommen", meinte Holan.

Als sie kurz vor der Abenddämmerung den Gasthof tatsächlich erreichten, war Tami wieder hellwach und aufgeregt. Hoffentlich würde alles gut gehen! Der Gasthof lag an einer Wegbiegung am Rande eines kleinen Weihers. Die Brücke konnte man in der Ferne schon sehen. Aus dem Schornstein kräuselte sich Rauch. „Wie freue ich mich auf ein gutes Essen und ein weiches Bett", sagte Holan.

„Ich würde gerne im Stall bei meinem Pferd schlafen", sagte Tami.

Holan zog eine Augenbraue hoch. „Warum das denn? Dein Pferd kann bestimmt mal eine Nacht ohne dich sein", lachte er. „Und im Haus ist es sicherer."

Tami schaute verlegen zu Boden. „Ich… ich…"

„Du hast nicht genug Geld, stimmt's?", vermutete Holan. Tami errötete und nickte. „Mach dir darüber keine Sorgen. Du bist heute mein Gast – Tonias Freunde sind auch meine Freunde, und ich würde ihr nie wieder unter die Augen treten können, sollte dir was passieren." Er zwinkerte Tami freundlich zu. Tami atmete erleichtert auf – jetzt musste nur noch alles gut gehen, was Salana betraf.

Ihre Sorgen waren Gott sei Dank unbegründet. Holan war im Gasthof offensichtlich bekannt und wurde freundlich begrüßt. Sie bekamen ein kleines, sauberes Zimmer mit zwei Betten, die an gegenüberliegenden Wandseiten standen. Salana bekam einen Platz im Stall neben einigen Pferden. Tami suchte eine Stelle für sie aus, die möglichst weit hinten in einer schummrigen Ecke lag, damit man sie nicht so gut sehen konnte, wenn man hereinkam.

Als Tami den Stall verließ und in den Hof trat, der zur Straße offen war, sah sie, dass ein junger Mann sie beobachtete. Es gab ihr ein unangenehmes Gefühl, wie er sie ansah, also ging sie rasch weiter. Sie wollte Salana noch selbst frisches Wasser und ein paar Kräuter von der Wiese nebenan bringen. Sie pflückte zuerst die Kräuter, fand einen Kübel am Brunnen, holte Wasser herauf und brachte dann beides zu Salana. Als sie in Salanas Box stand und dem Tier beim Kauen zusah, hörte sie plötzlich eine Stimme hinter sich – nah, zu nah. Tami fuhr herum. „Schönes Pferd“, knurrte der junge Mann und verzog das Gesicht zu etwas, das wohl ein Lächeln sein sollte, das aber bei Tami keinerlei gutes Gefühl auslöste.

Sie trat einen Schritt zurück. „Ja“, sagte sie, „es gehört meinem Onkel.“

Er warf einen Seitenblick auf Salana. „Aha“, sagte er, und sah sich suchend um.

Tami fühlte sich zunehmend unwohl. Sie straffte sich und sagte: „Ich muss jetzt gehen.“ Sie schickte sich an, an ihm vorbeizugehen, aber der Bursche machte einen Schritt zur Seite und versperrte ihr den Weg.

„Warum denn so eilig? Ich will doch nur mit dir reden.“ Er trat wieder einen Schritt näher.

Ein Gefühl der Beklemmung ergriff Tami. Was sollte sie tun? Salana würde ihr bestimmt helfen, wenn der Bursche versuchte, ihr etwas anzutun, aber dann würde ihre Tarnung auffliegen, und das durfte auf keinen Fall geschehen! Sie überlegte fieberhaft, und fasste dann einen Entschluss. „Lass uns das Gespräch doch draußen weiterführen“, sagte sie und versuchte, ihre Stimme ruhig klingen zu lassen. Sie musste ihn von Salana fortlocken.

„Aber gerne doch“, grinste der junge Mann und trat beiseite.

Tami musste all ihre Willenskraft aufbieten, um ruhig zu bleiben, als sie an ihm vorbeiging, und nicht sofort wegzulaufen. Sie ging mit raschen Schritten durch den Stall und trat hinaus auf den Hof. Inzwischen war es dämmrig geworden. „Es ist schon spät, ich muss jetzt wirklich zu meinem Onkel. Er wartet bestimmt schon auf mich“, sagte sie und wollte weitergehen.

Doch der Bursche zog sie plötzlich und mit einer sehr schnellen Bewegung durch eine schmale Tür neben dem Eingang zum Schuppen in das dämmrige Zwielicht eines kleinen Raums hinein. Seine Arme hielten sie fest wie ein Schraubstock und er zischte: „Gib mir dein Geld!“

Tami stand wie erstarrt da – das konnte nicht wirklich passieren! „Hör auf, ich habe kein Geld, lass mich in Ruhe! Hilfe!“, rief sie ängstlich.

Der junge Mann löste eine Hand und hielt ihr damit den Mund zu. „Aber, aber! Wir werden doch nicht schreien. Schauen wir mal, ob du nicht doch Geld hast – notfalls nehme ich auch dein Pferd!“, sagte er. Tami begann zu zittern, sie fühlte sich hilflos, und der ungewaschene Geruch des Mannes verursachte ihr Übelkeit. Um Gottes Willen, was würde er ihr antun? Und was würde aus Salana werden?

Salana. Der Gedanke, klar wie Eis, brachte mit einem Male Ordnung und Klarheit in Tamis Gedanken. Sie musste entkommen. Es ging um Salana. Das Einhorn brauchte sie. Und plötzlich wusste Tami instinktiv, was zu tun war. Sie hörte auf, Widerstand zu leisten, und ließ ihren Körper ganz schlaff werden. Der Mann versuchte erstaunt, sie aufzufangen, als sie zu Boden zu gehen schien. Und in genau diesem Moment holte Tami aus und rammte ihr Knie mit aller Kraft, die sie hatte – und mehr als sie für möglich gehalten hätte – in die Lenden des Mannes. Er schrie auf, ließ von Tami ab und klappte zusammen. Tami wartete keine Sekunde – sie sprintete los, über den Hof und hinein in den Gasthof.

Als sie die Türschwelle überschritten hatte und in den Gastraum kam, schwer atmend und aufgelöst, hoben sich einige Blicke und schauten sie erstaunt an. Tami rief dem Wirt zu: „Draußen ist ein Dieb! Er wollte mich bestehlen und auch die Pferde sind in Gefahr!" Der Wirt stellte den Krug, den er gerade hielt, mit einem Knall auf der Schank ab, rief ein paar kurze Worte in die Küche und Sekunden später war er mit zwei seiner Bediensteten auf dem Weg in den Hof. Tami stand in der Stube und zitterte. Die Wirtin kam auf sie zu, nahm sie an der Hand und führte sie zu einer Bank, auf der sie Tami anwies, sich hinzusetzen.

„Ruhig, ruhig, du arme Kleine, hier bist du sicher", sagte sie und strich Tami beruhigend über das Haar. Sie gab der Schankmagd ein Zeichen, die in die Küche ging und wenig später mit einer Tasse warmer Milch zurückkam, die sie vor Tami absetzte.

„Trink das, mein Kind, dann geht es dir gleich besser", meinte die Magd. Tami nahm die dampfende Tasse dankend an und trank einen kleinen Schluck. Langsam beruhigte sie sich. Inzwischen hatte auch jemand Holan alarmiert, der in ihrer Kammer gewesen war und nun die Treppe herunterlief. „Tami, geht es dir gut? Was ist passiert?" Tami erzählte es ihm, und nachdem er sich versichert hatte, dass es ihr wirklich gut ging, lief er zur Tür, um den Männern bei der Suche nach dem Übeltäter zu helfen.

Nach einer Weile kamen die Männer und Holan wieder herein, mit entmutigten Mienen. „Wir haben ihn nicht gefunden", sagte Holan mit einem entschuldigenden Blick zu Tami. Der Wirt grummelte und wies zwei seiner Knechte an, heute draußen abwechselnd Wache zu halten. „Ihr und eure Pferde seid hier sicher, dafür werde ich sorgen", sprach er mit ernster Stimme. „Eine Runde Bier für alle Helfer!" Daraufhin setzten sich alle hin, und die Gespräche im Schankraum, die zum Erliegen gekommen waren, begannen wieder.

Holan nahm Tamis Hand und sah ihr in die Augen. „Geht es dir gut, mein Kind?", fragte er.

„Danke, Holan", sagte Tami, mit Blick auf die Wirtin, die noch immer neben ihr saß. „Ich glaube, ich brauche jetzt etwas Ruhe". Holan nickte verständnisvoll, und Tami erhob sich, um sich auf den Weg in ihre Kammer zu machen. Während sie durch den

Schankraum ging, senkte sie den Blick, um so klein und unsichtbar wie möglich zu sein und ging die Treppe hinauf zu dem Zimmer, das man ihr und Holan zugewiesen hatte. Sie schloss die Tür, drehte den Schlüssel um und sank an der Innenseite der Tür hinab zu Boden. Ihr Kopf fiel auf ihre Knie, und sie ließ ihren Tränen freien Lauf. Sie war nochmal entkommen und würde sich hüten, ohne Holan nochmal in die Nähe dieses Stalles zu kommen. Aber das Erlebnis hatte ihr gezeigt, wie schutzlos sie auf ihrer einsamen Reise war und wie schwer es sein würde, Salana zu helfen und zu beschützen, wo sie doch selbst nichts weiter war als ein kleines Mädchen. Es dauerte eine Weile, bis Tami sich beruhigt hatte. Holan brachte ihr ein kleines Abendessen herauf. Er hatte gespürt, dass Tami nicht mehr in der Stimmung war, unter Leute zu gehen. Tami war ihm unendlich dankbar dafür. Außerdem wollte sie ihm auch möglichst wenig Gelegenheit geben, ihr Fragen zu ihrem Onkel in Admantia oder ihrem Ziel zu stellen – wo sie doch außer seinem Namen und dass er ein Gelehrter in Admantia war, eigentlich nichts über Ranur wusste. Aber diesem Problem würde sich Tami stellen, wenn es so weit war.

Die Nacht verlief ruhig, auch wenn Tami sich schwertat, mehr als ein paar Stunden Schlaf zu finden. Den größten Teil der Nacht lag sie nur da und lauschte Holans sanftem Schnarchen. Es war ihr auch durchaus recht, dass Holan ebenfalls früh aufwachte und verkündete, sie würden nach einem schnellen Frühstück sogleich aufbrechen. Am Ende dieser Tagesreise würden sie schon in Admantia sein! Tami konnte es nicht erwarten. Holan hatte sie gefragt, wo genau in Admantia sie hinwollte – Admantia war ja eine recht große Stadt. Tami hatte ihm ehrlich gesagt, dass sie nicht wusste, wo ihr Onkel wohnte, aber da cr ein Gelehrter war, sollte er nicht allzu schwer zu finden sein, meinte sie. Holan stimmte ihr zu und schlug vor, am besten in der Kirche nachzufragen – die Priester kannten den Gelehrten ganz bestimmt, und dort war Tami auch vor möglichen Betrügern gefeit.

Salana war überaus froh, Tami wiederzusehen und schien sich auch an ihren Platz hinter dem Karren ein wenig gewohnt zu haben. Jedenfalls schnaubte sie nicht mehr so verärgert, als Tami ihr Seil wieder locker festband. „Nur noch einen Tag, Salana, dann sind wir bei Ranur. Wir schaffen das“, flüsterte sie ihr zu und strich ihr sanft über das versteckte Horn. Durch die Reise und den Regen sah Salanas Fell auch schön schmutzig aus und sie fiel auf den ersten Blick neben den anderen Pferden nur noch ein wenig durch ihre Haltung und ihren schönen Kopf auf. Und natürlich durch die klugen Augen – aber so genau würde weiterhin niemand hinsehen, hoffte Tami. Ihr Angreifer aus der letzten Nacht war Gott sei Dank nirgends zu sehen, darüber war Tami ungemein froh.

Nach wenigen Minuten auf dem Weg kam die Brücke in Sicht. Und – Tami bliebt fast das Herz stehen – auf der Brücke standen zwei Reiter, in graue Rüstungen gehüllt! Salana hatte sie ebenfalls bemerkt und schnaubte und tänzelte unruhig. Holan brummte verärgert: „Was machen die denn da? Das kann nichts Gutes bedeuten“. Nun entdeckte Tami neben den zwei Reitern auch noch einen Wachmann, der in die Kleidung der Fürstenwache gehüllt war und mit den Reitern sprach. „Na gut, bringen wir es hinter uns“, sagte Holan, und schnalzte mit den Zügeln. Das braune Pferd vor dem Wagen lief los und setzte den ersten Huf auf die hölzerne Brücke. Tami sah sich verzweifelt nach einem Ausweg um – aber es gab keinen. Jetzt umzudrehen wäre höchst verdächtig gewesen und die Reiter würden sie bestimmt zur Rede stellen.

Holan sah ihren ängstlichen Blick und legte ihr beruhigend eine Hand auf den Arm. „Ganz ruhig, Mädchen. Mach dir keine Sorgen. Uns wird schon nichts passieren. Wir sagen einfach, du bist meine Nichte und hilfst mir bei meiner Lieferung, dann gibt es bestimmt weniger Fragen.“ Tami nickte und versuchte ruhig zu atmen. Sie sandte beruhigende Gedanken zu Salana, in der Hoffnung, dass sie diese spürte.

Als sie die Soldaten erreichten, hob der Wachmann die Hand. „Halt! Wer seid ihr und wohin wollt ihr?“

Holan antwortete: „Ich bin Holan, ein Kaufmann auf dem Weg nach Admantia, um dort meine Töpfe zu verkaufen. Das hier ist meine Nichte, sie hilft mir bei der Arbeit.“

Der Wachmann trat neben den Wagen und warf einen Blick auf die Ladefläche. „Hm, ja“, sagte er in einem gelangweilten Tonfall. „Dann fahrt weiter.“

Holan wollte gerade mit den Zügeln schnalzen, als einer der grauen Soldaten die Hand hob. „Warte! Was ist das für ein Pferd, das ihr hinten angebunden habt?“

Holan reagierte schnell. „Das Tier ist an meinen Geschäftspartner in Admantia verkauft, er braucht ein weißes Pferd für die Hochzeit seiner Tochter.“

Der Soldat sah Holan durchdringend an, dann trat er hinter den Karren, um sich das Pferd genauer anzusehen. Tamis Herz schlug ihr bis zum Hals. Sie begann zu zittern und drehte sich um, um zu sehen, was vor sich ging. Holan legte ihr beruhigend die Hand auf den Arm und sah sie eindringlich an. Tami verstand und senkte ihren Blick wieder zu Boden, beobachtete aber aus den Augenwinkeln genau, was hinten am Karren geschah. Der Soldat ging auf Salana zu, die wieder einmal die Situation klar zu verstehen schien und den Kopf hängen ließ – wie eine müde alte Mähre. Der Soldat ging um sie herum und – Tami blieb fast das Herz stehen – fasste sie dann an den Nüstern, um ihren Kopf näher in Augenschein zu nehmen. Was, wenn er die Bilder sah oder das Horn fühlte? Dann war alles zu Ende…

„Gut, fahrt weiter!“, sagte der Soldat plötzlich, und die anderen beiden machten den Weg frei. Holan schnalzte mit den Zügeln und der Karren setzte sich in Bewegung. Tami sah im Vorbeifahren, dass der Soldat Handschuhe trug. Hatte er deshalb die Bilder nicht gesehen, oder konnte Salana steuern, wem sie die Visionen zeigte und wem nicht?

Sie erreichten das Ende der Brücke unbehelligt und Holan wandte den Karren an der Gabelung auf den Weg nach links. Tami war schwindelig vor Aufregung, sie versuchte ruhig zu atmen. Schweigend fuhren sie ein Stück weiter. Nach einer Biegung der Straße, neben einem kleinen Hain, ließ Holan den Karren anhalten. „Ist ja gut, Mädchen. Ist ja nichts passiert“, tröstete er sie. „Ich weiß nicht, was geschehen ist, was dich die grauen Reiter so sehr fürchten lässt, aber es ist jetzt vorbei. Ich bringe dich sicher nach Admantia. Hier, iss etwas, das hilft den Schrecken zu verdauen.“ Er reichte Tami einen Apfel und lächelte ihr aufmunternd zu.

Tami sah ihn dankbar an. Die Begegnung mit den Reitern hatte sie die Gefahr, in der sie und Salana sich befanden, wieder deutlich spüren lassen. Auch wenn es gute Menschen gab, die ihr auf ihrem Weg halfen, so war sie doch erst am Anfang ihres Wegs – wer weiß was er noch bringen mochte. „Gibst du mir noch einen Moment?“, fragte sie Holan. Er nickte, und Tami stieg vom Wagen und ging zu Salana. Diese schnaubte freundlich und legte ihren Kopf an Tamis Schulter. Tami umarmte das Einhorn ganz fest und atmete tief durch. „Wir schaffen das, Salana“, sagte sie mit fester Stimme. Und wie jedes Mal, wenn sie dem Einhorn ganz nahe war, durchströmte sie eine Welle von Freude, Liebe und Hoffnung. Ja, sie würden es schaffen, bestimmt!

Ankunft in Admantia

Der Tag neigte sich dem Ende zu, und die tief stehende Sonne warf ihre goldenen Strahlen auf die Welt, als Tami und Holan einen kleinen Hügel hinauffuhren. Ihr Weg war an diesem Tag ohne Zwischenfälle verlaufen und Tami hoffte, dass sie rechtzeitig in der Stadt ankamen, damit sie Ranur noch aufsuchen konnte, bevor es zu spät für einen Besuch wurde. Oben auf dem Hügel angekommen, bot sich eine wundervolle Aussicht auf die unten im Tal liegende Stadt. Tami riss die Augen auf. „Admantia“, sagte Holan, und schmunzelte, als er den Ausdruck auf Tamis Gesicht sah. „Es ist schon ein beeindruckender Anblick, nicht?“

Der Hügel ging sanft in eine grüne Ebene über, in der die Stadt sich ausbreitete. Admantia war größer, als Tami sich vorgestellt hatte, und auf jeden Fall schöner. Die meisten Häuser waren aus braunem Stein gebaut, der warm in der Abendsonne leuchtete. Es gab eine Kirche und ein weiteres hohes Gebäude mit schön verzierten Türmchen, das in der Nähe stand. Am anderen Ende der Stadt erhob sich eine Burg, die gemeinsam mit der Stadt von einer hohen Stadtmauer umgeben war. Weit hinter der Burg konnte man in der Ferne einen hohen Berg sehen, dessen Spitze schroff und grau in den blauen Himmel ragte. So einen hohen Berg hatte sie noch nie gesehen. Tami wandte ihren Blick wieder auf die Stadt. Außerhalb der Mauern konnte man einige etwas ärmlichere Hütten, und noch weiter draußen Bauernhöfe und Felder sehen. Menschen, Pferde und Karren strömten geschäftig durch das Stadttor hinein und hinaus.

Holan fuhr auf das Tor zu, das mit den Bannern der Stadt Admantia behängt war – blau und gelb mit einem Wappen in der Mitte, auf dem ein Berg und ein Hammer prangten – und wechselte einige Worte mit den Wachmännern. Tami sah sich um – Gott sei

Dank waren keine grauen Reiter zu sehen. Sie passierten das Tor und fuhren in die Stadt hinein.

Tami wusste gar nicht, wo sie zuerst hinschauen sollte. Es gab so viel zu sehen! So viele Menschen, schöne Häuser, Gasthöfe – und alles so nah beieinander. So ganz anders als in ihrem Dorf. Sie erreichten den Marktplatz, wo die Händler grade ihre Stände für den Tag abbauten – der Abend nahte. Tami konnte nicht glauben, was hier alles angeboten wurde – nicht nur Dinge des täglichen Bedarfs, wie sie es aus Naraan kannte, sondern es gab Stände mit wunderschönen Stoffen, Tüchern, Hüten, Möbeln, und natürlich Essen in allen möglichen Formen. Tami lief das Wasser im Mund zusammen. Holan merkte es und lächelte.

„Möchtest du nicht noch mit mir essen, im Gasthof übernachten und deinen Onkel morgen aufsuchen, wenn du ausgeruht bist?"

Tami schüttelte den Kopf. „Danke, Holan, das ist so freundlich von dir, aber ich muss dringend zu meinem Onkel, er macht sich bestimmt schon Sorgen."

„Na gut", brummte Holan, „dann bringe ich dich nachher zum Kloster. Ich muss nur zuerst zum Gasthof, damit mein Wagen dort sicher verstaut werden kann. In einer großen Stadt kann man sein Hab und Gut nicht frei herumstehen lassen."

Tami schaute quer über den Marktplatz, dahinter konnte sie den Turm der Kirche erkennen. „Liegt das Kloster in der Näher der Kirche?", fragte sie.

„Ja, gleich daneben", antwortete Holan.

Tami überlegte. Sie musste es irgendwie schaffen, dass Holan sie nicht bis zu den Priestern begleitete, sonst bestand die Gefahr, dass die Geschichte mit ihrem Onkel aufflog – wer weiß, wie gut die Priester Ranur kannten, vielleicht wussten sie, dass er gar keine Nichte hatte... „Ich möchte schon so gerne zu ihm, kann ich nicht allein gehen? Es ist ja gar nicht weit weg", sagte Tami.

Holan zögerte. „Ich weiß nicht, Mädchen..." Er sah zum Himmel. „Na ja, die Dämmerung ist noch eine Weile entfernt und der Kirchturm ist ja wirklich nicht zu übersehen... na in Ordnung. Aber wenn es irgendwelche Schwierigkeiten gibt, komme sofort zu mir oder schick mir eine Nachricht. Ich wohne im Gasthof zur Taube, den kennt hier jeder, ganz in der Nähe des Marktplatzes. Und wenn alles gut klappt, kommst du morgen zu mir und erzählst, wie es dir ergangen ist, in Ordnung?“

Tami wurde warm ums Herz. Sie kannte Holan erst ein paar Tage und es war ein schönes Gefühl, dass er sich um ihr Wohlergehen sorgte, auch wenn er sie kaum kannte. „Ich verspreche es, Holan. Und ich kann dir gar nicht sagen, wie dankbar ich dir bin!“ Sie umarmte ihn ganz spontan und Holan brummte verlegen.

Tami lief zu Salana, die geduldig hinten am Wagen wartete. Sie band sie los und nahm das Seil locker in die Hand. Dann schulterte sie ihr Bündel und ihren Bogen, straffte die Schultern, winkte Holan noch einmal zu und ging los.

Der Weg zur Kirche war breit und führte an schönen, gepflegten Häusern vorbei. Tami fiel unter den Menschen auf der Straße nicht besonders auf, außer vielleicht durch ihre einfache Kleidung. Auch Salana war durch die Schmutzschicht, die Tami sorgfältig immer wieder erneuert hatte, wenn Holan nicht hinsah, scheinbar gut getarnt – die Blicke, die sie trafen, waren eher abschätzend, ob des schmutzigen Zustands des weißen Pferdes.

Als Tami den Platz vor der Kirche überqueren wollte, sah sie plötzlich einen Trupp Soldaten aus einer Seitenstraße kommen. Sie erschrak bis ins Mark und zog Salana rasch in den Schatten der Arkaden, die eines der Häuser säumten. Die Soldaten marschierten zielgerichtet weiter in Richtung Marktplatz. Tami wollte schon aufatmen, als sie zu ihrem Schrecken am Ende der Truppe einen grauen Soldaten auf einem dunklen Pferd sah, der neben einem ebenfalls berittenen Soldaten in den Farben der Stadt her ritt und sich leise mit ihm unterhielt. Tami drückte sich und Salana noch weiter in die Schatten des Arkadenganges und wagte kaum zu atmen. Ein paar endlose Sekunden vergingen. Die Reiter waren aber so in ihr Gespräch vertieft, dass sie nicht in ihre Richtung blickten. Endlich waren die Soldaten an ihr vorbei und Tami wagte es, aufzuatmen. Ihr saß der Schock in den Knochen. Sie waren also auch hier, hier in Admantia! Tami musste vorsichtig sein. Sie wartete noch eine Weile, um sicherzugehen, dass die Soldaten auch wirklich weg waren, fasste sich dann ein Herz und ging anstatt über den offenen Platz vor der Kirche lieber seitlich an den Häusern entlang, um sich jederzeit in einer Toreinfahrt verstecken zu können, sollte es nötig sein.

Als sie sich der Kirche und dem danebenliegenden Kloster näherte, entdeckte sie zwei Mönche, die scheinbar grade auf dem Weg von der Kirche zurück ins Kloster waren. Das war ihre Chance! Tami trat rasch auf die beiden zu, Salana hinter sich nachziehend. „Bitte entschuldigt, werte Priester, könnt Ihr mir bitte den Weg weisen?"

Die beiden Mönche, die in braune Kutten gehüllt waren, wandten sich um. „Wohin möchtest du denn, Kind?", sagte der Ältere von den beiden.

„Ich suche den Gelehrten Ranur", antwortete Tami.

„Ah, den alten Ranur", schmunzelte der Jüngere. „Hat er wieder eine Märchenstunde geplant, hm?"

Der ältere Mönch sah den Jüngeren strafend an. „Du magst vielleicht Ranurs Ansichten nicht teilen, aber ich finde es gut, dass er versucht, Kindern etwas Wissen weiterzugeben." Er lächelte Tami an. „Ranurs Haus ist leicht zu finden. Hinter dem Kloster, das Gebäude mit den kleinen Türmen, ist unsere Bibliothek. Ranur wohnt direkt dahinter, in dem Haus mit der roten Tür. Viel Glück!" Tami bedankte sich herzlich, und die Mönche wandten sich um und gingen davon.

„Salana, jetzt haben wir es gleich geschafft", freute sich Tami. Sie gingen los und fanden tatsächlich nach nur wenigen Querstraßen die genannte Bibliothek, und dahinter ein kleines Haus mit einer roten Tür. Tami atmete tief durch und klopfte.

Ranur, der Gelehrte

Der Mann, der die Tür nach einer ganzen Weile öffnete, war ganz und gar nicht das, was Tami sich unter Ranur, dem Gelehrten vorgestellt hatte. Er war klein und dünn, und sein graues Haar stand in allen Richtungen von seinem Kopf ab. Er trug auch keine standesgemäße Robe, sondern eine Art Morgenmantel – obwohl es ja eigentlich früher Abend war. Das Einzige, was ihn ein wenig nach einem Gelehrten aussehen ließ, war die dünne silberne Brille auf seiner Nase und das Buch, das er in der Hand hielt. Er schien aber nicht überrascht zu sein, Tami zu sehen. „Du bist zu früh, mein Kind, der falsche Tag, der falsche Tag! Komm morgen um fünf Uhr wieder!"

Er wollte die Tür wieder zumachen – doch Tami stellte rasch ihren Fuß in die Tür. „Nein, wartet! Seid Ihr Ranur, der Gelehrte?"

„Natürlich bin ich das, und du weißt das doch sicher, sonst wärst du nicht zu mir gekommen, oder?" Er sah sie fragend an. „Und die Geschichtenstunde findet immer am Sonntag statt, nicht am Samstag. Also husch, komm morgen wieder!"

„Aber ich bin nicht wegen einer Geschichtenstunde hier! Ich komme von Morah und ich brauche deine Hilfe!", sagte Tami eindringlich.

Ranur machte ein überraschtes Gesicht. „Von Morah? Ich habe schon viele Jahre nichts von ihr gehört..."

„Bitte lass mich rein, ich erzähle dir alles!", bat Tami.

Ranur nickte. „Jaja, komm herein, komm herein", sagte er und trat einen Schritt beiseite.

„Was ist mit Salana? Ich kann sie nicht hier draußen lassen", erinnerte ihn Tami mit einem Blick auf das Tier.

„Ah, dein Pferd... jaja, stimmt natürlich... dann komm mit." Er nahm einen Schlüssel vom Haken, trat aus der Tür, zog sie hinter sich zu und führte Tami zu einem schmalen Durchgang ein paar Schritte neben der roten Tür. Sie kamen auf einen kleinen Innenhof mit einer Scheune und einer Tränke davor. „Du kannst sie hier in meiner Scheune lassen, dort gibt es auch ein wenig Heu und Wasser für sie".

Tami bedankte sich, versorgte Salana und flüsterte ihr zu: „Es tut mir so leid, dass du nicht mit reinkommen kannst. Ich komme dann gleich wieder zu dir und erzähle dir alles!" Salana sah sie an, rieb ihre Nase an ihrer Schulter, wandte sich ab und begann zu fressen.

Tami folgte Ranur zurück zur roten Tür und in das Haus. Es war, wie die meisten Häuser hier im Zentrum von Admantia, ein Haus aus Stein – ganz anders als in Tamis Dorf, wo die meisten Menschen in kleinen Hütten aus Holz und Lehm lebten. Die Tür öffnete sich nicht in den Hauptraum des Hauses, wie es in Tamis Haus der Fall war, sondern in einen Gang, von dem mehrere Türen abzweigten. Ranur führte sie durch die erste dieser Türen in eine Art Wohnraum. Mehrere bequem aussehende, gepolsterte Stühle waren um einen großen Kamin gruppiert und an den Wänden standen Regale mit Unmengen von Büchern. Tami hatte noch nie in ihrem Leben so viele Bücher gesehen, ja sich nicht einmal vorstellen können, dass jemand so viele verschiedene Bücher besitzen konnte. Ehrfurchtsvoll ging sie die Regale entlang und bestaunte sie.

„Magst du Bücher?", fragte Ranur.

„Oh ja, ich liebe sie… ich habe nur fünf, aber die Geschichten darin sind so wunderbar…" Tami drehte sich um. „Aber Ranur, ich muss in einer sehr dringenden Angelegenheit mit Euch sprechen. Es geht um Leben und Tod!"

Ranur schaute sie erstaunt an. „Dann setz dich und erzähle es mir, mein Kind – wie heißt du eigentlich?"

„Oh entschuldige, das habe ich ganz vergessen. Ich heiße Tami und ich komme aus Naraan, wo auch Morah wohnt."

„Die liebe Morah! Geht es ihr gut?", fragte Ranur.

„Nein, eben nicht – gar nichts ist gut! Sie wollte dich um Hilfe bitten, aber dann ist sie verschwunden, und ich bin ganz allein mit

Salana hergekommen… und du darfst niemandem erzählen, was ich dir jetzt sage, sonst sind wir verloren! Bitte – versprichst du es mir?" Tami sah Ranur ernst und zitternd vor Aufregung an.

Ranur blickte sie erst erstaunt an, trat dann auf sie zu und nahm ihre Hände in seine: „Beruhige dich; ich verspreche es dir. Morah ist mir seit vielen Jahren eine liebe und treue Freundin, und Morahs Freunde sind auch meine. Ich werde dein Geheimnis nicht verraten."

Tami hatte tatsächlich das Gefühl, Ranur vertrauen zu können – und außerdem, welche Chance hatte sie denn sonst? Also setzten sie sich in die Stühle und Tami erzählte Ranur alles – von ihrer ersten Begegnung mit den Reitern, von Salana im Wald und den Bildern, Morahs Geschichte und Verschwinden, bis zu ihrer Reise nach Admantia. Sie schloss mit den Worten: „Morah hat gesagt, du bist der Einzige, der helfen kann, du weißt über die Einhörner und die Tore nach Abaloria Bescheid. Wir müssen Morah retten und Salana zurückbringen!"

Ranurs Augen waren immer größer geworden. Er saß mit einem Ausdruck von ungemeinem Erstaunen in seinem Stuhl. „Also, du sagst, dass dein Pferd… das weiße Pferd da draußen… tatsächlich ein Einhorn ist? Aus Abaloria?" Er schien fassungslos.

„Ja, genau so ist es", antwortete Tami.

Ranur sprang aufgeregt auf. „Ich muss es sehen… es hat doch ausgesehen wie ein Pferd!"

„Ja", antwortete Tami, „ich habe dir doch erzählt, dass sie das Horn verbergen kann, und ich sie mit Schmutz eingerieben habe, um sie zu tarnen. Komm, wir gehen zu ihr".

Tami ging zuerst allein in den Schuppen, trat auf Salana zu und erzählte ihr alles. „Ich glaube, wir können Ranur vertrauen, Salana. Ich denke, er ist unsere einzige Hoffnung". Salana sah sie an – und plötzlich begann die Luft um sie sanft zu schimmern. Das silberne Horn kam zum Vorschein und ihr Fell leuchtete in sanftem weißem Licht. Tami umarmte das Einhorn, und eine Welle von Zufriedenheit und Zuversicht durchströmte sie. Sie atmete tief ein, ging zur Tür des Schuppens und öffnete sie, um Ranur eintreten zu lassen.

Ranurs Gesichtsausdruck, als er Salana in all ihrer Pracht erblickte, war schwer zu beschreiben. Er schwankte mehrmals zwischen ungläubigem Erstaunen, Fassungslosigkeit und unbändiger Freude. Nachdem er sie lange und von allen Seiten angeblickt hatte, begann er voller Begeisterung auf– und abzuhüpfen. „Es ist wahr, es ist alles wahr, ich hatte die ganze Zeit recht! Ich wusste es!" Er umarmte Tami und drehte sie mit sich im Kreis. „Sie dachten, ich wäre verrückt, es wären nur alte Geschichten, aber ich wusste es! Ich wusste, dass es wahr ist!" Er strahlte Tami glücklich an.

Dann wandte er sich wieder Salana zu. „Oh wundervolles Einhorn aus Abaloria, darf ich dich in mein bescheidenes Heim einladen? Ich werde mit all meiner Kraft versuchen, dir zu helfen." Er verbeugte sich leicht. Tami fiel ein Stein vom Herzen und sie musste schmunzeln. Ranur war außer sich vor Aufregung und Freude. Salana sah Ranur an, ging einen Schritt auf ihn zu und stupste ihn mit der Nase an. „Ich glaube, sie meint, du darfst sie berühren", sagte Tami.

Ranur sah sie mit großen Augen an. „Denkst du wirklich? Ich… kann es ja versuchen…" Ranur bewegte ganz langsam seine Hand auf Salana zu und legte sie schließlich auf ihren Hals. Anfangs zitterte er leicht, aber dann begann er sichtlich, sich zu entspannen. Er schloss die Augen, atmete ruhiger und dann breitete sich ein Lächeln von großem Glück und Zufriedenheit auf seinem Gesicht aus. So verharrte er eine ganze Weile. Als er sich schließlich von Salana löste, leuchteten seine Augen. „Es ist unglaublich… noch nie habe ich so etwas Wunderbares gefühlt! Salana, du bist ein Wunder! Er strahlte das Einhorn verliebt an. „Aber nun kommt, wir haben viel zu tun!"

Tami folgte ihm, und an der Tür drehte sich Ranur um. „Komm, Salana, du auch – du kannst doch nicht in diesem kleinen Schuppen bleiben, oh wunderbares Einhorn!"

Und so folgten Tami und Salana Ranur, der sie durch eine Hintertür aus dem Hof ins Haus führte. Sie gingen aber nicht in den Wohnraum, in dem sie vorher waren, sondern in ein sehr großes Zimmer im hinteren Teil des Hauses, das Tami ein wenig an ein

Alchemisten–Labor erinnerte – oder zumindest hatte sie sich so ein Labor immer so ähnlich vorgestellt. Es gab auch hier unzählige Bücher, aber auch Bilder – von Einhörnern und fabelhaften Wesen, Landkarten, Phiolen und Gläser mit verschiedenfarbigen Inhalten. Es herrschte ein ziemliches Durcheinander. Im Kamin prasselte auch hier ein heimeliges Feuer, und es gab ein paar Stühle. Ranur schob einen kleinen Tisch zur Seite, um Platz für Salana zu machen. „Hier, hier, wir werden gleich schauen, wo die Karten sind, wo hatte ich sie denn…?" Er kramte aufgeregt in einem Haufen von Papierrollen herum.

Tami trat auf Salana zu und streichelte sie sanft. „Danke", sagte sie. „Danke, dass du mir und Ranur dein Vertrauen geschenkt hast. Ich bin so froh, dass wir jetzt Hilfe haben. Wir werden alles tun, damit du wieder nach Hause kommst."

Bis spät in die Nacht lief Ranur in seinem Studienzimmer – so nannte er den Raum – auf und ab, suchte in Büchern, auf Landkarten, und murmelte vor sich hin. Als Tami ihn fragte, ob sie ihm helfen konnte, antwortete er geistesabwesend und verwirrt, daher beschloss sie nach einer Weile, ihn in Ruhe zu lassen. Zwischendurch gelang es ihr, von ihm zu erfahren, wo die Küche war, und sie bereitete für sich und Ranur eine einfache Mahlzeit aus Brot und Käse zu. Ranur war aber viel zu beschäftigt, um zu essen. Irgendwann schlief Tami, zusammengerollt in einen der Lehnstühle am Feuer, ein. Sie erwachte davon, dass Ranur sie sanft weckte und sie freudig ansah. „Ich glaube ich weiß es jetzt, aber zuerst sollten wir ein wenig schlafen. Komm, ich zeige dir dein Zimmer. Salana kann hierbleiben, hier ist mehr Platz, in Ordnung?" Tami sah zu Salana, die entspannt in einer Ecke des großen Raumes stand und döste. Sie nickte, und Ranur führte sie in ein kleines, einfaches, aber sauberes Zimmer mit einem Bett, einer Truhe und einem Waschtisch, auf dem ein Krug mit Wasser und eine Schüssel standen, sowie ein Tuch zum Waschen. Tami bedankte sich und wünschte Ranur eine gute Nacht. Es war wunderbar, sich den Reisestaub abzuwaschen. Danach fiel sie erschöpft, aber voller Hoffnung, in einen tiefen Schlaf.

Am nächsten Morgen erwachte Tami von einem Geräusch, dass sie an das Klappern von Geschirr erinnerte. Sie folgte dem Geräusch und fand Ranur in der Küche vor, wo er ein wunderbares Frühstück mit Eiern, Schinken, Brot und Tee zubereitete. „Guten Morgen", begrüßte er sie. „Hast du gut geschlafen?"

„Ganz wunderbar, Ranur, vielen Dank."

„Komm, iss etwas und dann erzähle ich dir, was ich gestern herausgefunden habe", sagte Ranur. Tami nickte dankbar und nahm an Ranurs Holztisch Platz. „Salana geht es auch gut, ich habe ihr schon Heu und Wasser gebracht", bemerkte Ranur.

„Ich gehe dann gleich zu ihr", sagte Tami.

„Natürlich", antwortete Ranur. „Du magst sie sehr, oder?"

Tami ließ die Frage kurz auf sich wirken. Darüber hatte sie eigentlich noch nicht nachgedacht, es war so viel passiert, seit sie Salana getroffen hatte. Aber es stimmte… was sie für Salana fühlte, war viel mehr als Bewunderung, Faszination oder der Wille zu helfen. Salana bedeutete ihr wirklich sehr, sehr viel. „Ja", sagte Tami. „Sie bedeutet mir viel, und ich will ihr unbedingt helfen."

„Das werden wir", versprach Ranur.

Nach dem Frühstück entschuldigte sich Tami kurz und lief zum Marktplatz, um wie versprochen Holan Bescheid zu sagen, dass sie ihren „Onkel" erfolgreich gefunden hatte. Holan war schnell zu finden, er war gerade dabei, seine ersten Töpfe – unter großer Diskussion und Feilschen um den Preis – zu verkaufen. Es passte Tami ganz gut, dass er wenig Zeit hatte, so verabschiedete sie sich bald wieder, natürlich nicht ohne sich überschwänglich bei Holan zu bedanken. Dann lief sie so schnell sie konnte zu Ranurs Haus mit der roten Tür, um zu erfahren, was Ranur inzwischen hatte herausfinden können. Ranur wartete schon ungeduldig und erzählte Tami umgehend, was er in Erfahrung gebracht hatte.

„Salana muss durch das nördliche Tor aus Abaloria gekommen sein, es befindet sich den Erzählungen nach nicht sehr weit von eurem Dorf weg. Am besten wäre es also wahrscheinlich, dieses Tor zu finden, und auch den Rückweg dort anzutreten – wer weiß, wo in Abaloria Salana sonst ankommt, wenn wir ein anderes Tor suchen.

Allerdings gibt es ein Hindernis: Wir können das Tor nicht öffnen. Die Tore können nur vom König von Abaloria geöffnet werden, mit Hilfe der Magie, die er vom königlichen Einhorn bekommt. Vielleicht hätten wir eine Chance mit einem großen Zauber, aber ich kenne keinen und kann so einen Zauber auch nicht wirken."

Tami sah Ranur verzweifelt an. „Aber was machen wir dann?"

Ranur zögerte. „Es gibt wohl noch einen Weg, aber er ist schwierig und gefährlich – und auch ein ziemlicher Umweg."

Er lehnte sich in seinem Stuhl zurück und sah Tami über seine Brillenränder hinweg an. „Es gibt einen Berg im Süden – du hast ihn wahrscheinlich auf dem Weg nach Admantia gesehen. Man nennt ihn den Berg Loras. Er ist nicht nur sehr hoch und schwierig zu erklimmen, sondern er ist auch ein Ort, den die Menschen meiden. Man sagt, er sei verwunschen. Dort jedenfalls gibt es Höhlen – den Geschichten nach haben Zwerge vor langer, langer Zeit dort gelebt und die Höhlen in den Berg geschlagen. Und schau…", er nahm ein dickes Buch vom Tisch und schlug es auf einer Seite auf, die er zuvor mit einem Lesezeichen markiert hatte, „das hier könnte uns helfen." Er wollte Tami das Buch reichen, zögerte dann aber. „Du kannst wahrscheinlich nicht lesen, oder?"

„Doch, kann ich – mein Vater hat es mir beigebracht, als ich klein war", antwortete Tami und nahm das Buch. Auf der einen Seite gab es eine Zeichnung von einem blauen Stein, der sanft zu leuchten schien. Darunter las Tami: „Der Stein Faramet ist ein sagenumwobener Stein, der aus dem Besitz der Zwerge stammen soll. Neben seinem großen Wert als Edelstein, soll er dazu verwendet werden können, Weltentore zu öffnen. Damit verleiht er seinem Besitzer unglaubliche Macht. Er wurde aber seit Jahrhunderten nicht mehr gesehen." Tami sah Ranur an. „Und Ihr glaubt, der Stein ist auf dem Berg Loras?"

„Nein, ich denke der Stein ist IM Berg Loras. In den Höhlen der Zwerge. Und ich werde euch begleiten und mit euch danach suchen."

Der nächste Tag verging mit Vorbereitungen für ihre Reise wie im Flug. Ranur kramte in seinem Studienzimmer, packte Karten, zeichnete Stellen aus Büchern ab, um sie auf Papierstücken mitzunehmen, und mischte allerlei Flüssigkeiten in kleine Phiolen. Tami wollte ihm helfen, aber es schien, als ob Ranur besser arbeiten konnte, wenn er ungestört war. Also verbrachte Tami viel Zeit mit Ranurs Büchern und las Salana daraus vor. Vor allem ein Buch über Einhörner, das Ranur ihr gegeben hatte, fesselte Tamis Aufmerksamkeit. In ihm konnte Tami die Geschichte von Abaloria und den Einhörnern nachlesen, die Morah damals in Naraan erzählt hatte. Es war wunderbar, mehr über Salanas Art und ihr Land zu hören.

Einmal entdeckte sie eine Passage in diesem Buch, die sie zutiefst erschütterte. Sie lief zu Ranur und zeigte sie ihm. „Ranur, hier steht, dass die Einhörner in unserer Welt nicht lange überleben können, dass sie schwächer werden und sterben, wenn sie nicht zurückgehen in ihre eigene Welt!"

Ranur nickte. „Ich weiß, mein Kind. Wir wissen aber nicht, ob das wirklich stimmt – und auch nicht, wie lange es dauert, bis sie schwächer werden. Mach dir keine Sorgen. Aber wir müssen Salana jedenfalls im Auge behalten, ob sich Anzeichen davon zeigen."

Am frühen Abend des ersten Tages nach Tamis Ankunft klopfte es an Ranurs Tür. „Die Kinder! Oje, die hab ich ja ganz vergessen! Tami, sag Salana, sie muss ganz leise sein, und komm dann in den Wohnraum!" Tami tat, was er ihr aufgetragen hatte, sprach mit Salana, schloss dann die Tür zum Studienzimmer hinter sich und ging zum Wohnraum nach vorne. Von draußen schon hörte sie mehrere aufgeregte und offenbar sehr junge Stimmen durcheinanderreden. Als sie die Tür öffnete, sah sie Ranur in seinem Lehnstuhl am Feuer sitzen, ein Buch auf dem Schoß, und vor ihm eine Gruppe Kinder verschiedenen Alters, die auf dem Boden saßen und ihn erwartungsvoll ansahen. Als sie eintrat, drehten sich die Kinder um und sahen sie an. „Kinder, das ist Tami, meine, ähm…"

„…Nichte", warf Tami schnell ein.

„Ja genau, meine Nichte, sie besucht mich gerade und wird uns heute Gesellschaft leisten bei unserer Stunde. Nicht wahr, Tami?" Tami nickte und setzte sich zu den Kindern auf den Boden.

„Also, liebe Kinder, heute sprechen wir wie versprochen von etwas ganz besonders Großartigem: dem Sternenhimmel!" Die Kinder machten große Augen und richteten ihre Aufmerksamkeit wieder ganz auf Ranur. Die nächste Stunde verging für Tami wie im Flug. Ranur erzählte davon, dass die Erde im Weltall schwebte, dass es dort auch andere Planeten gab, oder auch den Mond, zeigte ihnen Bilder von Sternen und Sternenbildern. Es war wunderbar und die Kinder waren begeistert. Als sie sich nach der Stunde von Ranur verabschiedet hatten und Ranur die Tür hinter ihnen geschlossen hatte, sagte Tami: „Ranur, ich danke dir, dass ich das heute erleben durfte. Es war ganz wunderbar!"

Ranur lächelte. „Kinder sind unsere Zukunft. Wir müssen darauf achten, dass sie möglichst viel Wissen bekommen, damit sie ihre und unsere Zukunft gut gestalten können. Nicht alle hier in Admantia finden gut, was ich ihnen erzähle – Hirngespinste und unnützes Wissen, sagen manche – aber die Kinder mögen es, und wer es nicht mag, muss ja nicht herkommen."

Tami sah Ranur voll Bewunderung an – er war tatsächlich ein erstaunlicher Mann.

Später beim Abendessen sprach Tami ein Thema an, das schon seit dem Beschluss, dass Ranur mit ihr und Salana bald gemeinsam aufbrechen würde, an ihr nagte. „Ranur, was ist das eigentlich mit den grauen Reitern? Wo kommen sie her, was wollen sie – und für wen arbeiten sie?"

„Das weiß eigentlich niemand so ganz genau", antwortete Ranur. „Hier in Admantia sind sie vor einiger Zeit an der Seite der Männer des Fürsten aufgetaucht. Es heißt, es wären Krieger eines Verbündeten unseres Fürsten, die ihn unterstützen. Wofür oder wogegen vermag allerdings auch niemand zu sagen. Man sagt, die Zeiten werden dunkler und es gibt immer wieder Kämpfe auf dem Land. Der Fürst will unbedingt die Ordnung dort wiederherstellen."

Tami schnaubte entrüstet auf. „Ich denke, die grauen Reiter sind diejenigen, die die Kämpfe ins Land bringen! Bei uns war alles friedlich, bis sie aufgetaucht sind und Morah mitgenommen haben. Und als ich sie damals im Wald gesehen habe, haben sie etwas ganz Bestimmtes gesucht – oder jemanden." Tami erzählte Ranur von damals, als sie sich im Wald vor den Kriegern versteckt hatte und danach Salana gefunden hatte.

Ranur saß plötzlich kerzengerade auf seinem Stuhl. „Aber… das wäre doch… kann es sein?" Er murmelte vor sich hin und schüttelte den Kopf. Tami kannte dieses Verhalten inzwischen schon. Es bedeutete wohl, dass der Gelehrte intensiv nachdachte, und es war besser ihn dann nicht zu stören. Aufgeregt sprang er auf, ging vor dem Feuer auf und ab und murmelte weiter. Schließlich blieb er stehen. „Tami, ich will dich nicht beunruhigen – aber ich denke, es könnte sein, dass die Reiter von Anfang an Salana gesucht haben. Es erscheint mir doch etwas zu viel des Zufalls, dass sie genau in dem Moment, als Salana in unsere Welt gekommen ist, in eurer Gegend aufgetaucht sind, um etwas oder jemanden zu suchen. Und in den letzten Tagen sind auch mehr von ihnen nach Admantia gekommen. Sie sind meistens an der Seite der Wache zu finden, an den Stadttoren, bei den Patrouillen… Ich kann mich natürlich täuschen, aber wir sollten auf der Hut sein."

„Aber…", sagte Tami, „was hat dann der Fürst mit all dem zu tun, warum arbeitet er mit den Reitern zusammen?"

Ranur überlegte. „Ich weiß es nicht. Aber – wie bei den meisten Königen, Fürsten oder Anführern – geht es wahrscheinlich um Macht und Reichtum. Wer weiß, was ihm versprochen wurde – von wem auch immer, denn wer der Anführer dieser grauen Reiter ist, darüber habe ich noch nie etwas gehört. Der Fürst spricht immer nur darüber, dass sie unsere Wache verstärken, damit die Stadt sicher bleibt. Das wird wohl vorerst noch ein ungelöstes Rätsel bleiben. Ehrlich gesagt wäre es wahrscheinlich am besten für uns, wenn wir diese Antwort nicht herausfinden müssten."

Tami schaute Ranur mit großen Augen an. „Wenn es stimmt, dass die grauen Reiter Salana suchen, dann müssen wir uns beeilen, dann sind sie uns vielleicht schon auf der Spur!"

„Das glaube ich nicht“, sagte Ranur. „Niemand würde ein Einhorn aus Abaloria allein an der Seite eines kleinen Mädchens vermuten. Solange sie nicht wissen, dass du mit Salana reist und wir sie gut versteckt halten, sollten wir sicher sein. Aber ja, einfacher wird unsere Reise dadurch nicht.“

Der Berg Loras

Am nächsten Morgen war alles für ihren Aufbruch bereit. Ranur hatte noch eine äußerst kluge Idee gehabt und zwei Pferde besorgt, einen braunen Wallach und eine zierliche Apfelschimmel–Stute. „Salana wird viel weniger auffallen, wenn wir zu Pferde unterwegs sind. Und da du sie nicht reiten kannst, ist unsere beste Tarnung die, wenn wir auf anderen Pferden reiten und Salana als Packtier mitnehmen."

Tami riss die Augen auf und schaute Ranur entrüstet an. „Das kann nicht dein Ernst sein! Salana kann doch nicht unser Packtier sein!"

„Na ja, ich bin sicher, du kannst ihr erklären, warum das wichtig ist?" Ranur zwinkerte und ging ins Haus, um den Rest des Gepäcks zu holen.

Es fiel Tami zu, Salana ihre beiden vierbeinigen neuen Reisebegleiter vorzustellen und ihr zu erklären, in welcher Rolle sie die Reise fortsetzen würde müssen. Tami brauchte tatsächlich einiges an Überredungskunst, Salana zumindest ein wenig des Gepäcks auf den Rücken schnallen zu dürfen – das Einhorn tänzelte und warf den Kopf unruhig hin und her. Tami trat auf sie zu, atmete tief ein und legte dann – wie schon so oft zuvor – Salana die Hand auf den Hals. Diesmal konzentrierte sie sich aber nicht darauf, ob von Salana irgendwelche Bilder in ihren Geist kamen, sondern sie lenkte ihre Gedanken auf Bilder jener Informationen, die sie seit ihren Gesprächen mit Ranur hatte: graue Reiter, die nach etwas suchten – vielleicht nach einem Einhorn, die Gefahren auf der Brücke und am Tor… Salana hielt ganz still, und nach einer Weile erschien vor Tamis innerem Auge ein ganz klares einzelnes Bild: Salana in all ihrer Pracht, mit leuchtendem Horn, neben ihr Tami, einen blauen funkelnden Stein in der Hand haltend. Das war ihr Ziel – und das würden sie gemeinsam erreichen – koste es, was es wolle. Tami nahm ihre Hand von Salanas Hals und lächelte erleichtert. „Ich wusste, du würdest es verstehen."

So verließen sie Ranurs Haus – zu Pferde, mit Salana an einem lockeren Seil, das Tami um ihr Handgelenk trug. Die beiden Pferde schienen irgendwie Respekt vor Salana zu haben, sie verhielten sich freundlich, aber hielten immer Abstand zu ihr. Als sie sich dem südlichen Stadttor näherten, wuchs Tamis Nervosität ins Unermessliche. Würden hier wieder graue Reiter auf sie warten? Und würden sie ungehindert aus der Stadt kommen?

Tatsächlich war das Stadttor sehr streng bewacht. Allerdings schien sich die Aufmerksamkeit der Wachen eher darauf zu richten, wer in die Stadt hineinwollte, nicht wer herauswollte. Die fürstlichen Wachen waren auch hier wieder flankiert von zwei grauen Kriegern, diesmal allerdings ohne ihre Pferde. Die beiden schauten aufmerksam nach draußen. Die Wachen winkten Ranur freundlich zu und deuteten ihm, weiterzureiten. „Sie kennen mich und wissen, dass ich oft in die Wiesen und Wälder muss, um Kräuter und Pflanzen für meine Elixiere zu suchen. Ich bin zwar kein Heiler, aber es gibt doch einige praktische Tränke, für die ich in Admantia geschätzt werde. Und mein Latschen–Schnaps ist auch bei Soldaten sehr beliebt", sagte Ranur mit einem Augenzwinkern. Tami konnte nichts erwidern, so aufgeregt war sie. Aufmerksam behielt sie die grauen Krieger im Auge, aber die streiften die beiden Reiter mit dem Packpferd nur kurz mit ihren Blicken und wandten ihre Aufmerksamkeit dann wieder den ankommenden Menschen zu.

Als sie fast durch das Tor waren, schritt aus dem Torhaus der Wache eine weitere Person heraus. Sie war ebenfalls in grau gekleidet, sehr groß und eine Kapuze verhüllte ihr Gesicht. Salana, die zwischen Tami und Ranurs Pferden ging, erschrak durch das plötzliche Auftauchen des Mannes und machte einen kleinen Satz zur Seite. Der Mann wandte den Kopf und sah Salana an. Plötzlich sah Tami ein kurzes Flimmern um Salana, ein winziges Aufleuchten – ein Bruchteil einer Sekunde, schon war es wieder weg. So schnell, dass Tami schon dachte, sie hätte es sich eingebildet. Schon waren sie am Tor vorbei. Tami konnte es aber nicht lassen, sich noch einmal umzudrehen. Der Fremde stand noch immer ruhig da – und doch fühlte sie seinen Blick unter der Kapuze, der ihnen eisig und aufmerksam folgte.

Tami versuchte, das unangenehme Gefühl abzuschütteln, das diese Begegnung in ihr ausgelöst hatte. Aber auch Salana schien weiterhin unruhig. Sie erzählte Ranur davon. „Ich hoffe, das hatte nichts zu bedeuten“, sagte er. „Jedenfalls sollten wir uns beeilen. Wenn wir ein gutes Tempo schaffen, sollten wir morgen am Fuß des Berges ankommen und mit dem Aufstieg beginnen können.“

Ihr Weg führte sie noch ein paar Stunden durch das Tal von Admantia und Tami bewunderte die sanfte grüne Ebene. Sie kamen an ein paar Dörfern vorbei, wo es den Menschen gut zu gehen schien, und an gut bestellten Feldern. Um die Mittagszeit machten sie Rast an einem kleinen Weiher, wo sie ihre Wasserschläuche auffüllten und etwas Brot und Würste aus ihren mitgebrachten Vorräten aßen. Für Salana und die Pferde gab es ausreichend Gras. Und – bis auf die Dorfbewohner – trafen sie kaum weitere Reisende an diesem Vormittag. Am Nachmittag wurde die Gegend karger und der Weg begann sanft anzusteigen. Der Berg, der von Admantia weit weg erschienen war, war nun ein ganzes Stück näher gerückt. Abends schlugen sie ihr Lager am Rande eines Wäldchens auf. Sie entzündeten ein kleines Feuer und legten sich, müde von der Reise, bald schlafen.

Am nächsten Morgen erwachte Tami ausgeruht, aber mit einem seltsamen Gefühl im Bauch. Hoffentlich würde alles gutgehen auf ihrem Weg den Berg hinauf! Und hoffentlich fanden sie die Höhlen, und in ihnen das, was sie suchten… Ranur war früh wach und guter Dinge wie immer – doch, wenn man genau hinsah, war auch ihm ein wenig Nervosität anzumerken. Vor allem aber war er voller Vorfreude. „Tami, stell dir vor, wie großartig das wird, wenn wir den Stein tatsächlich finden – als Erste seit den Zwergen damals!“ Tami teilte seine Begeisterung nicht ganz, aber sie hoffte mit ganzem Herzen, dass es ihnen gelingen würde. Es musste einfach!

Der Weg auf den Berg wand sich in Serpentinen die Bergflanke hoch – Gott sei Dank breit genug und nicht zu steil, so dass auch die Pferde und Salana nicht allzu große Schwierigkeiten mit dem Aufstieg hatten. Weiter oben wurde der Pfad immer schwieriger, aber Ranur hatte ihr versichert, dass der Eingang zu den Zwergenhöhlen gut zu erreichen sein müsste. Immerhin hatten auch die Zwerge, den Geschichten nach, diesen Weg für den Transport ihrer Waren und Güter benutzt, wie Ranur erzählte. „Warum stehen die Höhlen denn leer, wenn sie so leicht zu erreichen sind?“, fragte Tami.

„Nun ja, sie sind nicht besonders gemütlich, und man hat darin auch noch nie etwas gefunden. Viele haben es versucht, immer wieder, aber irgendwann hat das Interesse der Leute nachgelassen. Und…“, er zögerte, „natürlich sagt man auch dass die Geister der Zwerge in den Höhlen ihr Unwesen treiben, und meidet sie deshalb. Aber das ist natürlich Unfug, denke ich.“

Tami sah den Berg hinauf. „Geister sind mir lieber als die grauen Reiter“, sagte sie.

Ranur sah sie anerkennend an. „Mir auch“, lächelte er.

Gegen Mittag hatten sie, laut Ranur, etwas mehr als die Hälfte des Weges zu den Eingängen der Höhlen geschafft, und sie alle brauchten eine Pause. Sie tränkten die Tiere an einem glucksenden Bach, den sie in der Nähe fanden. Ranur setzte sich in den Schatten eines einzelnen hohen Felsblocks, der am Rande einer Wegkehre stand. Tami war zu unruhig, um sich auszuruhen und beschloss, auf den Felsen zu klettern und sich von dort einen Überblick zu verschaffen. Nach einer kurzen Kletterpartie war sie oben angekommen, sog die frische Brise in die Lungen ein und ließ ihren Blick über den Berghang hinunter in die grüne Ebene schweifen. Die Aussicht war herrlich – die grünen Wiesen, Felder, Wäldchen, ein paar Weiher, die blau im Sonnenlicht glitzerten, die Straße, die sich durch die Landschaft wand... und auf der sich weiter hinten eine ganze Menge schwarzer Punkte bewegten! Was war das? Tami strengte ihre Augen an, so sehr sie konnte. Reiter… das mussten Reiter sein! Dunkel gekleidet… und sie schienen schnell zu sein! Oh nein… Tami fiel der graue Krieger am Stadttor wieder ein… vielleicht hatte er Verdacht geschöpft und die Verfolgung aufgenommen? Wie auch immer, sie konnten das Risiko nicht eingehen, dass es so sein könnte! So schnell sie konnte, kletterte und rutschte sie den Felsen hinunter, rannte zu Ranur und rief ihm zu: „Ranur! Die grauen Reiter! Ich glaube, sie kommen, sie verfolgen uns! Ich habe sie von oben gesehen, und es sind viele!“

Ranur fuhr hoch und wurde blass. „Oh nein… Tami, dann müssen wir uns jetzt beeilen. Komm!“

Tami und Ranur rauften ihre Habseligkeiten rasch zusammen, liefen zu den Pferden, saßen auf und ritten, so rasch es auf der Steigung ging, weiter den Berg hinauf. Sie hatten noch ein wenig Vorsprung… würde es genügen?

Der Stein Faramet

Der wilde Ritt den Berg hinauf, der nun folgte, verlangte ihnen allen viel ab. Der Weg war zwar noch relativ breit, aber immer öfter hatten kleine Steinlawinen sich gelöst und machten das Vorankommen auf den mit Geröll bedeckten Stellen zu einer Qual für die Pferde und Salana. Endlich, nach einer weiteren Biegung des Wegs, kam der Eingang zu den Höhlen zum Vorschein. Über einer großen, steinernen Toröffnung war in imposanter Weise ein großes Relief in den Felsen geschlagen, mit verschlungenen Mustern. Direkt über dem Tor befand sich ein Symbol, ein Dreieck mit einem rautenförmigen Stein in der Mitte.

Ranur hielt sein Pferd direkt vor dem Eingang an, saß ab und gab Tami zu verstehen, es ihm gleichzutun. „Wir lassen die Pferde hier, drinnen brauchen wir sie nicht“, sagte er. „Salana kommt natürlich mit. Es wäre viel zu riskant, sie hier zu lassen. Nimm von deinem Gepäck nur mit, was du unbedingt brauchst.“ Die beiden rafften ihre Bündel zusammen, nahmen Salana das restliche Gepäck ab und banden die Pferde an einen nahe stehenden Baum. Bevor sie eintraten, drehte sich Tami noch einmal um. Die Reiter hatten sich ebenfalls an den Aufstieg gemacht. Sie konnte an der Staubwolke auf der Straße erkennen, dass sie schnell unterwegs waren. Dann traten sie in den Berg.

Es dauerte ein wenig, bis Tamis Augen sich an das Zwielicht im Inneren gewöhnt hatten. Sie befanden sich in einer Halle, von der ein großer und mehrere kleinere Gänge tiefer in den Berg hineinführten. Ranur wählte wie selbstverständlich den größten Gang. Flankiert von imposanten Statuen aus Stein, die Zwerge in voller Rüstung darstellten, mit langen Bärten und eisernen Helmen, führte der Gang streng geradeaus und öffnete sich dann auf eine

Balustrade, von der zwei breite, geschwungene Steintreppen in einen großen Saal hinunterführten. Am Ende des Saales stand ein beeindruckender Thron aus einem hellen, fast weißen Stein, der im Zwielicht des enormen Raumes zu leuchten schien. Tami sah nach oben – woher kam eigentlich das Licht? Es müsste doch dunkel sein im Berg. Sie bemerkte, dass es mehrere Öffnungen in der Decke gab, die wohl die Halle mit der Oberfläche verbanden und als Lichtschächte dienten. Man konnte sich vorstellen, wie eindrucksvoll und schön es gewesen sein musste, als es hier noch Zwerge, Möbel, Versammlungen und Feste gab. Nun war es immer noch schön, aber sehr leer und irgendwie leblos.

Tami drehte sich zu Ranur um. „Müssen wir da runter? Das wird nicht ganz einfach für Salana, glaube ich."

„Ich fürchte, ja", antwortete Ranur. „Wären die grauen Reiter nicht auf unseren Fersen, könnten wir sie oben lassen, während wir suchen. Aber ich denke es wäre besser, wir bleiben zusammen. Vergiss nicht, Salana ist ein magisches Einhorn, sie schafft das schon!" Er drehte sich um und begann die Stufen hinunterzulaufen. Tami trat zu Salana, legte die Finger um ihre Mähne und begann, Salana langsam die Stufen der linken Treppe hinunterzuführen. Es ging besser als erwartet; Salana war sehr geschickt und leichtfüßig. Rasch hatten sie das Ende der Treppe erreicht und näherten sich dem Thron, um den Ranur gerade aufgeregt herumging. „Es muss hier irgendwo sein", murmelte er.

„Wie kann ich helfen, Ranur?", fragte Tami. „Wo sollen wir bloß mit der Suche beginnen? Der Saal ist riesig und wir wissen ja auch gar nicht, ob der Stein hier ist oder irgendwo

anders in diesen Höhlen..." Tamis Mut sank. Das konnten sie doch gar nicht rechtzeitig schaffen!

Ranur studierte inzwischen aufmerksam die Rückseite des Thrones. Tami trat neben ihn und sah eine völlig glatte Fläche aus eben diesem weißen Stein, aus dem der ganze Thron gefertigt war. Die Ränder der Fläche waren mit einem sehr fein gemeißelten Muster verziert, wo sich immer wieder das Symbol wiederholte, das sie über dem Eingang der Höhle gesehen hatten. Dazwischen gab es verschnörkelte Muster, die Tami nicht verstand, oder die vielleicht auch gar nichts bedeuten mussten. „Es muss hier irgendwo sein“, wiederholte Ranur. „Tami, hilf mir. Wir suchen einen geheimen Knopf, der eine Inschrift am Thron enthüllen sollte. Der Legende nach finden wir dort den Hinweis, wo der blaue Torstein zu finden ist.“

Tami trat näher und begann so schnell sie konnte, die Oberfläche des Steins nach einem Knopf zu durchsuchen. Aber selbst nach mehreren Minuten intensiven Suchens hatten sie nichts gefunden. „Wir haben nicht mehr viel Zeit“, erinnerte Tami Ranur. „Was machen wir bloß?“

„Wir suchen weiter, es muss hier irgendwo sein!“ Ranur drückte scheinbar wahllos auf den Symbolen und Schnörkeln herum.

Plötzlich hörte Tami Salana hinter sich schnauben. Sie drehte sich zu ihr um. Salana trat näher, und drängte Tami und auch Ranur ein wenig beiseite. Das Einhorn schloss seine Augen, und auf einmal begann sein Horn golden zu leuchten! Es war ein sanftes, schimmerndes Licht, das den Augen wohltat und den ganzen Kopf des Einhorns mit einem wunderbaren Leuchten umgab. Salana senkte den Kopf und berührte sanft die steinerne Fläche mit ihrem Horn. In diesem Moment leuchtete unten, fast versteckt am Sockel des Throns, ein einzelnes Symbol golden auf. Es sah beinahe aus wie das Zwergensymbol vom Eingang, das sich in den Verzierungen laufend wiederholte. Wenn man genau hinsah, sah man aber einen kleinen Unterschied: im Dreieck befand sich keine Raute, sondern ein kleines spitz zulaufendes Dreieck mit einer wie gedrechselt wirkenden Oberfläche – es sah aus wie Salanas Horn!

„Sie hat es gefunden!“, rief Ranur und verlor keine Zeit, seine Finger auf das Symbol zu legen und fest zu drücken. Man hörte ein Klicken, und dann schob sich eine kleine, dünne Steintafel von unten über die glatte Fläche der Thronlehne herauf. Auf der Tafel war eine Inschrift in goldenen Buchstaben zu sehen. Tami konnte sie jedoch nicht entziffern.

Ranur schien damit keine Schwierigkeiten zu haben – er schien bewandert in der Zwergensprache zu sein. „Hör zu, hier steht:“

‚Ein Stein, um Welten zu verbinden
Friede, Freude, Glück zu finden
Bewacht von Wänden hoch aus Stein
Für jenen dessen Herz ist rein
Geh zum Ursprung allen Lebens
Dann ist deine Suche nicht vergebens‘

„Ein Rätsel?“, rief Tami entgeistert. „Die grauen Reiter sind fast hier, und wir müssen ein Rätsel lösen?“ Verzweifelt sah sie Ranur an. „Wie sollen wir das rechtzeitig schaffen?“

„Mit Grips und ein bisschen Glück“, sagte Ranur. „Sieh mal, hier unter der Botschaft ist ein Pfeil. Ich würde sagen, wir gehen mal in diese Richtung und denken über die Worte nach. Wir suchen also nach hohen Wänden aus Stein und nach dem Ursprung allen Lebens. Also los, der Pfeil scheint in diesen Gang hier zu führen!“ In der großen Thronhalle öffneten sich am hinteren Ende wieder drei Gänge, diesmal mit etwa gleich großen Eingängen. Der Pfeil schien auf den linken Gang zu weisen. Ranur machte einen Schritt auf den Gang zu, drehte dann aber nochmal um und drückte ein zweites Mal auf das geheime Symbol im Thron. Es knarrte, und die Platte mit den Schriftzeichen schob sich wieder nach unten und verschwand. „Wir wollen es unseren Verfolgern ja nicht zu leicht machen“, meinte er. „Nun los, wir müssen uns beeilen!“

Am Eingang des Ganges hingen Fackeln in eisernen Halterungen, von denen Ranur eine nahm und Tami eine weitere gab, und sie mit seinem Feuerstein entzündete. Die Lichtschächte schienen dem großen Saal vorbehalten zu sein, in den Gängen war es richtig dunkel. Tami, Salana und Ranur eilten durch den Gang, der Gott sei Dank eben war und groß genug, dass sie und auch Salana genug Platz hatten. Die Vorstellung, sich im Inneren eines Berges zu befinden, mit unzähligen Tonnen Stein über sich, bewirkte in Tami ein ziemlich mulmiges Gefühl. Der Gang ging eine ganze Weile gerade dahin, dann begann er sanft abwärts zu führen und sich zu biegen.

Nach einer gefühlten Ewigkeit hörte Tami ein Geräusch, ein sanftes Rauschen – war das Wasser? Ein Fluss vielleicht? Je näher sie dem Geräusch kamen, desto lauter wurde es. Das konnte kein gewöhnlicher Fluss sein. Was war das? Nach einer weiteren Biegung hörte der Gang plötzlich auf. Er mündete in eine große Höhle, schmal, aber lang, mit steilen Wänden zu allen Seiten. Etwas Licht fiel von oben hinein, wahrscheinlich gab es auch hier Lichtschächte wie im Thronsaal. Und von einer dieser Wände ergoss sich ein riesiger Wasserfall. Das Wasser, das oben aus einer Öffnung im Berg zu kommen schien, strömte mit ungeheurer Wucht und in mehreren Kaskaden steil den Abhang hinab. Unten wurde es von einem Becken aufgefangen, in dem es zischte und Wellen schlug.

Am anderen Ende des unterirdischen Sees, im matten Licht zu erahnen, rauschte das Wasser in einen kleinen Tunnel weiter. Die Ufer des Sees waren teils felsig, an einer Stelle gab es so etwas wie einen kleinen Strand. Es sah wunderschön und ein bisschen unwirklich aus. Salana schnaubte und trat näher an das Wasser heran. „Kann man es trinken?", fragte Tami.

Ranur ging zum Ufer, beschnupperte das Wasser prüfend und kostete es dann ein wenig. „Ich bin mir ziemlich sicher; das war bestimmt die hauptsächliche Wasserversorgung der Zwerge in den alten Tagen." Tami nickte Salana zu, und alle drei stillten ihren Durst am Ufer des Sees. Tami füllte auch rasch ihre Wasserschläuche wieder auf. Wer weiß, wann sie wieder an gutes Wasser kommen würden auf ihrem Weg – wenn sie es schafften, den Kriegern zu entkommen! Siedend heiß war es Tami wieder eingefallen – für einen kurzen Moment war sie von der Schönheit des Wasserfalls so abgelenkt gewesen, dass sie fast ihre gefährliche Situation vergessen hätte. Ranur war aber ohnehin schon konzentriert dabei, alle Wände der Höhle abzusuchen, während er vor sich hin murmelte. Er wandte sich Tami zu. „Ich glaube, dass der Stein hier in dieser Höhle versteckt ist. Die hohen Wände aus Stein müssen diese hier sein. Also müssen wir von hier zum *‚Ursprung allen Lebens'* gehen. Was kann das sein?"

Tami überlegte. „Wasser bringt Leben – es hat sicher etwas mit dem Wasser zu tun. Und Ursprung… eine Quelle vielleicht?"

„Ja, das könnte sein!", antwortete Ranur aufgeregt. Dann wurde sein Gesicht blass. „Aber wenn es hier eine Quelle gibt, ist sie wohl… oben."

Tamis Blick ging nach oben, den Wasserfall hoch. Wie sollten sie da raufkommen? Das war doch unmöglich! Ihr Mut sank. Ranur sah sich die Wände neben dem Wasserfall genau an, konnte aber keinen Aufgang finden. Der hochstrebende Stein war ziemlich glatt, und es war schwer vorstellbar, dass jemand hier hinaufklettern könnte. Tami legte Salana einen Arm auf den Hals. „Kannst du uns helfen?" Salana sah Tami aufmerksam an, setzte sich in Bewegung und begann, um den kleinen unterirdischen See herumzugehen. Tami und Ranur folgten ihr. Salana ging auf das linke Ende des Wasserfalls zu. Sie blieb neben der äußeren Kaskade stehen. Nach einer Weile ging ein Zittern durch ihren Körper und sie begann zu leuchten – diesmal nicht nur das Horn, sondern ihr ganzer Körper strahlte sanft in einem weiß–goldenen Licht. Tami trat neben sie, gebannt von ihrem Anblick, und richtete ihren Blick auf den Wasserfall. Plötzlich sah sie, dass der Felsen hinter dem Stück des Wasserfalls, vor dem sie standen, ebenfalls sanft zu leuchten begann. Und es sah so aus, als würde das Leuchten von weiter hinten kommen, als wäre da nicht gleich der harte Fels unter dem Wasser! Tami streckte ihre Hand vorsichtig durch den fließenden Vorhang. An dieser Stelle war der Druck des Wassers nicht annähernd so groß, wie Tami befürchtet hatte. Und ihre Hand stieß auf keinen Widerstand!

Tami sah Ranur an. „Glaubst du, ich bin reinen Herzens genug, es zu versuchen?", fragte sie.

Ranur lächelte sie liebevoll an. „Tami, du bist einer der großherzigsten Menschen, die ich in meinem ganzen Leben getroffen habe. Du kannst das schaffen. Aber pass auf dich auf, ja?" Tami nickte, sah Salana noch einmal in die Augen, atmete tief durch, schloss die Augen und machte einen Schritt durch den Wasserfall.

Das herunterprasselnde Wasser durchnässte sie in wenigen Sekunden, aber dann war sie plötzlich durch, und fand sich in einem kleinen Hohlraum wieder, der eine Art Höhle hinter dem Wasserfall bildete. Rechts an der Wand waren Stufen in den Felsen geschlagen, die nach oben führten. Sie hatte den Weg gefunden! Sie musste den beiden Bescheid geben. Sie trat noch einmal durch den Wasserfall nach draußen und berichtete Ranur und Salana rasch von ihrer Entdeckung. Sie beschlossen, dass Ranur und Salana ebenfalls in die Höhle hinter dem Wasser eintreten sollten, damit sie sich vor den Reitern verbergen konnten, falls diese sie inzwischen einholten und den Berg durchsuchten. Den Aufstieg über die Treppen würde Tami allein in Angriff nehmen. Ranur löschte die beiden Fackeln und ließ sie in der großen Höhle, zwischen zwei Felsen geklemmt. Sie würden sie nachher wieder brauchen, aber durch das Wasser konnten sie sie nicht transportieren.

Als sie alle sicher in der Höhle hinter dem Vorhang angekommen waren, machte sich Tami an den Aufstieg über die Treppe. Sie war sehr schmal und führte im Zickzack steil nach oben. Es war feucht, dunkel, und es kostete Tami allen Mut, den sie hatte, sich weiter und immer weiter nach oben vorzutasten. Und die Treppe schien kein Ende zu nehmen.

Endlich, nach einer gefühlten Ewigkeit, sah Tami einen Lichtschimmer von oben. Sie konnte die Stufen wieder erkennen, und nach einer letzten Biegung nach oben war sie am Ende der Treppe angekommen. Durch einen kleinen Torbogen trat sie hinaus auf eine Plattform, die in einem Halbkreis eine gluckernde Quelle einfasste. Von oben kam etwas Licht durch einen der Lichtschächte. Rund um die Quelle waren Symbole in den Stein graviert. Die gleichen wie das Symbol, das sie am Thron zu den Hinweisen geführt hatte: ein Dreieck, in dessen Mitte das Horn eines Einhorns zu sehen war. Tami atmete auf – sie hatte die richtige Stelle gefunden! Aber wo war nun der Stein? Tami suchte alles ab: die Plattform, die umliegenden Wände, den Boden. Ohne Erfolg. Wo konnte der Torstein bloß sein? Sie dachte noch einmal an das Rätsel: *‚Geh zum Ursprung allen Lebens'* – also zur Quelle. Da war sie jetzt. Also musste der Stein bei der Quelle sein – oder? Sie suchte noch einmal überall und war nahe daran zu verzweifeln, als sie wieder keinen Erfolg hatte. Mutlos setzte sie sich neben die Quelle und blickte in das gluckernde Wasser. Was hatte sie übersehen?

Der Blick in die Quelle hatte etwas Beruhigendes – ja, er übte eine nahezu magische Anziehungskraft auf Tami aus. Dieses schöne klare Wasser… das blaue Licht… Moment mal. Blaues Licht? Woher kam das denn? Tami sah genauer hin. Es kam direkt aus der Quelle! Tami kniete sich hin und streckte ihre Hand in die Quelle, in Richtung des Lichtes. Ihre Finger ertasteten zuerst nur glatten Stein, doch dann – eine Mulde im Stein, wie ein kleines Podest, und dort schlossen sich ihrer tastenden Finger um einen Gegenstand, der nicht so rund und glatt geschliffen war, wie die Felswände ringsherum, sondern glatt, aber auch kantig war. Sie zog ihn heraus – und hielt einen blauen Kristall von unglaublicher Schönheit in der Hand.

Er hatte die Farbe des Himmels am allerschönsten Sommertag und es ging ein Leuchten von ihm aus, der das Herz erwärmte. Tami lachte glücklich und legte den Stein an ihr Herz. Sie hatte den Torstein, den Stein Faramet, tatsächlich gefunden! Und Salana konnte endlich nach Hause zurückkehren – wenn sie es schafften, den grauen Reitern zu entkommen.

Tamis Freude wurde von ihren sorgenvollen Gedanken überschattet. Sie stand auf, warf einen letzten Blick auf die wunderbare Quelle, steckte den Stein unter ihre Weste und machte sich an den Abstieg. Sie hatte wirklich keine Zeit zu verlieren.

Die Flucht

Der Abstieg über die dunklen Stufen war schwierig. Tami versuchte, so schnell zu gehen, wie sie konnte. Aber nachdem sie mehrmals auf den glatten Stufen ausgerutscht war und einen Sturz nur mit Mühe verhindern konnte, mäßigte sie ihr Tempo. Dennoch hatte sie das Ende der Stufen rasch erreicht. Ranur, der in einer Ecke des kleinen Raumes hinter dem Wasserfall gesessen hatte, sprang auf, als er sie sah. Tami fiel ihm um den Hals. „Ich habe ihn gefunden, Ranur, er war wirklich dort oben! Und er ist so wunderschön…!“ Sie zog den Stein Faramet unter ihrem Gewand hervor und hielt ihn Ranur entgegen.

Die Augen des Gelehrten wurden groß, als er ehrfürchtig die Hände nach dem Stein ausstreckte. „Der Stein Faramet… ich hätte nie gedacht, dass ich ihn wirklich einmal zu Gesicht bekommen würde.“ Er blickte Tami an. „Darf ich ihn berühren?“

„Natürlich“, sagte Tami, „er gehört mir ja nicht“.

„Na ja“, meinte Ranur, „durch deine Taten bis du zur Beschützerin des Einhorns geworden, also solltest du auch die Trägerin des Torsteins sein.“ Tami lächelte und gab den Stein an Ranur.

Nachdem dieser ihn von allen Seiten betrachtet hatte, drehte sich Tami zu Salana um. Das Einhorn war ruhig im Raum stehen geblieben und sah Tami erwartungsvoll an. Tami streckte ihre Hand zu Ranur aus. „Ranur, kannst du mir bitte den Stein kurz geben? Ich möchte ihn Salana zeigen.“ Sie ging auf Salana zu, den Stein in der Hand. Je näher sie dem Einhorn kam, desto heller und blauer schien der Torstein zu leuchten. Und auch Salanas Horn begann wieder sanft zu glühen, sodass sich das blaue und das goldene Licht wunderbar vermischten. Ehrfürchtig sahen Tami und Ranur dem Schauspiel zu.

Plötzlich schnaubte Salana unruhig und trippelte mehrere Schritte rückwärts, weg vom Stein. Ranur schrak auf und zischte Tami zu: „Still, und verstecke den Stein, sein Leuchten verrät uns sonst!“ Tami wickelte den Stein rasch in ein Tuch, das sie in der Tasche trug, und steckte ihn wieder unter ihre Weste. Das Licht des Steins war wieder schwächer geworden, nachdem Salana sich von ihm entfernt hatte, und unter der Jacke war vom hellen Schein nun nichts mehr zu sehen. Alle drei wagten kaum zu atmen, als sie jetzt tatsächlich durch das Rauschen des Wasserfalls Stimmen und ein Klirren hörten. Wer oder was auch immer das Geräusch verursachte, musste recht nahe sein, wenn sie es trotz des Tosens hören konnten. Ja, es waren eindeutig Menschen, die miteinander sprachen. Man konnte allerdings nichts verstehen.

Tami kroch so nahe sie sich traute an den Vorhang aus Wasser heran und spitzte ihre Ohren. Jetzt konnte sie ein paar Wortfetzen verstehen, mit einer tiefen Stimme gesprochen, die verärgert klang. „... sind nicht hier, hier gibt es nur diesen See und die Felswände. Ich sage wir gehen wieder zurück und versuchen es mit dem nächsten Gang.“

„Furak, du weißt, dass der Herr will, dass wir alles genau durchsuchen. Willst du dir seinen Zorn zuziehen? Also ich nicht!“

„Ja ja, du hast recht. Gut, wir suchen noch weiter – auch wenn ich mir nicht vorstellen kann...“

Die Stimmen wurden wieder leiser, und Tami konnte nun nichts mehr verstehen. Sie sah Ranur entsetzt an. „Sie sind hier! Die grauen Reiter haben uns eingeholt!“

Ranur machte ein sorgenvolles Gesicht. „Das ist gar nicht gut. Es wird schwierig sein, hinauszukommen, wenn sie den Eingang bewachen, was sie sicher tun werden.“ Tami ließ sich mutlos auf den Boden sinken. Ranur überlegte laut: „Es gibt bestimmt mehrere Wege hier heraus. Die Zwerge waren schlaue Baumeister. Aber wir werden zurück zum Thronsaal müssen, um einen der anderen Wege versuchen zu können.“

„Lass uns eine Weile warten, vielleicht gehen sie zurück und suchen woanders weiter, wenn sie uns nicht finden“, meinte Tami.

Sie war unglaublich froh, dass sie die gelöschten Fackeln und ihre Beutel draußen in der Halle des unterirdischen Sees gut versteckt hatten, und hoffte inbrünstig, dass die Reiter die Sachen nicht fanden – das wäre ihr Untergang.

Nass, müde und mit knurrendem Magen – ihre Vorräte waren natürlich auch in ihren Bündeln – saßen sie lange ruhig und ängstlich nebeneinander in der kleinen Höhle. Auch Salana hatte sich niedergelassen, sie sah irgendwie erschöpft aus und schien zu schlafen. „Wir sollten auch ein wenig schlafen", sagte Ranur. „Je länger wir warten, desto größer ist unsere Chance, dass sie anderswo weitersuchen. Und wir werden unsere Kräfte brauchen, wenn wir ihnen entkommen wollen." Tami gab ihm recht, und so gut es ging, versuchten sie sich auf dem kalten feuchten Steinboden einzurollen. Tami dachte, sie könnte niemals einschlafen, ängstlich, nass und kalt, wie sie war. Die drei rückten näher zusammen, um sich gegenseitig zu wärmen, und irgendwann forderte die Müdigkeit ihren Tribut und sie fielen in einen unruhigen Dämmerzustand.

Tami musste nach einer Weile doch tief eingeschlafen sein, denn als sie aufwachte, wusste sie für einen kurzen Moment nicht, wo sie war. Dann traf sie die Erinnerung mit voller Wucht, und sie schrak hoch. Sie hatte keine Ahnung, wieviel Zeit vergangen war. Ranur schien noch zu schlafen, Salana war wach und legte ihren Kopf sanft an Tamis Wange. Obwohl Salana immer noch geschwächt zu sein schien, durchströmte Tami, wie immer, wenn sie das Einhorn berührte, ein wunderbares Gefühl von Glück, Freude und Zuversicht. Sie umarmte Salana und stand dann vorsichtig und leise auf.

Sie ging so nah an den Wasservorhang, wie sie konnte, und lauschte angestrengt. Es war nichts zu hören. Tami signalisierte Salana, still zu sein und an ihrem Platz zu bleiben, holte Luft und steckte vorsichtig ihren Kopf durch das untere Ende des Wasserfalls, ganz am Rand des Felsens. Obwohl das Wasser sich hier nur dünn und sanft von oben ergoss, prasselte es immer noch unangenehm auf Tamis Nacken, als sie versuchte, etwas zu erkennen. Zumindest in ihrem direkten Umkreis schien die Luft rein zu sein. Tami fasste sich ein Herz und schob den Rest ihres Körpers langsam und leise durch das Wasser. Sie huschte hinter einen mittelgroßen Stein, der ein paar Meter entfernt lag. Als ihr Atem sich ein wenig beruhigt hatte, schob sie sich langsam nach oben, bis ihre Augen über die Oberkante des Felsbrockens sehen konnten. Von oben kam – so wie vor ihrer Rast – Licht. Das bedeutete, es war Tag. Tami nahm an, sie mussten die Nacht über durchgeschlafen haben. Es war aber unmöglich zu sagen, ob es morgens, mittags oder nachmittags war.

Tami strengte ihre Augen an und sah sich im Felsenraum um. Niemand war zu sehen, und auch ihre Ohren konnten keine Geräusche vernehmen – was natürlich wenig zu bedeuten hatte, weil die Wassermassen im Zentrum des Wasserfalls ziemlich jedes Geräusch übertönen würden. Vorsichtig, jede Deckung nutzend, die sich ihr bot, bewegte sie sich weiter in die Halle hinein. Auf diese Weise kam sie langsam, aber sicher, vorwärts bis in die Mitte der Halle. Hier stand ein größerer Felsen, den Tami rasch erklomm, um sich einen besseren Überblick zu verschaffen. Oben angekommen, konnte sie den ganzen Raum gut sehen. An der sandigen Uferstelle des Sees waren mehrere Fußspuren zu sehen, aber es schien im Moment niemand hier zu sein. Tami stieg vom Felsen herunter und ging weiter zu dem gut versteckten Loch im Boden, wo sie ihre Vorräte verstaut und die Fackeln eingesteckt hatten. Gott sei Dank war noch alles dort, wo sie es hingegeben hatten – die Männer hatten es nicht entdeckt.

Noch immer vorsichtig, aber schon schneller, lief Tami zurück zum kleinen Ende des Wasserfalls und schlüpfte durch den Wasservorhang. Sie weckte Ranur und berichtete, was sie entdeckt hatte. Sie berieten sich, und kamen zum Schluss, trotz aller Gefahren zu versuchen, den Rückweg anzutreten. Sie konnten nicht ewig hier bleiben. Salana schien trotz der Erholungspause immer noch erschöpft zu sein. Tami und Ranur machten sich Sorgen. „Ranur, glaubst du, es ist, weil sie nun schon so lange weg ist von ihrem Zuhause? Dass es stimmt, dass Einhörner ihre Welt nicht für lange verlassen können, weil sie sonst… sterben?“

„Ich weiß es nicht", antwortete Ranur, „aber möglich wäre es. Andererseits hat Salana auch zwei Mal Magie für uns gewirkt in den letzten Stunden, vielleicht hat sie auch das angestrengt."

„Was auch immer es ist, ich denke wir müssen uns beeilen", sagte Tami. „Und wer weiß, vielleicht holen die grauen Reiter auch noch Verstärkung, während wir warten."

Tami, Ranur und Salana gingen durch den Wasserfall und packten ihre Habseligkeiten zusammen, immer vorsichtig, lauschend und die Wände Richtung Höhleneingang absuchend. Ranur beschäftigte sich eine ganze Weile mit kleinen Päckchen und Fläschchen aus seinem Gepäck, und steckte sie in verschiedene Taschen seiner Jacke und an seinem Gürtel. „Was ist das?", wollte Tami wissen.

„Ein paar kleine Tricks, die uns hoffentlich helfen, sollten wir auf die Reiter stoßen", antwortete Ranur. „Aber jetzt lass uns aufbrechen." Tami nahm ihr Bündel, ihren Bogen und eine Fackel, Ranur die andere. Außerdem nahm er noch einen faustgroßen Stein in die Hand, wog ihn prüfend und steckte ihn dann ein. Tami dachte, dass sie absolut keine Hoffnung haben konnten, sich zu verteidigen, mit den Waffen, die sie hatten, sollten die Reiter sie tatsächlich erwischen. Man konnte nur hoffen, dass es nicht dazu kommen würde.

Sie gingen um den See herum, sahen sich ständig um, kamen aber unbehelligt am Ausgang der Höhle an. Nun war guter Rat teuer – wenn sie die Fackeln in den dunklen Gängen anzündeten, würden sie ihren Weg erkennen, aber dann würden auch die grauen Reiter sie sofort sehen, falls sie noch in der Nähe waren. Nein, den Vorteil der Dunkelheit konnten sie keinesfalls aufgeben. Also gingen sie in der Düsternis weiter. Ranur tastete sich an der Wand des Ganges entlang, Tami hinter ihm, mit einem Seil in den Händen locker verbunden. Tami führte Salana mit einer Hand in ihrer Mähne. Für Salana war das bestimmt am schwierigsten, sie konnte sich nicht die Wand entlang tasten und ihre Hufe waren einfach für das Laufen auf dunklem Felsgestein nicht gemacht. Wieder aber war Tami überrascht, wie trittsicher, leichtfüßig und auch leise das Einhorn sich zu bewegen vermochte. Jetzt mussten sie nur noch hoffen, dass der Gang tatsächlich geradewegs in den Thronsaal führte, und nicht irgendwelche versteckten Abzweigungen nahm, die sie beim Hinweg übersehen hatten.

Das Schicksal war diesmal auf ihrer Seite, denn nach einer gefühlten Ewigkeit, die sie in der völligen Dunkelheit wanderten, konnten sie am Ende des Ganges einen Lichtschimmer erkennen. Das musste der Thronsaal sein! Der Plan, den sie sich unten am See überlegt hatten, war, sofort bei ihrer Ankunft im Saal den Weg zu nehmen, der rechts vom Thron in den Berg führte. Ranur hatte so ein Gefühl, dass dieser in Richtung der Wälder jenseits des Berges Loras führen könnte. Das war natürlich mehr geraten und vermutet als gewusst. Aber es war die beste Chance, die sie wohl hatten.

Ganz, ganz vorsichtig näherten sie sich der Öffnung im Gang, die in den Saal führte. Tamis Herz klopfte zum Zerspringen. Sie fasste ihren Bogen fester und sah, wie Ranurs Hände zu den Gegenständen in seinen Taschen gingen, als ob er überprüfen wollte, ob noch alles da sei. Abrupt drehte Ranur sich zu Tami um. Er sah sie eindringlich an und nahm ihre Hände. „Tami, du musst mir etwas versprechen: Falls irgendetwas passiert und ich dir sage zu laufen, dann musst du Salana nehmen und in den rechten Gang laufen, so schnell du kannst. Bitte!"

Tami sah ihn verwirrt an. „Ich würde nicht ohne dich gehen, Ranur! Wir schaffen das gemeinsam!"

Ranur atmete tief ein. „Ja, natürlich schaffen wir es, mein Kind. Aber du musst mir schwören, meinen Worten zu folgen – wenn wir nicht abgestimmt handeln, erwischen sie uns."

„Ja", antwortete Tami ernst und etwas beunruhigt, „ich werde tun, was du sagst, damit wir es alle schaffen." Zufriedengestellt nickte Ranur den beiden nochmal zu und machte einen ersten Schritt in den Thronsaal. Nichts geschah. Kein Überfall, kein Angriff, kein Geräusch. Nichts.

Auch Tami und Salana schoben sich nun aus der Dunkelheit des Gangs in das Licht des Thronsaals. Es war jetzt zu erkennen, dass der Tag sich wohl dem Abend zuneigte, denn das Licht, dass aus den Lichtschächten auf den Thron fiel, war sanft und golden. Der Saal schien vollkommen leer zu sein, die Rückseite des Throns war glatt, die Runen, die sie versteckt hatten, waren nicht zu sehen – wahrscheinlich hatten die Reiter sie tatsächlich nicht gefunden. Tami atmete ein wenig auf. Ranur wies sie wortlos an, keine Zeit zu verlieren, hastete am mittleren Gang vorbei und wandte sich dem rechten Gang zu, der eine leichte Steigung nach oben aufwies. Tami und Salana folgten ihm – doch gerade, als sie den Gang betreten wollten, ertönte plötzlich eine tiefe, leicht belustigt klingende Stimme. „Habt ihr wirklich gedacht, ihr könnt MIR entkommen?"

Die drei Gefährten erstarrten. Tami drehte sich langsam zur Mitte des Saales, denn von dort schien die Stimme zu kommen. Und sie verstand, warum sie niemanden gesehen hatten. Der Mann, der hier sprach, hatte auf dem Thron gesessen, mit dem Rücken zu ihnen. Jetzt war er aufgestanden und neben den Thron getreten. Er war eine überaus imposante Erscheinung: groß, schlank, mit dunklem langem Haar und feinen, ebenmäßigen Gesichtszügen. Nur wenn man genauer hinschaute, erkannte man einen bösen, grausamen Zug um seinen Mund. Seine Augen funkelten dunkel. Er trug ein langes, rotes Gewand mit einem ebenso roten Umhang und einem grauen, aufgestellten Kragen.

Ranur trat einen Schritt nach vorne und stellte sich vor Tami und Salana – eine schützende Geste, für die Tami ihm dankbar war. Von diesem Mann ging eine dunkle Aura aus. Tami konnte ihn kaum ansehen. Salana drängte sich eng an Tami, sie zitterte.

„Wer… wer bist du und was willst du von uns?", versuchte Ranur mutig zu fragen. Seine Stimme zitterte aber, und es war unschwer zu erkennen, dass auch er Angst vor dem Mann neben dem Thron hatte.

„Das wisst ihr nicht?" Er lachte und breitete die Arme aus. „Ich bin Tiranos! Herr der grauen Reiter, Magier, und Herrscher von Abaloria! Und ihr habt etwas, das mir gehört!"

Tami musste sich beherrschen, um nicht die Hand verräterisch zu ihrem Herzen zu geben, wo der Torstein sicher unter ihrer Kleidung verwahrt war. Der Magier richtete sich zu seiner vollen Größe auf. „Aber genug geredet – gebt mir das Einhorn!"

Tami erschrak bis ins Mark. Er hatte gar nicht den Stein gemeint, er wollte Salana! Das konnten sie nicht zulassen! „Niemals!", rief Tami und trat neben Ranur. Sie spannte ihren Bogen und zielte direkt auf Tiranos. „Salana bleibt bei uns, du bekommst sie nicht!"

„Hm", sagte Tiranos. „Warum bist du so sicher, dass sie nicht mit mir kommen möchte? Immerhin kann ich ihr helfen, wieder nach Abaloria zu kommen. Und du weißt, dass sie dorthin schnell wieder zurückmuss, wenn sie überleben soll, oder?" Tami zögerte einen Moment. Das stimmte natürlich, Salana musste auf schnellstem Weg zurückgebracht werden. Natürlich konnte sie nicht in Gefangenschaft des Zauberers gelangen, aber wenn sie starb, weil sie den Weg nicht rechtzeitig fanden, würde Tami sich das niemals verzeihen. Sie sah Ranur unsicher an.

„Was willst du eigentlich von Salana?", fragte Ranur.

„Ich werde mich mit ihrer Macht verbinden, um Abaloria wieder zu seiner früheren Größe zu führen! Es dauert schon viel zu lange, dass in Abaloria Chaos herrscht. Mit ihr an meiner Seite werden wir endlich wieder Frieden haben!" Ranur zögerte, genau wie Tami. Er glaubte dem Zauberer nicht wirklich, was er sagte – aber sie wussten tatsächlich nicht genau, was in Abaloria vor sich ging, außer aus Geschichten und Sagen. Was, wenn dieser Tiranos tatsächlich hier war, um das Einhorn zu retten? Natürlich ging es ihm auch um Macht, das war klar. Aber niemand von ihnen wusste, welche Ansprüche er auf Abalorias Thron hatte – falls ihm überhaupt ein Anspruch zustand.

Es war Salana, die ihnen die Entscheidung schließlich abnahm. Sie drängte sich neben Tami und legte ihren Kopf an Tamis Wange. In diesem Moment durchströmte Tami eine riesige Woge an Gefühlen und Bildern: Angst, Verzweiflung, schreiende Menschen, unzählige Krieger in grau – und Einhörner, sicher über fünfzig, die auf einer Wiese zwischen sanften Hügeln panisch herumliefen, wieherten, wegliefen – und von den Kriegern gejagt wurden! Und an der Spitze der Krieger, offensichtlich als ihr Anführer, eine hochgewachsene Gestalt in einem roten Umhang mit Kapuze. Tami schrak zusammen, als in der Vision – oder Erinnerung – die Salana mit ihr teilte, mehrere Einhörner von den Waffen der Reiter getroffen wurden und zu Boden sanken.

Dann löste sich Salana von Tami. Bevor sie noch reagieren konnte, stieß Salana ein lautes Wiehern aus, stellte sich auf die Hinterbeine und preschte auf Tiranos zu. Er trat überrascht zurück, hob die Hand – und Salana hätte ihn wahrscheinlich umgerannt, wenn nicht genau in diesem Moment, aus dunklen Winkeln des Raumes und von den Treppen herunter, eine ganze Menge grauer Soldaten zu strömen begannen, die Tiranos vorher erreichten und sich schützend vor ihn stellten. Salana warf einige von ihnen bei ihrem wilden Ritt um, aber die anderen zückten ihre Waffen. Tami schrie erschrocken auf und lief Salana hinterher. „Komm zurück, Salana!“, schrie sie so laut sie konnte. Salana hörte sie, hielt tatsächlich im Lauf inne – widerwillig, wie es schien, schlug sie einen weiten Bogen, wich weiteren grauen Soldaten aus und lief auf Tami zu. Es herrschte Chaos in der Halle, die Soldaten liefen durcheinander, bis Tiranos mit lauter Stimme rief: „Reißt euch zusammen, ihr Narren! Tötet die anderen, aber dem Einhorn darf nichts geschehen!“ Die grauen Reiter erstarrten, und in Sekundenschnelle nahmen sie wieder Formation an und gingen zum Angriff über.

Das Chaos hatte Salana wertvolle Sekunden verschafft, um Tami wieder zu erreichen. Als Tami seitlich zu Ranur blickte, hatte er mehrere kleine Flaschen in den Händen und warf eine davon in hohem Bogen zwischen sie und die Soldaten. Plötzlich gab es einen ungemein lauten Knall – das Fläschchen explodierte in einer gewaltigen Rauchwolke, als es den Boden berührte. Die Soldaten schrien auf, Tami ebenfalls. Die drei wichen in den Gang zurück. Über den Rauch tönte Tiranos' donnernde Stimme: „Greift sofort an, oder ihr werdet meinen Zorn zu spüren bekommen!“

Die Soldaten schienen vor Tiranos noch mehr Angst zu haben als vor der Explosion und dem Rauch. Sie begannen auf den Gang zuzulaufen. Ranur warf Tami einen Blick zu: „Jetzt, Tami! Lauft so schnell und so weit ihr könnt!“ Tami zögerte noch eine Sekunde – aber sie hatte es Ranur versprochen. Sie nahm Salana an der Mähne und die beiden liefen los, in den dunklen Gang hinein. Kurz darauf hörten sie eine ganze Menge Explosionen, die viel stärker waren als die erste. Tami drehte sich im Laufen um und sah Blitze, Feuer, Rauch – und dann begann der Boden zu beben. Tami stolperte und fiel zu Boden, Salana blieb stehen. Sie sah Ranur weiter vorne, seine Silhouette vor dem Licht im Thronsaal war gut zu sehen, die Hände erhoben vor dem Inferno stehend. Die Soldaten kreischten – und dann stürzte die Decke ein. Tonnen von Gestein brachen von oben herab, verschütteten den Gang und die Soldaten – und verschütteten auch Ranur. Tami hörte einen lauten Schrei und bemerkte, dass es ihr eigener war. Der Gang war voller Staub, sie musste husten, ihre Augen tränten. Aber es schien vorbei zu sein.

Der Boden bebte nicht mehr, man konnte kein Geschrei und keine Stimmen mehr hören. Nichts. Es war völlig still.

„Ranur…“, flüsterte Tami mit erstickter Stimme. Tränen liefen über ihre Wangen. Sie lief zurück, auf den Steinhaufen zu, der den Gang vollständig versperrte. Sie tastete über die Steine, versuchte eine Öffnung zu entdecken, ein Licht, ein Geräusch zu hören – irgendein Zeichen, dass Ranur noch lebte – nichts. Verzweifelt ließ sie sich zu Boden sinken, legte ihren Kopf auf die Arme und ließ sich von ihrer Trauer übermannen. Als sie blinzelte, sah sie einen sanften Lichtschimmer. Salana hatte ihre Magie aktiviert und ihr Horn leuchtete sanft. Sie trat auf Tami zu und stupste sie sanft an. Tami stand auf und umarmte das Einhorn so fest sie konnte. Selbst in diesem schrecklichen Moment wirkte Salanas Zauber, und Tami wurde ruhiger.

Sie blieb in der Umarmung mit Salana stehen, bis sie merkte, dass das Einhorn sanft zitterte. Tami trat zurück und schaute Salana aufmerksam an. „Du bist erschöpft, nicht wahr? Ja, du hast recht, wir dürfen keine Zeit mehr verlieren, und du solltest dich schonen!" Tami zog den Stein Faramet aus der Tasche, der sanft leuchtete. „Lass das Leuchten den Stein übernehmen, Salana, damit du dich nicht überanstrengst!" Salanas Horn wurde wieder dunkel. Tami hielt den Stein fest in der Hand, suchte ihre Habseligkeiten zusammen, die sie bei der Explosion fallengelassen hatte, legte ihre Hand wieder an Salanas Mähne und begann den Gang entlangzugehen. Die Tränen liefen ihr immer noch über die Wangen, aber Ranur hatte sich geopfert, um Salana zu retten. Sie war es ihm schuldig, jetzt nicht aufzugeben.

Eine gefühlte Ewigkeit gingen Tami und Salana den unterirdischen Gang entlang. Er führte ziemlich geradeaus und manchmal sanft nach unten. Salana ging tapfer neben Tami her, war aber spürbar geschwächt, und ihr sonst so sicherer Tritt war immer wieder mit Stolpern durchsetzt. Tami war froh, dass sie auf keine Abzweigungen trafen; sie hätte nicht gewusst, wohin sie gehen sollten. Und die Vorstellung, sich hier tief im Berg zu verirren und nie mehr hinauszufinden, war entsetzlich. Aber auch ohne Abzweigungen regte sich nach einer Weile in Tami ein schrecklicher Gedanke: Was, wenn dieser Gang gar nicht nach draußen führte? Was, wenn er in irgendeiner Höhle endete und nicht weiterging? Der Rückweg war versperrt, dann würden sie hier unten in der Dunkelheit ihr Ende finden.

Mitten in diese trüben Gedanken hörte sie plötzlich aus der Ferne ein Poltern. Zuerst ganz leise, dann ein klein wenig lauter. „Was kann das sein, Salana? Vielleicht ein Geräusch von draußen? Finden wir den Ausgang?" Tami war aufgeregt und spitzte die Ohren. Das Geräusch wiederholte sich – aber es kam nicht von weiter vorne im Gang, sondern von hinter ihnen! Zu dem Poltern gesellte sich nun auch eine tiefe, sehr laute Stimme, die etwas in einer fremden Sprache rief, gefolgt von neuerlichem Poltern. Tami erkannte mit Schrecken, was es sein musste. Natürlich, Tiranos war ja ein mächtiger Zauberer – er wandte seine Magie an, um einen Weg durch den eingestürzten Gang zu bahnen! Sie waren immer noch in größter Gefahr! Salana schnaubte unruhig. Es brauchte keine Worte, und sie liefen beide gleichzeitig los. Aber es schien zu spät zu sein – schon hörten sie in der Ferne das Trappeln von vielen Füßen und das Klirren von Rüstungen. Und zu allem Überfluss steuerte der Gang nun auch auf eine Gabelung zu! Tami sah Salana verzweifelt im Laufen an. Salana schloss kurz die Augen und steuerte dann zielsicher den rechten Gang an. „Ich hoffe, du hast recht“, keuchte Tami. Der Gang machte eine scharfe Kurve und dann – endete er an einer glatten Felswand.

Die beiden wären im Lauf fast gegen die Wand geprallt. Tami schluchzte auf. Wenn sie zurückliefen, würden sie den Soldaten direkt in die Arme laufen. War das das Ende? Sie überprüfte die Wand, die den Weg versperrte, in der Hoffnung doch einen Durchgang zu finden. Um besser zu sehen, nahm sie den Stein Faramet und leuchtete die Fläche ab. Sie fand nichts und ließ den Stein entmutigt sinken. Dabei berührte der Stein die Felswand… und plötzlich begann die Stelle im Stein blau zu leuchten! Das Leuchten breitete sich schnell aus, folgte unsichtbaren Linien, die sich zu einer Form verbanden – den Umriss einer großen, zweiflügeligen Tür! Es entstand tatsächlich ein blau leuchtendes Tor im Felsen. Tami legte ihre Hand an das Leuchten – und die Hand glitt durch den Felsen hindurch, als wäre er nicht da. Ohne einen Moment zu zögern, griff Tami in Salanas Mähne und zog sie durch das Tor hindurch.

Auf der anderen Seite ging der Gang weiter, allerdings hell erleuchtet durch Fackeln – und vor Tami stand mit einem Mal eine Gestalt mit einem langen Bart. Sie war deutlich kleiner als Tami – stämmig und kräftig, und sie trug eine Axt über der Schulter. Sie – oder wohl vielmehr er – sah aus wie ein weiteres Fabelwesen aus den Märchen – wie ein Zwerg! Tami starrte ihn aus großen Augen an. Der Zwerg lächelte und sprach: „Tretet einen Schritt beiseite, wir wollen das Tor doch wieder schließen, oder?“ Er legte seine Hand auf den Stein, murmelte ein paar unverständliche Worte, und das Leuchten erlosch. Die Felswand war wieder dick und undurchdringlich; es war nichts mehr zu sehen, das an das Tor erinnerte, durch das sie gerade gegangen waren.

Das Zwergenreich

„Ich heiße Rurin“, sagte der Zwerg und verbeugte sich tief. Er war ziemlich klein, sicher einen Kopf kleiner als Tami, aber deutlich massiger. Er hatte braunes schulterlanges Haar und einen Bart – auch wenn dieser nicht, wie sie bei einem Zwerg erwartet hätte, lang war, sondern kurz geschnitten. Er trug ein graues einfaches Gewand und einen langen, ebenfalls grauen Umhang mit Kapuze. In der Hand hielt er einen Speer, an seinem Arm war ein Schild befestigt.

„Äh... ich heiß Tami“, entgegnete Tami. Sie fühlte sich wie in Watte gepackt – war das echt oder war sie hingefallen, hatte sie sich den Kopf angeschlagen und nun einen ganz und gar seltsamen Traum? „Und das ist Salana.“

Rurin verbeugte sich auch vor Salana. „Willkommen, Salana. Es ist uns eine Ehre. Es ist viele Jahre her, dass wir Gäste aus Abaloria hatten.“

Tamis Augen wurden groß. „Ihr wisst von Abaloria?“

„Aber natürlich“, antwortete Rurin. „Uns Zwerge verband eine lange Freundschaft mit den Menschen und Einhörnern von Abaloria, damals, als wir noch nicht im Verborgenen lebten.“ Sein Blick wurde wehmütig. „Aber – alles zu seiner Zeit. Kommt jetzt mal mit, ihr seid sicher hungrig und müde.“

„Aber – die grauen Reiter, und Tiranos! Sie werden uns verfolgen!“, rief Tami aus. Sie verstand nicht, warum der Zwerg so ruhig blieb, wo doch diese schreckliche Gefahr jeden Moment die Barriere durchbrechen konnte.

Rurin legte Tami beruhigend die Hand auf die Schulter. „Sei unbesorgt. Niemand außer einem Zwerg kann diese Magie wirken, und niemand kann durch dieses Tor. Du bist hier sicher.“ Damit wandte er sich um und gab Tami und Salana ein Zeichen, ihm zu folgen. Tami teilte die Einschätzung des Zwerges ganz und gar nicht. Sie hatte durch Salana gesehen, was Tiranos vermochte, und durch ihren Eindruck in der Thronhalle hatte sich die Gewissheit weiter verstärkt: Tiranos würde ganz bestimmt nicht aufgeben, einen Weg zu finden, sie zu fangen. Sie hoffte, dass sie die Zwerge davon überzeugen können würde, ihre Sicherheitsmaßnahmen zu verstärken, um es dem Zauberer möglichst schwer zu machen – und dass sie und Salana einen Weg finden würden, ihm zu entkommen.

Tami und Salana folgten Rurin den Gang entlang. Nach einer Weile kamen sie um eine Biegung und vor ihnen öffnete sich eine riesige Höhle, sanft erleuchtet durch Feuerstellen und Fackeln. Am Boden der Höhle befand sich ein richtiges Dorf, gar nicht unähnlich Tamis altem Zuhause. Nur war alles… kleiner. Es gab mehrere Dutzend Hütten, ein kleiner Wasserlauf floss mitten durchs Dorf, in der Mitte war ein großer Kreis, der mit hohen runden Felssteinen umgeben war – so etwas wie ein Dorfplatz vielleicht? Von den Höhlenwänden gingen mehrere Gänge ab und es gab auch mehrere Türen und Fensterhöhlen, die aussahen, als würden sich Wohnhöhlen dahinter verbergen. Eine in den Felsen gehauene Treppe führte von ihrem Aussichtspunkt hinunter ins Dorf. Nur, Menschen – oder Zwerge – waren außer Rurin keine zu sehen. Tami sah mit großen Augen hinunter.

„Gefällt es dir?", schmunzelte Rurin.

Tami nickte. „Ich kann nicht glauben, dass das hier existiert – dass IHR existiert. Wie kann es sein, dass wir das nicht wissen?"

„Weil wir es nicht wollen, und es so besser ist – aber heb dir deine Fragen für unseren Ältesten auf, er kann sie dir sicher besser beantworten."

„Wo sind denn alle?", fragte Tami. Nun, da er andere Zwerge erwähnte, wunderte sie sich, dass sie noch niemanden gesehen hatte.

„Na ja, es ist grade vier Uhr morgens. Wir Zwerge sind eigentlich keine Frühaufsteher", sagte Rurin mit einem Augenzwinkern.

„Aber jetzt werden wir eine Ausnahme machen und unseren verehrten Ältesten aus seinem Schlaf reißen – wir bekommen ja recht selten Besuch."

Rurin führte sie die Stufen hinunter bis auf den Grund der Höhle und durch das Dorf hindurch, bis zu einer Hütte direkt neben dem

Felsenkreis. An der Tür war ein rundes Schild befestigt, dass das gleiche Symbol wiedergab, das Tami schon vom Eingang in den Berg und der großen Halle kannte. Rurin folgte ihrem Blick. „Das ist das Wappen der Zwerge. Es erinnert uns an die goldenen Zeiten, in denen wir noch frei und zahlreich waren." Er hob die Hand und klopfte an die Tür. Zuerst kam keine Antwort, und er klopfte noch einmal, diesmal mit mehr Nachdruck. Die Tür öffnete sich, und heraus spähte eine junge Zwergin, die sich verschlafen die Augen rieb. Sie blinzelte, und als sie Rurin erkannte, sagte sie: „Rurin, was weckst du mich denn mitten in der Nacht? Weißt du nicht, wie spät es ist?" Sie spähte nach oben. „Wie spät ist es eigentlich?"

Rurin lächelte sie an. „Es ist kurz vor Sonnenaufgang, Karea, und es ist etwas ganz Unglaubliches passiert! Sieh doch nur!" Er trat einen Schritt beiseite und gab Karea den Blick auf Tami und Salana frei. Karea machte einen überraschten Satz und stieß sich den Kopf am Türstock an. Sie war recht groß für eine Zwergin, kam es Tami vor – nicht, dass sie viele Vergleichsmöglichkeiten gehabt hätte, aber sie war zumindest gleich groß wie Rurin, wenn nicht sogar eine Spur größer.

„Das… das ist… doch nicht wirklich… ein Mensch und ein Einhorn? Wie ist das möglich?" Sie sah Tami und Salana mit großen Augen an.

„Du weißt ja, ich hatte Wache heute Nacht oben am Tor zur großen Halle, und da hat sich das Tor plötzlich geöffnet und die beiden sind durchgestolpert, waren wie es scheint auf der Flucht vor jemandem", sagte Rurin mit einem Seitenblick auf Tami. Tami schauderte beim Gedanken an ihr knappes Entkommen.

„Aber… das Tor öffnet sich nie, es kann ja gar nicht geöffnet werden, außer von Zwergen", wandte Karea ein.

„Ja schon, aber sie haben den Torstein", antwortete Rurin.

In Kareas Augen blitzte es kurz auf. „Aber wie… egal, kommt mal rein, ich muss meinen Vater wecken." Sie trat zurück und wollte Tami und Salana eintreten lassen. Dann sah sie die beiden an, schmunzelte und meinte: „Na ja, das wird sich wohl nicht ganz ausgehen mit eurer Größe, hm? Rurin, geh rüber mit ihnen in die Ratshalle, aber seid leise! Ich hole Vater und wir kommen gleich nach."

Rurin nickte und führte sie zu einer größeren Hütte, die im Gegensatz zu den anderen nicht quadratisch, sondern rechteckig und langgezogen war. Auch war sie deutlich höher und hatte ein großes, doppelflügeliges Eingangstor. Durch dieses Tor führte er sie. Drinnen gab es Bänke, die in mehreren Reihen um eine kleine Plattform in der Mitte angeordnet waren. Auf der Plattform standen drei Stühle, an den Wänden hingen Fackeln in eisernen Halterungen. Die Halle war, wie die anderen Hütten auch, aus Holz gebaut, das alt, aber gut erhalten aussah. Rurin ging die Wände entlang und entzündete einen Teil der Fackeln, so dass ein warmes angenehmes Licht sich im Raum ausbreitete.

Er führte Tami und Salana zu einer Bank nahe einer Wand. „Macht es euch bequem", sagte er, „Zamrin wird gleich da sein. Und dann hole ich euch was zu essen und zu trinken, ihr seid sicher am Verhungern."

Tami lächelte ihn an. „Rurin, ich habe dir noch gar nicht gedankt, dass du uns oben am Tor gerettet hast. Danke vielmals! Ohne dich wären wir den Kriegern in die Hände gefallen…" Sie erschauderte.

Rurin grinste sie an. „Gern geschehen. Ehrlich gesagt, ist das der beste Tag meines Lebens – endlich passiert hier mal was Spannendes. Normalerweise ist es bei uns ziemlich langweilig."

Tami lächelte ihn an und dachte kurz daran zurück, als ihr Leben noch einfach und gleichförmig war – es kam ihr vor, als wäre das schon eine Ewigkeit her.

Von draußen hörten sie leise Stimmen, eine hohe und eine tiefere, dann wurde das Tor energisch aufgestoßen. Herein kam Karea, bewaffnet mit Schwert und Schild, gefolgt von einem Zwerg in einem wallenden grünen Umhang, dessen weißes buschiges Haar seinen Kopf wie eine Wolke umgab. Er hatte einen ebenfalls weißen, langen Bart und ein von Falten durchzogenes, aber freundlich wirkendes Gesicht. Sie blieben vor Tami, Rurin und Salana stehen, und Tami sah, wie er Salana erschrocken und mit großen Augen anstarrte.

„Es ist also wahr…“, flüsterte er. Dann gab er sich einen Ruck und richtete sich auf. „Bitte entschuldigt. Mein Name ist Zamrin, ich bin der Älteste des Zwergenreichs und kümmere mich um das Wohl unserer Bewohner. Meine Tochter Karea habt ihr ja schon kennengelernt.“ Er verbeugte sich vor Tami und Salana.

Tami stand auf und verbeugte sich ebenfalls, Salana senkte ihren eleganten Kopf. „Mein Name ist Tami, und das hier ist Salana aus Abaloria. Rurin hier hat uns oben am Tor gerettet, und wir sind euch unendlich dankbar für eure Hilfe.“

Zamrin warf Rurin einen Blick zu, den Tami schwer deuten konnte. „Es gibt viel zu besprechen“, sagte er, „aber zuerst müssen wir uns um euch kümmern. Rurin, bitte hol Stroh und Heu für Salana, wir werden ihr hier ein Lager bereiten. Tami wird wahrscheinlich bei ihr bleiben wollen,“ – Tami warf ihm einen dankbaren Blick zu – „also holt auch noch ein paar Decken und Polster für sie, und natürlich etwas zu essen und zu trinken. Wir werden sie hier in der Halle einquartieren müssen, die anderen Häuser sind zu klein.“ Rurin und Karea nickten und machten sich auf den Weg zum Tor. Zamrin rief ihnen nach: „Und – bitte seid leise und sprecht noch nicht über unsere Gäste zu den anderen. Ich möchte es ihnen später sagen, wenn wir genauer wissen, womit wir es zu tun haben.“ Rurin nickte, und die beiden verschwanden nach draußen.

Zamrin nahm einen Wasserkrug und einen Becher von einer Kommode an der Wand und goss Tami und sich selbst einen Becher Wasser ein. „Hier, mein Kind. Setz dich und trink mal einen Schluck, du bist sicher am Verdursten. Salana, du bekommst gleich etwas.“ Tami nahm den Becher dankbar an und trank. Sie spürte, wie gut es ihr tat, ihre müden Glieder kurz zu entspannen und etwas zu sich zu nehmen. Obwohl sie noch kaum etwas über diese Zwerge wusste, fühlte sie sich zum ersten Mal seit dem Aufbruch von Ranurs Haus wieder in Sicherheit.

Kurze Zeit später öffnete sich die Tür. Rurin und Karea kamen zurück, voll beladen mit Speisen, Wasser und Decken, sowie Stroh und Heu für Salana. Salana beugte sich freudig zu ihrem Heu. Tami, die eigentlich gedacht hatte, sie sei noch zu aufgewühlt, um essen zu können, merkte wie ihr das Wasser im Mund zusammenlief, beim Anblick der Platte mit Obst, Brot und Käse, die Karea vor sie hinstellte. „Iss nur", ermunterte sie Zamrin. „Wir haben danach genug Zeit zum Reden."

Tami erschauderte und sagte: „Ich bin nicht sicher, ob das so ist. Wir sind Tiranos knapp entkommen, aber ich glaube nicht, dass er so leicht aufgibt. Vielleicht seid ihr jetzt auch in Gefahr!"

Zamrin lächelte sanft. „Nicht einmal ein Magier aus Abaloria kann uns hier finden. Die Zwergentore sind auch für ihn nicht zu öffnen, nicht ohne den Stein Faramet. Und es gibt keinen anderen Zugang zu unserer Welt." Tami entspannte sich ein wenig und nahm ein paar Bissen. Die nächsten Minuten war sie damit beschäftigt, möglichst schnell möglichst viel von den köstlichen Speisen zu vertilgen – sie war wirklich am Verhungern.

Als sie satt war, lehnte sie sich zurück, trank etwas Wasser und blickte Zamrin an. „Du kennst Tiranos also?"

Zamrin wiegte den Kopf. „Ich habe ihn noch nie getroffen, wenn du das meinst. Aber sein Ruf eilt ihm voraus. Auch wenn die Verbindung zwischen Abaloria und unserem Reich nicht mehr besteht, so haben wir doch Augen und Ohren in der äußeren Welt. Aber, Tami, nun erzähl bitte, wie kommt ihr hierher? Und wie kommt vor allem das Einhorn hierher?" Tami holte Luft und begann zu erzählen. Sie ließ nichts aus – sie wusste einfach in ihrem Herzen, dass sie den Zwergen vertrauen konnte. Und Salana, die nach ihrem Mahl ganz ruhig auf ihrem Strohbett lag und das Gespräch aufmerksam verfolgte, schien ebenfalls Tamis Meinung zu sein. Sie lag entspannt da und lauschte.

Zamrin, Rurin und Karea hörten gespannt zu. Vor allem Rurins Miene spiegelte sein Erstaunen und seine Begeisterung für ihr Abenteuer deutlich wider. An der Stelle, an der Ranur sie vor Tiranos gerettet hatte und dann verschüttet wurde, brach Tamis Stimme, und die Tränen liefen ihr über die Wangen. „Ohne Ranur wären wir nie so weit gekommen, und jetzt ist er…“, sie schluckte.

„Das tut mir unendlich leid, mein Kind“, sagte Zamrin. „Er hat ein gewaltiges Opfer für euch gebracht. Aber das hast du auch – du hast dein ganzes Leben umgestellt, um Salana zu helfen. Sie hat großes Glück, dich gefunden zu haben.“

„Danke“, murmelte Tami. Sie blickte hinüber zu Salana, die sie aufmerksam anblickte, und das Einhorn sandte ihr eine Welle von Liebe und Freude, die Tami wie eine Decke einhüllte. Sie lächelte. „Trotz allem ist sie das Wunderbarste, das mir je im Leben geschehen ist“.

Zamrin nickte. „Danke, dass du uns alles erzählt hast. Es gibt viel zu überlegen und zu beraten, wie wir euch am besten helfen können, Salana zurück nach Abaloria zu bringen. Ich werde mich mit den beiden anderen Ältesten besprechen. Tami, ruht euch jetzt bitte aus – ihr seid beide erschöpft, und werdet eure Kräfte noch brauchen.“ Tami wollte kurz widersprechen – ihnen lief doch die Zeit davon! – doch sie spürte die Anstrengung der letzten Tage in jeder Faser ihres Körpers und ein Blick zu Salana zeigte ihr, dass auch das Einhorn wirklich am Ende seiner Kräfte war. Sie nickte dankbar. Karea führte sie hinüber zu Salana, wo sie ihr ein gemütliches Lager aus Decken und Kissen gebaut hatte. Mit einem herzlichen „Schlaft gut“ gingen die drei Zwerge hinaus. Tami zog ihre Decken noch etwas näher an Salana und kuschelte sich an sie. Durch Salanas Nähe wurde Tami bald ruhig und entspannt und glitt in einen tiefen Schlaf hinüber.

Als Tami erwachte, war es dämmrig, und jemand stupste sie ungeduldig an. Sie dachte zuerst, es wäre Salana, aber als sie die Augen blinzelnd öffnete, sah sie in Rurins lächelndes Gesicht. „Guten Morgen, du Schlafmütze!“, rief er gut gelaunt.

„Wieso Morgen, es war doch grade erst Morgen – wie lange habe ich geschlafen?“, fragte Tami erstaunt.

„Einen ganzen Tag und die ganze Nacht“, antwortete Zamrin. „Ihr habt es auf jeden Fall nötig gehabt“.

„Da hast du wohl recht“, antwortete Tami. Ihr Blick ging hinüber zu Salana, die ihre Augen noch geschlossen hatte. Karea hatte ihr

Wasser aufgefüllt und saß neben ihr. „Salana schläft noch", stellte sie fest.

„Ja", sagte Rurin, „ich denke sie hat es noch stärker erwischt als dich. Es scheint, als wäre sie ziemlich geschwächt."

Tami runzelte die Stirn. „Ich mache mir Sorgen, Rurin. Sie ist schon eine Weile so, als würde sie immer schwächer werden. Sie hat auch ihre Magie einige Male eingesetzt bei unserer Flucht, vielleicht hat sie das überanstrengt".

„Das kann gut sein", antwortete Rurin. „Karea wird auf sie aufpassen – komm, für dich gibt es jetzt mal Frühstück. Und vielleicht willst du auch unser Dorf sehen?"

„Gerne," antwortete Tami. „Aber ist das auch in Ordnung? Zamrin hat euch ja gesagt, ihr sollt mit niemandem über uns sprechen."

Rurin grinste. „Ja, das war gestern. Inzwischen weiß hier natürlich jeder Bescheid, dass wir Besuch haben."

Als sie nach draußen traten, staunte Tami über das Licht, das durch kunstvoll angeordnete Schächte von oben auf das Zwergendorf fiel. Die Schächte mussten in verschiedenen Winkeln von der Oberfläche des Berges angelegt sein. Es gab sogar ein paar, durch die Sonnenstrahlen auf den Boden der Höhle fielen. Rurin erklärte der staunenden Tami, dass es gar nicht so viele unterschiedliche Schächte waren, sondern dass die Zwerge gelernt hatten, das Licht oben und innerhalb der Schächte mittels Spiegel zu lenken. Auf dem Weg durch das Dorf begegneten sie nun auch einigen Zwergen, die Tami neugierig, aber durchaus freundlich ansahen und Rurin im Vorbeigehen grüßten. Tami hatte den Verdacht, dass Zamrin ihnen gesagt hatte, ihr etwas Raum zu geben, denn keiner von ihnen kam besonders nahe. Oder sie hielten einfach einen gewissen Respektabstand.

Sie gingen über einen Platz mit einem Brunnen. Daneben stand eine große Hütte mit einem Schild über der Tür. *„Zur Zwergennase"* stand in geschwungenen Lettern darauf. Vor dem Haus standen einige Tische und Bänke. Rurin und Tami nahmen an einem der Tische Platz. Aus der Tür kam eine Zwergin, hübsch und blond, mit

Kurven, die sie wohl auch ganz gerne zeigte. Sie strahlte Rurin an. „Guten Morgen, Rurin, schön dass du vorbeikommst! Und du hast ja auch unseren Gast mitgebracht – willkommen, willkommen im Gasthaus zur Zwergennase! Bei uns bist du richtig, wenn du hungrig oder durstig bist“, zwinkerte sie Tami zu.

„Guten Morgen, Rosa, bringst du uns bitte zweimal Frühstück?“, sagte Rurin.

„Für dich doch immer“, flötete Rosa und entschwand ins Innere des Gasthofs.

„Ein Gasthaus“, staunte Tami. „Ihr habt hier wirklich alles, oder?“

„Wir können uns nicht beklagen, das stimmt“, sagte Rurin. „Außer wie gesagt, dass es normalerweise sterbenslangweilig hier ist“.

Tami seufzte. „So wie die Dinge gerade stehen, würde ich mir wünschen, es wäre ein wenig langweiliger“, entgegnete sie. Eine Horde kleiner Zwergenkinder lief lachend an ihnen vorbei. Sie schauten Tami neugierig an und Tami lächelte ihnen zu. „Und es ist wunderschön hier bei euch. Aber nun erzähl mal, Rurin, wie kommt es, dass ihr hier so versteckt lebt, und wieso geht ihr nicht mehr nach draußen?“

Rosa kam mit einem voll beladenen Tablett und stellte zwei Becher mit einer dampfenden Flüssigkeit, Brot und Butter, sowie ein paar Äpfel und eine saftige Portion Schinken auf den Tisch. „Lasst es euch schmecken“, sagte sie.

„Danke“, sagte Rurin.

„Gerne. Ruft mich, wenn ihr noch etwas braucht.“ Rosa entschwand wieder durch die Tür.

Tami lief das Wasser im Mund zusammen. „Woher habt ihr denn all die wunderbaren Speisen? Die wachsen doch nicht im Berg?“

Rurin biss herzhaft in ein Stück Schinken. „Nein, tun sie nicht. Aber eins nach dem anderen – ich erzähle dir unsere Geschichte. Ich kenne sie natürlich auch nur als Überlieferung alter Tage. Wenn du etwas genauer wissen willst, musst du nachher Zamrin fragen.“ Tami gab ihm mit einem kurzen Nicken zu verstehen, fortzufahren. Sie nahm sich einen Apfel und biss hinein.

Rurin begann: „In den alten Tagen war das Zwergenreich ein wunderbarer, lebendiger Ort. Wir hatten einen König, der weise und gut regierte. Wir fertigten vieles aus den Schätzen der Berge – aus Metall, Gold und auch Edelsteinen. Es gab Freundschaft und Handel zwischen den Zwergen und den Menschen – und nicht nur mit den Menschen hier, sondern auch in Abaloria. Ein Zaubertor führte von unserem Berg direkt nach Abaloria. Unser König hatte ein freundschaftliches Verhältnis zu den Königen dort, und es gab viele, die hin und her reisten."

Tami unterbrach ihn: „Sind auch Einhörner damals zu euch gekommen?"

„Sehr selten, soweit ich weiß", entgegnete der Zwerg. „Und sie sind nie lange geblieben. Manche sagen, sie fühlen sich nicht wohl in unserer Welt. Aber ich kann es nicht genau sagen. Jedenfalls, in diesen Tagen herrschte Wohlstand und auch großteils Frieden, für viele Jahre. Aber einer der großen Menschenkönige starb, und er hatte keinen Thronfolger. Davon hast du bestimmt gehört, es ist ja Teil deiner Geschichte."

„Du meinst, als damals vor vielen hundert Jahren die Fürsten die Macht übernahmen?" fragte Tami.

„Ja, genau. Sie konnten sich nicht einigen, wer herrschen sollte und so herrschten sie alle, in ihren jeweiligen Fürstentümern. Sie wurden habgierig und neidisch auf jeden, der mehr als sie hatte. Dazu gehörten natürlich auch wir, die Zwerge – wir haben in unseren Höhlen über die Jahrhunderte viele Schätze angesammelt. Wir Zwerge mögen Schätze, musst du wissen", schmunzelte er. „Jedenfalls kam es nach verschiedenen Streitereien dazu, dass einige Fürsten sich zusammentaten und unseren Berg angriffen. Sie dachten wahrscheinlich, hätten sie die Schätze der Zwerge, könnten sie über das ganze Land herrschen und die anderen unterwerfen. Die Zwerge ließen sich das natürlich nicht gefallen, und es gab Krieg. Das war eine dunkle Zeit, und keiner redet gerne darüber. Die Zwerge haben sich mutig verteidigt, aber die Truppen der Fürsten waren einfach so viele. Als klar war, dass das Zwergenvolk nicht gewinnen konnte, schickte unser König eine Nachricht nach Abaloria, um Hilfe zu erbitten."

„Aber Abaloria war eine friedliche Welt. Dort gab es keine Truppen, die unsere verstärken hätten können. Agnos, der damalige König von Abaloria, schlug vor, dass die Zwerge das Zwergenreich verlassen und nach Abaloria flüchten sollten, er würde sich dort um sie kümmern. König Agnos öffnete das Tor – du musst wissen, das kann in Abaloria nur der König oder der Torstein – und die ersten Zwerge traten hindurch. In diesem Moment griffen die Truppen der Fürsten wieder an – sie hatten irgendwie von unseren Plänen erfahren und einen Hinterhalt gelegt. Es gab eine schlimme Schlacht, viele Zwerge und auch Menschen wurden getötet. Die meisten konnten sich nach Abaloria retten. Doch dann gab es einen fürchterlichen Krach, eine Art Erdbeben – manche sagen, der Berg selbst hätte sich aufgebäumt, um das Blutvergießen nicht mehr mit ansehen zu müssen. Das Tor stürzte ein und der Weg nach Abaloria war versperrt. Die übrigen Zwerge flüchteten und versteckten sich in den Gängen des Zwergenreichs, die sie wie ihre Westentasche kannten – im Gegensatz zu den Menschen." Sein Blick wurde düster. „Und die Nachfahren derer, die es nicht mehr geschafft haben, nach Abaloria zu fliehen, leben hier in unserem Dorf. Wir haben unsere Familien und Freunde, die durch das Tor entkommen sind, nie wiedergesehen." Er schwieg einen Moment und nahm einen Schluck aus seinem Krug. „Wir zogen uns zurück, in die Teile des Berges die die Menschen nicht kannten. Wir versiegelten die Eingänge mit Zwergentoren, die nur ein Zwerg – oder einer der Zaubersteine – öffnen kann. Seitdem verstecken wir uns hier und mit der Zeit haben die Menschen vergessen, dass es uns gibt. So wurden wir zu einer fernen Legende." Es klang bitter.

„Manche würden sagen, wir leben hier ein gutes Leben", hörten sie plötzlich eine Stimme von hinten. Zamrin kam um die Ecke des Gasthauses gebogen und ging auf sie zu.

„Ja", erwiderte Rurin missmutig, „natürlich. Aber müssen wir uns wirklich die ganze Zeit verstecken? Nicht alle Menschen sind böse!", sagte er mit einem Blick auf Tami.

Zamrin sah zu Tami, die den Kopf wiegte. „Es gibt tatsächlich viel mehr böse Menschen, als ich bisher gedacht hätte", sagte Tami. „Aber viele davon sind im Auftrag von Tiranos hier, er und seine grauen Reiter tyrannisieren das ganze Land. Die Fürsten widersetzen sich ihm scheinbar nicht – ob er sie kauft oder sie sich nicht trauen, kann ich nicht sagen. Aber es steht jedenfalls nicht gut."

Zamrin nickte. „Ja, das deckt sich mit den Erzählungen, die wir von draußen bekommen. Wir haben ein paar Vertraute, die uns mit Informationen versorgen", zwinkerte er.

„Er meint die Rotkehlchen", erklärte Rurin. „Zwerge und Rotkehlchen sind seit ewigen Zeiten Freunde. Wir können mit ihnen kommunizieren, und sie versorgen uns mit Nachrichten aus der Menschenwelt – und manchmal auch aus Abaloria, wenn es ihnen gelingt, die richtigen Menschen zu belauschen."

Tami staunte. „Und die Vögel fliegen zu euch in den Berg?"

„Nein", lachte Rurin, „wir treffen sie in unseren Gärten. Die zeige ich dir später."

„Ich kann es kaum erwarten", sagte Tami staunend.

Zamrin war in den Gasthof gegangen und kam mit einem Krug für sich und einem Brot mit einem dicken weißen Aufstrich darauf wieder heraus. Er setze sich zu Tami und Rurin. „Kannst du mir noch mehr von Tiranos und den grauen Reitern erzählen?", bat er. „Wir wissen noch nicht genug über ihn und es scheint, als würde seine Macht in beiden Welten wachsen, hier und in Abaloria."

„Viel weiß ich nicht, nur das, was mir Ranur und Morah erzählt haben, und Salana hat mir Bilder gezeigt, was in Abaloria passiert ist." Sie schauderte. „Er ist ein Monster – er will mithilfe der Magie der Einhörner die Macht in Abaloria übernehmen, und so wie es aussieht, auch in der Menschenwelt. Die grauen Reiter sind fürchterlich und grausam – sie haben Ranur auf dem Gewissen, Morah entführt und... und..." Tami wurde von ihren Gefühlen überwältigt. Zamrin wartete geduldig, bis sie sich wieder gefangen hatte. „…und sie haben meine Eltern getötet", fuhr sie ganz leise fort.

Zamrin legte seine Hand auf ihren Arm und sah sie mitfühlend an. „Das tut mir sehr leid, Tami. Bitte erzähle mir alles, was du weißt.

Vielleicht finden wir gemeinsam einen Weg, ihnen das Handwerk zu legen.“ Und so erzählte Tami alles, was sie von Morah und Ranur gehört hatte. Nach einer Weile kam auch Karea dazu, und die drei lauschten aufmerksam Tamis Erzählungen. Als sie fertig waren, war es beinahe Mittag. „Ich danke dir, Tami. Du hast uns sehr weitergeholfen, die Lücken in unserem Wissen zu füllen. Ich werde mich jetzt mit Malin und Lanja, den beiden anderen Ältesten, beraten. Heute Abend treffen wir uns in der großen Halle zu einer Versammlung. Ich denke, wir müssen allen Zwergen Bescheid geben und entscheiden, was wir tun.“

Rurin stand auf und wandte sich an den Ältesten. „Zamrin, sollten wir nicht vielleicht auch unseren anderen Gast holen lassen? Ich…“

Zamrin machte eine abwehrende Handbewegung. „Alles zu seiner Zeit, Rurin. Ich denke, er wird bald zurückkommen.“ Er stand auf, verneigte sich zum Abschied leicht und schritt von dannen.

Tami sah ihm nachdenklich nach. „Wen hat er gemeint? Welchen anderen Gast habt ihr?“

Rurin sah nach unten. „Ich darf es dir nicht erzählen. Zamrin will das am Abend bei der Versammlung tun. Tut mir leid.“ Mit einem Blick auf Tamis Gesichtsausdruck fügte er rasch hinzu: „Aber du musst keine Angst haben, keine Sorge! Im Gegenteil, ich denke, ihr werdet euch freuen... Aber jetzt habe ich schon zu viel gesagt, Schluss jetzt“ mahnte er sich selbst. „Los, iss endlich auf! Du vermisst doch bestimmt schon Salana. Sofern sie endlich wach ist, will ich euch beiden unsere Gärten zeigen!“

Tami schluckte ihre Neugier für den Moment hinunter, vertilgte den letzten Bissen Brot und stand auf.

Eine unerwartete Begegnung

Sie gingen zurück durch das Dorf. Als sie an der großen Halle ankamen, wurden sie von Karea und Salana freudig begrüßt. Tami umarmte Salana innig und kuschelte sich an ihren Hals. „Geht es dir gut, Salana?“, fragte sie. Salana ließ ein leises Wiehern hören und schickte Tami Bilder von Heu, Äpfeln, Korn und Wasser, zusammen mit einem zufriedenen Schnauben. Tami lächelte. „Das ist schön, dass du so gut gefrühstückt hast“, sagte sie.

Rurin und Karea sahen sie fragend an. „Kannst du – mit ihr sprechen?“, fragte Karea verwundert.

„Es ist nicht wirklich ein Gespräch“, antwortete Tami, „aber sie zeigt mir in Bildern und Gefühlen, was sie mir mitteilen möchte. Es funktioniert inzwischen richtig gut.“

„Unglaublich“, flüsterte Rurin, „kann ich es auch mal versuchen?“

„Das musst du Salana fragen“, meinte Tami, „ich kann das nicht für sie entscheiden.“

Rurin nickte, wandte sich zu Salana und verbeugte sich tief. „Ehrenwerte Salana aus Abaloria, würdest du mir die Ehre erweisen, dich berühren zu dürfen?“

Tami schmunzelte über die Wortwahl des Zwerges – es schien, als könne er tatsächlich auch überaus höflich sein, wenn er wollte. Salana sah ihn aufmerksam an, neigte dann den Kopf und trat auf ihn zu. Rurin legte die Hand vorsichtig und langsam auf Salanas Mähne. „Schließ die Augen“, empfahl Tami, „dann geht es leichter.“

Rurin tat wie ihm geheißen, und auch Karea, die neben Tami stand, schien gespannt. Rurin machte eine konzentrierte Miene. Nach einer kurzen Weile änderte sich sein Gesichtsausdruck in ungläubiges Staunen, und dann breitete sich ein glückliches Lächeln auf seinem Gesicht aus. Eine Weile später öffnete er die Augen und blinzelte staunend. Er bedankte sich überschwänglich bei Salana und drehte sich zu den beiden Frauen um. „Das war unglaublich", sagte Rurin. „Sie hat mir ihr Zuhause Abaloria gezeigt, dort ist es wunderschön. Und sie macht einen so… so… glücklich!"

Tami nickte. „Ja, das ist das Schönste daran. Egal was um einen herum passiert, man spürt nur noch Glück und Friede und Freude. Salana ist etwas ganz Besonderes."

Rurin nahm Kareas Hand. „Komm Karea, du musst es auch versuchen!"

Karea sah Salana an. „Ich glaube, wir warten damit noch ein wenig, wir wollen Salana doch nicht überfordern." Tami blickte Karea dankbar an – es würde wahrscheinlich nicht zu Salanas Erholung beitragen, wenn sich immer mehr Leute aus dem Dorf anstellen würden, um Salanas Zauber zu verspüren.

„Du hast recht", sagte Tami zu Karea, „aber ich verspreche dir, das holen wir nach." Sie drückte Kareas Hand – in kurzer Zeit schon hatte sie Karea und natürlich auch Rurin ins Herz geschlossen.

Rurin war durch die Erfahrung noch sprudelnder als sonst. „Los, kommt ihr drei, auf in die Gärten! Salana, jetzt zeigen wir dir unser kleines Zwergenwunder, ich glaube es wird dir gefallen!"

Sie machten sich auf den Weg. Rurin führte die kleine Gruppe aus der Halle heraus auf einen Seitenweg, der am Rande des Dorfs hinter den Häusern vorbeiführte. Tami hatte das Gefühl, dass er den Weg mitten durch das Dorf bewusst vermied – eine gute Entscheidung, denn auf dem neuen Weg begegneten sie zwar nur wenigen Menschen, die jedoch alle große Augen machten oder sie ansprachen und kennenlernen wollten. Es dauerte ein wenig, bis sie am Ende der Halle ankamen. Hätten sie den Weg über den Dorfplatz genommen, hätten sie bestimmt Stunden gebraucht. Am Ende der Halle traten sie in einen Gang – mittelhoch und relativ breit. Während sie den Gang entlanggingen, kamen sie an einigen Abzweigungen und auch Türen vorbei. „Hier haben wir unsere Vorratskammern", erklärte Rurin. „Das ist praktisch, wenn wir die Lebensmittel zwischen den Gärten und dem Dorf lagern können." Tami war sehr gespannt, was Rurin unter „Gärten" verstand. Wie sollte so tief im Berg etwas wachsen?

Nach ein paar Minuten fiel Licht in den Gang. Die vier beschleunigten ihre Schritte, auch Rurin und Karea, als könnten sie es nicht erwarten. Nach einer letzten Biegung hörte der Gang auf – und zwar an einer Felswand. Tami blieb überrascht stehen. Hier war eine Felswand, aber trotzdem drang helles Licht, das aussah wie Sonnenlicht, in den Gang. Wie war das möglich? Karea sah ihren fragenden Blick und lächelte. „Zwergenmagie“, sagte sie. „Ein wenig ist uns noch geblieben, und unsere Tore zu schützen, ist im Moment das Wichtigste für uns.“ Sie legte die Hand an den leuchtenden Felsen und murmelte ein paar Worte. Daraufhin leuchtete das Felsentor noch heller auf, so wie das, durch das Tami und Salana ins Zwergenreich gekommen waren, und sie konnten hindurchtreten.

Vor ihnen öffnete sich ein kleiner Talkessel, der von üppigem Grün bewachsen war. Tami musste die Hand über die Augen legen, um sich an das helle Sonnenlicht zu gewöhnen. Das Tal war, soweit Tami sehen konnte, auf allen Seiten von hohen Felswänden umgeben, die oben schroff anstiegen. Und sie mussten hoch oben sein, das sah man an der Vegetation. Es gab saftiges Gras, Büsche und Flächen, die wie Felder aussahen und einige Baumgruppen, die ausschließlich aus Nadelbäumen bestanden. Einige Zwerge waren auf den Feldern beschäftigt, Pflanzen aus dem Boden zu ziehen oder Kornhalme abzuschneiden. Und links neben der Felswand befand sich ein hölzernes Gebäude, das eine Scheune oder ein Stall sein könnte. Und tatsächlich… daneben, in einem eingezäunten Bereich, grasten eine ganze Herde Ziegen und Schafe friedlich vor sich hin. Das Schönste aber waren die Blumen. Die Wiesen und Hänge zeigten zarte Blumen in wunderbaren Farben – violett, rosa, weiß und ein sanftes Gelb. Nach der Dunkelheit des Berges und ihrer langen Reise hierher kam es Tami vor, als würde sie auf das Paradies sehen.

Rurin sah zufrieden zu Tami hinüber. „Ist nicht übel, was?“

Tami sah ihn staunend an. „Es ist wunderschön! Aber wie ist es moglich, dass die Menschen euch hier nicht entdecken?“

Rurin antwortete: „Es ist so gut wie unmöglich, diesen Teil des Berges von außen zu ersteigen. Die Wände sind viel zu steil und teilweise überhängend, und das Tal befindet sich zwischen dem Gipfel und dem nächsten Teil der Bergkette. Man kommt hier von außen nicht rauf und fliegen können die Menschen Gott sei Dank nicht. Kommt, ich führe euch herum."

In der nächsten Stunde zeigten Rurin und Karea Tami und Salana alles. Salana schien wie ausgewechselt – sie war gleich nach ihrer Ankunft freudig wiehernd über die Wiese galoppiert, ein Bild puren Glücks und Vergnügens. Nachdem sie eine Weile herumgetollt hatte, war sie in den glucksenden Bach gelaufen und hatte sich an einer breiteren Stelle schnaubend im Wasser gerollt. Danach hatte sie sich einen ruhigen Platz auf der Wiese gesucht und begonnen zu grasen. Die Zwerge auf den Feldern hatten erstaunt in ihrer Arbeit innegehalten, um die Neuankömmlinge und vor allem das Einhorn zu beobachten. Viele von ihnen lächelten freudig und bestaunten das wunderbare Tier, das nun wieder hell und weiß im Sonnenlicht leuchtete. Alle grüßten Tami und ihre Begleiter freundlich, wenn sie vorbeigingen. Tami fühlte sich hier sehr willkommen und wohl.

Nach einer Weile setzten sie sich in den Schatten eines Baumes und Karea holte Ziegenmilch und Beeren für sie. Salana trank aus dem Bach, der durch das Tal sprudelte. „Es ist herrlich hier", sagte Tami. „Ich wünschte, wir könnten für immer hierbleiben, aber es liegt noch so ein schwieriger Weg vor uns." Trotz aller Freude am Moment konnte sie ihre Gedanken nun nicht mehr davon abwenden, dass sie bald aufbrechen mussten. Und das ganz allein, jetzt wo es Ranur nicht mehr gab…

Rurin tätschelte ihre Hand. „Mach dir keine Sorgen, wir besprechen alles heute Abend bei der Ratsversammlung. Und morgen könnt ihr aufbrechen, wenn ihr das wollt."

Tami nickte und ließ ihren Blick über das Tal schweifen. „Kommt man eigentlich von außen gar nicht in das Tal?" fragte sie.

„Einen Weg gibt es", sagte der Zwerg, „aber er ist mit einem Zwergentor geschützt und sehr gut verborgen. Er führt von einer Seitenflanke des Berges durch einen Gang unter der Bergwand durch bis ins Tal. Nur wenige kennen ihn aber, und er kann nur mit Zwergenmagie geöffnet werden. Außerdem ist er gut bewacht."

Tami nickte. Sie hatte immer noch Angst, die grauen Reiter könnten sie – oder noch schlimmer, auch das Zwergenvolk – aufspüren. Sie war sicher, dass Tiranos sie suchte und ihr Entkommen nicht einfach so hinnehmen würde. Aber die Zwerge wussten offensichtlich seit langen Jahren wirklich gut, wie man unentdeckt blieb.

Plötzlich stand Karea auf. Sie deutete auf das gegenüberliegende Ende des Tals. „Rurin, hier ist irgendetwas los, schau mal!"

Rurin und auch Tami sprangen auf und sahen aufmerksam in die Richtung, in die Karea deutete. Tami konnte erkennen, dass ein Zwerg äußerst flink und rasch in ihre Richtung gelaufen kam. Er wirkte aufgeregt. Tamis Magen zog sich zusammen… hatte der Magier sie jetzt doch entdeckt? Sie warf einen Blick zurück zu Salana – das Einhorn stand hinter der Baumgruppe, bei der sie Rast gemacht hatten und graste entspannt. „Das ist Ruban, einer der Wachen", rief Rurin. „Kommt, wir laufen ihm entgegen. Da muss etwas passiert sein!" Sie liefen los, und trafen nach wenigen Minuten am Rande eines Feldes auf Ruban, der tatsächlich in vollem Lauf unterwegs in Richtung Eingang zur Zwergenhöhle war. „Was ist los, Ruban?", rief ihm Rurin entgegen.

Ruban blieb stehen und schnappte nach Luft. „Wir haben Calian gesehen, er ist auf dem Weg zurück! Ich mache gleich Meldung an Zamrin und die anderen." Mit diesen Worten lief er weiter.

„Calian", sagte Rurin aufgeregt. „Er hat bestimmt Neuigkeiten, sonst wäre er nicht so schnell wieder zurück. Kommt, wir laufen ihm entgegen!" Er drehte sich um und setzte sich in Bewegung, in Richtung des anderen Endes des Tals. Karea folgte ihm und Tami beeilte sich, mit ihnen Schritt zu halten. Obwohl die Zwerge kürzere Beine hatten, waren sie flink und ausdauernd in ihrem Tempo.

„Kann Salana hier bei den Bäumen bleiben?", fragte Tami.

Karea nickte. „Ja, hier kann ihr nichts geschehen."

„Und wer ist Calian? Auch einer eurer Wachen?"

Karea schüttelte den Kopf. „Nein, er ist… eigentlich wollte Zamrin dir das heute Abend bei der Versammlung erzählen. Aber ich denke, darauf können wir nun nicht warten." Sie blieb kurz stehen, nahm Tamis Hände und sah sie eindringlich an. „Tami,

Calian ist – ein Gesandter aus Abaloria. Er kam vor ein paar Tagen bei uns an, das heißt er kam durch eines unserer Tore. Du kannst dir vorstellen, wie überrascht wir waren, denn eigentlich ist das ja unmöglich, außer für Zwerge und jene, die einen Torstein haben. Er ist ganz offensichtlich kein Zwerg, und er hatte auch keinen Torstein. Aber er hat es uns erklärt – der König von Abaloria hat einen mächtigen Zauber gewirkt, so dass er durch eines der alten Tore in Abaloria schreiten konnte, aber nicht an dem zerstörten Tor im Berg ankam, sondern an dem nächstgelegenen Zwergentor. Er ist hierhergekommen, um ein Einhorn zu suchen – ein ganz besonderes Einhorn, das aus Abaloria spurlos verschwunden ist. Wir haben zugestimmt, ihm zu helfen, und die Rotkehlchen losgeschickt, um im Land etwas in Erfahrung bringen zu können. Als die Vögel zurückkamen, haben sie uns berichtet, dass vermehrt graue Reiter in Admantia gesehen wurden, darum hat er sich dorthin aufgemacht. Seitdem warten wir auf seine Rückkehr."

Tamis Gedanken wirbelten in ihrem Kopf – verursacht durch die neuen Informationen. „Aber... warum habt ihr mir nichts gesagt?"

„Zamrin wollte das heute Abend in Ruhe mit dir besprechen. Er dachte, es wäre sonst zu viel auf einmal für euch. Er wollte euch etwas Erholung gönnen, bevor wir weitere Pläne machen. Und wir wussten ja nicht, dass Calian schon heute zurückkehren würde."

„Und woher wisst ihr, dass dieser, dieser Calian nicht ein Spion von Tiranos ist, oder Schlimmeres? Woher wisst ihr, dass er wirklich aus Abaloria kommt und nichts Böses im Schilde führt?"

Karea lächelte. „Das ist schwer zu erklären – du wirst es merken, wenn du ihn siehst. Aber jetzt komm, Rurin ist schon weit voraus!" Sie begann zu laufen, und Tami bemühte sich, mit ihr Schritt zu halten.

Sie durchquerten das Tal und folgten dem Weg, auf dem der Zwerg der Wache ihnen entgegengekommen war. Bald kam die gegenüberliegende Felswand näher und Tami erspähte auch hier einen Bogen im Felsen in der Form eines Tors. Das Innere schien jedoch aus hartem Felsen zu bestehen. Tami vermutete, dass es sich hier wieder um ein Tor handelte, das man nur mit Zwergenmagie öffnen konnte. Ein Zwerg stand direkt daneben Wache. Als sie sich dem Eingang bis auf ein paar Schritte genähert hatten, begann der Fels von innen heraus zu leuchten, so wie sie es schon kannte. Er erstrahlte in einem sanften Blau. Dann kam eine hochgewachsene Gestalt durch das Licht. Die Wache neben dem Tor begrüßte ihn, sie wechselten ein paar Worte und der junge Mann trat auf den Weg ins Sonnenlicht. Er stand nun vielleicht zehn Schritte vor ihnen. Rurin und Karea liefen auf ihn zu und begannen aufgeregt mit ihm zu sprechen. Tami blieb stehen. Sie wusste nicht genau, wie sie sich verhalten sollte und war nach wie vor misstrauisch – zu tief saßen die Eindrücke ihrer bisherigen Begegnungen mit Menschen aus Abaloria.

Der junge Mann war groß und schlank, er wirkte aufmerksam und geschmeidig. Sein braunes Haar reichte ihm bis knapp über die Ohren, beim Sprechen fiel es ihm ein wenig in die Stirn und er strich es mit einer Bewegung weg, die erahnen ließ, dass er dies oft und wie automatisch machte. Tami fiel auf, dass sein Haar sehr weich und seidig aussah, unerwartet für einen jungen Mann. Wie alt mochte er wohl sein? Bestimmt noch keine vierzehn Jahre alt, vermutete Tami – wahrscheinlich ungefähr so alt wie sie selbst. Er trug ein Gewand aus braunem Stoff und Leder, braune Stiefel und um die Schultern schlangen sich ein Bogen und ein Köcher mit Pfeilen – gar nicht unähnlich ihres eigenen Bogens. Er sah nicht unfreundlich oder böse aus – aber Tami hatte genug erlebt, um zu wissen, dass das absolut nichts zu bedeuten hatte; das Böse kommt oft versteckt daher. Und wenn er es auf Salana abgesehen hatte – Tami wollte gar nicht daran denken.

Rurin redete gerade auf den Jüngling ein, da hob er den Kopf und sah Tami direkt in die Augen. Sie erschrak und trat einen Schritt zurück. Karea drehte sich zu ihr um. „Tami, komm her, wir wollen dir jemanden vorstellen!“ Tami zögerte, trat aber dann nach vorne und schloss die Distanz zwischen ihr und der kleinen Gruppe in wenigen raschen Schritten. Er sollte nicht glauben, sie hätte Angst vor ihm! Karea nahm sie an der Hand und zog sie nach vorne.

„Tami, das ist Calian, ein Gesandter aus Abaloria. Calian, das ist Tami, sie ist bei uns zu Gast.“

„Tamira, eigentlich heiße ich Tamira“, sagte Tami und wunderte sich im selben Moment über sich. Sie benutzte ihren eigentlichen Namen so gut wie nie, aber aus irgendeinem Grund fühlte es sich besser an, hier ihren Geburtsnamen zu benutzen. Normalerweise fand sie ihn zu förmlich, aber in diesem Moment – passte er irgendwie.

„Guten Tag, Tamira. Es freut mich, dich kennenzulernen“, sagte Calian und deutete eine knappe Verbeugung an.

„Guten Tag, Calian“, erwiderte Tami. „Ich freue mich ebenfalls.“ Ein kurzes Schweigen folgte, in dem keiner der beiden etwas sagte. Calians Augen bohrten sich in Tamis. Ihr fiel auf, dass sie von einer unglaublichen grünen Farbe waren, wie einer der Waldseen bei Tami zuhause.

Rurin beendete das Schweigen der beiden. „Tami, Calian hat Neuigkeiten von den grauen Reitern, wir gehen gleich zu Zamrin, damit er uns allen berichten kann.“

Tami erschrak. „Sind wir in Gefahr?“

„Nicht im Moment, meine ich“, antwortete Calian. „Die Tore der Zwerge sind versteckt und würden auch einem Zauberer standhalten, soweit ich weiß.“

„Natürlich würden sie das!“, rief Rurin entrüstet dazwischen.

Calian fuhr fort: „Aber die Situation ist nicht einfach, ich bezweifle, dass sie aufgeben werden. Tiranos ist in der Lage, den ganzen Berg auseinanderzunehmen, um sein Ziel zu erreichen. Er glaubt scheinbar, dass das Einhorn hier ist, aber ich konnte nirgends eine Spur davon finden. In Admantia gab es noch Hinweise darauf, dass Leute ein schönes weißes Pferd gesehen haben wollen, aber hier draußen ist ja niemand, der Auskunft geben könnte. Ich habe mich bis hinauf in den Thronsaal geschlichen. Rund um und im Berg waren aber immer wieder graue Reiter, und ich musste sehr vorsichtig sein, um nicht entdeckt zu werden. Zwei von ihnen habe ich belauschen können. Sie sprachen davon, dass das Einhorn noch irgendwo hier sein muss und Tiranos es unbedingt finden wolle.

Deshalb dachte ich, ich komme so schnell wie möglich zu euch – wenn es hier im Gebirge irgendwo ist, seid ihr meine beste Hoffnung, es zu finden. Ihr kennt den Berg ja am besten."

Rurin lächelte verschmitzt. „Na dann…"

Tami unterbrach ihn. „Was willst du denn mit dem Einhorn? Und woher wissen wir, dass du nicht zu den grauen Reitern gehörst, die es auch suchen?"

Calian sah sie überrascht an. „Warum interessiert dich das denn so brennend?" „Weil, weil… ich den Zwergen helfen will!", erwiderte Tami trotzig.

Karea legte Tami die Hand auf den Arm. „Ich fürchte, wir haben keine Zeit dafür, dass Calian dir jetzt die ganze Geschichte erzählt. Aber vertrau uns bitte, wir kennen sie und wissen, dass Calian und wir auf derselben Seite stehen." Tami beruhigte das nur wenig. Sie hatte wirklich große Angst um Salana.

Calian sah sie aufmerksam an und spürte ihre Unruhe. „Es gibt einen Weg, dir zu zeigen, dass ich nichts Böses im Schilde führe", sagte er. „Wenn du das willst, gib mir deine Hände."

Tami bedachte ihn mit einem skeptischen Blick, aber nach einem aufmunternden Stupser von Rurin, trat sie näher auf ihn zu und legte ihre Finger in seine ausgestreckten Hände. „Und nun schließ die Augen und sag mir, was du fühlst", sagte Calian in einer ruhigen Stimme. Tami tat wie ihr geheißen. Zuerst passierte gar nichts, aber dann fühlte sie eine sanfte Verbindung, wie eine Energie, die zwischen ihren Händen zu fließen begann. Und diese Energie war – gut. Es gab kein besseres Wort, um es zu beschreiben; sie fühlte einfach, dass in diesem Menschen das Böse keinen Platz hatte, sondern sein Herz und Wesen von Liebe und Frieden erfüllt war. Es war ein wunderbares, aber ganz und gar seltsames Gefühl. Sie öffnete die Augen wieder und löste die Verbindung ihrer Hände. Leicht schwankend versuchte sie ihre Fassung wieder zu erlangen. Ihr Kopf versuchte zu sagen, dass das vielleicht auch nur ein Trick war, er könnte sie ja verzaubert haben, aber ihr Herz wusste ganz einfach, dass diese Reinheit und Purheit seines Wesens echt war.

Verwirrt strich sie sich das Haar aus der Stirn und sah zu Calian auf. Er lächelte sie sanft an. „Wollen wir reingehen? Es gibt viel zu besprechen.“ Tami nickte und reihte sich als letzte in der Gruppe auf dem Weg durch das Tal ein. Calian ging mit Rurin ganz vorne, und sie unterhielten sich angeregt. Tami war zu aufgewühlt, um dem Gespräch zu folgen.

Karea warf ihr einen seitlichen Blick zu. Sie schmunzelte. „Ich habe dir gesagt, du wirst es sehen“, sagte sie.

„Ist das bei allen Menschen aus Abaloria so?“, fragte Tami.

„Ich weiß es nicht“, antwortete Karea, „das können wir Zamrin fragen. Es ist jedenfalls faszinierend.“ Da stimmte Tami Karea innerlich völlig zu. So etwas hatte sie noch nie gefühlt – wobei, es war fast wie ein kleines, schwaches Echo der Gefühle, die Salana in ihr auslöste, wenn sie sie berührte. Vielleicht war das mit allen Wesen aus Abaloria so… Aber nein, das konnte nicht sein – Tiranos und seine Reiter hatten ganz sicher das Gegenteil in sich.

Als sie gut die Hälfte des Tals durchquert hatten, hielt Tami Ausschau nach Salana. Es wäre ihr eigentlich am liebsten, wenn Salana versteckt bleiben würde, bis sie mit Zamrin gesprochen hatten, sodass Calian sie noch nicht sehen würde, bevor alles geklärt war. Sie konnte aber nicht zu ihr laufen, um ihr das zu sagen, und die beiden Zwerge würden es nicht verstehen; sie schienen dem Jungen aus Abaloria vollständig zu vertrauen. Tami war zwar nach ihrer Berührung davon überzeugt, dass Calian nicht böse war, aber Salana war ihr so wichtig, und sie wollte sie um jeden Preis schützen.

Salana hörte Tami und die kleine Gruppe kommen. Tami sah, wie sie hinter der kleinen Baumgruppe, wo sie gegrast hatte, ihren Kopf hob, und dann begann um die Stämme herum zu gehen und entspannt auf sie zuzutraben. Tami trat vor und ging ihr entgegen. Salanas Fell schimmerte weiß, und Tami umarmte sie innig. Salana drückte ihre Nüstern in Tamis Hand. „Salana, hier ist jemand aus Abaloria, der auf der Suche nach dir ist. Ich denke, er hat gute Absichten. Aber vielleicht kannst du mir helfen herauszufinden, ob wir ihm wirklich vertrauen können?“ Salana sah Tami aufmerksam an und schien zu nicken. Tami drehte sich um und ging neben Salana auf die kleine Gruppe zu.

Worauf sie absolut nicht vorbereitet war, war die Reaktion von Calian. Sein Mund stand offen, seine Augen waren weit aufgerissen. Er trat einen Schritt auf Salana zu und sah ihr in die Augen. Salanas silbernes Horn begann zu schimmern und plötzlich zu leuchten. Calian hatte sich wieder ein wenig gefasst, trat nun direkt vor Salana und fiel zu Tamis Überraschung vor dem Einhorn auf die Knie. „Sei gegrüßt, königliches Einhorn!“, sprach er. „Was für eine Freude, dich hier wohlbehalten zu finden!“ Salana sah Calian in die Augen und beugte dann selbst eines ihrer Vorderbeine. Es sah aus, als würde sie einen Knicks machen. Ihr leuchtendes Horn war nun auf der Höhe von Calians Hand, und er legte seine Handfläche ganz vorsichtig auf die Spitze des Horns. In diesem Moment entstand ein Lichtstrahl, der völlig aus Gold zu sein schien und die beiden in eine schimmernde Wolke einhüllte. Tami war fassungslos und wollte auf Salana zustürzen, doch Rurin hielt sie zurück. „Lass sie“, sagte er. „Sie begrüßen sich.“

„Ist das – immer so?“, keuchte Tami.

„Ich glaube nicht“, sagte Rurin, „aber es ist jedenfalls wunderschön!“

Inzwischen lösten Calian und Salana ihre Verbindung. Das Licht verebbte und die staunenden Zwerge auf den Feldern, die alle ihre Gesichter zu dem wunderbaren Schein gewandt hatten, begannen untereinander zu flüstern und zu gestikulieren. Calian trat auf Salana zu, legte seine Hand auf ihren Hals und schloss die Augen. Die beiden standen eine ganze Weile schweigend da, sie schienen eine Art Gespräch zu führen. Tami spürte, dass es ihr einen Stich gab – eigentlich war sie es, die mit Salana so sprach, nicht ein fremder dahergelaufener Mann! Nach einer ganzen Weile löste sich Calian von Salana, drehte sich zu ihnen um und sagte: „Ich kann euch gar nicht genug danken. Sie ist es, sie ist es wirklich. Jetzt werden wir alle gerettet sein.“

Tami verstand überhaupt nicht, was er meinte. Sie wollte gerade fragen, da lief ein Zwerg in raschem Tempo auf sie zu.

„Wo bleibt ihr denn? Zamrin hat den Rat einberufen und alle warten schon auf euch!“ Also drehten sie sich um und begannen raschen Schrittes, in den Berg und die Ratshalle zu kommen. Salana ging zwischen Calian und Tami. Tami war völlig durcheinander – was war hier eben passiert?

Die Beratung

Der Zwerg führte sie in scharfem Tempo zurück durch das Zwergentor, den Gang entlang und durch das unterirdische Dorf bis zur Versammlungshalle, in der Tami und Salana die Nacht verbracht hatten. Im Dorf begegneten sie kaum jemandem, und als sie an der Halle ankamen, wurde auch klar, warum nicht. Der große Raum war gut gefüllt; Tami vermutete, dass fast alle Zwerge, die hier lebten, hergekommen sein mussten. Der Zwerg führte sie hinein, wo Zamrin ihnen schon entgegeneilte. „Endlich kommt ihr, wir haben schon auf euch gewartet!“

Rurin antwortete: „Bitte entschuldige, Zamrin. Wir wurden etwas... äh… aufgehalten. Calian hat…“

Zamrin unterbrach ihn mit einer raschen Handbewegung. „Erzähl es mir nachher, wir müssen jetzt mit der Sitzung anfangen.“ Rurin nickte. Als nächstes begrüßte Zamrin Calian. „Wie schön, dass du zurück bist, Calian. Geht es dir gut? Wir sind gespannt auf die Neuigkeiten, die du uns bringst.“

Calian bedankte sich bei Zamrin. „Ich denke, es gibt einiges zu besprechen“, sagte er.

„Nun gut, dann lasst uns beginnen!“, rief Zamrin, sich nun an die anwesenden Zwerge wendend. Auf dem Podest in der Mitte des Raumes standen die drei Stühle der Ältesten. Zwei davon waren besetzt mit einer großen, schlanken Zwergin mit langen weißen Haaren und einem eher kleinen, rundlichen Zwerg mit vollem schwarzem Haar und Bart, beide von grauen Strähnen durchzogen. „Tami, Calian, das sind Malin und Lanja, die beiden anderen Mitglieder unseres Ältestenrates“, stellte Zamrin die beiden vor. Calian verbeugte sich vor den Ältesten, und Tami tat es ihm nach – etwas ungeschickt, wie sie fand. Sie fühlte sich unsicher und wie auf einem Präsentierteller, hier in der Mitte des Raumes stehend, umgeben von so vielen Zwergen.

„Du brauchst keine Angst zu haben“, flüsterte Calian ihr zu, „sie sind wirklich sehr nett.“

„Ich habe keine Angst!“, wisperte Tami empört zurück.

Calian lächelte sie an. „Natürlich nicht, entschuldige. Sag, wieso sagen die Zwerge eigentlich Tami zu dir? Ich dachte du heißt Tamira?“

Tami wollte ihm antworten und verhaspelte sich in ihren Worten. „Ich… äh… Tami ist eine... äh… Kurzform, eigentlich heiße ich Tamira.“

„Ah“, antwortete Calian und wollte noch etwas sagen, doch da fing er den mahnenden Blick von Zamrin auf.

„Kommt, liebe Gäste“, sprach er mit lauter Stimme, „setzt euch bitte hier zu uns, damit euch alle gut sehen und hören können.“ Die Zwerge hatten noch zwei Stühle auf das Podest gebracht, auf denen Tami und Calian nun nebeneinander Platz nahmen. Salana stand neben Tami. Rurin und Karea hatten Plätze in der ersten Reihe der Zwergenversammlung eingenommen, unterhalb des Podests.

Zamrin sah sich im Raum um, seine Präsenz sorgte dafür, dass es bald ganz still wurde, und alle ihn aufmerksam ansahen. Tami bewunderte die ruhige und machtvolle Ausstrahlung, die er hatte. So einem Anführer ist es leicht zu folgen, dachte sie bei sich. Nicht wie unsere Fürsten, denen es nur um sich selbst und ihren Reichtum geht.

„Meine lieben Zwerge!“, begann Zamrin. „Wir sind heute zusammengekommen, weil sich in den letzten Tagen einiges in unserem kleinen Reich ereignet hat. Wir wollen alles, was wir wissen, mit euch teilen, wie es bei uns Brauch ist, und am Ende abstimmen, was wir unternehmen werden. Wie ihr wisst, ist vor einigen Tagen Calian zu uns gekommen, auf äußerst überraschendem Weg, über eines der Zwergenportale. Er hat uns gesagt, der König von Abaloria hätte seine Macht genutzt, um das Portal aus Abaloria noch einmal zu öffnen und Calian in einem Portal neben dem zerstörten Tor – durch das wir früher nach Abaloria gereist sind – erscheinen zu lassen. Ich schlage vor, dass wir als erstes Calian anhören, um zu erfahren, welche Kunde er aus Abaloria zu uns bringt und uns erklärt, wozu er hier ist.“ Die Zwerge nickten zustimmend. Zamrin bat Calian, aufzustehen, und setzte sich auf seinen Platz neben den anderen Ältesten.

„Liebe Zwerge“, begann Calian, „zunächst möchte ich euch danken, dass ihr mich so herzlich aufgenommen habt. So viele Jahrhunderte gab es eine enge Freundschaft zwischen Abaloria und dem Zwergenreich. Es hat uns das Herz gebrochen, als das Tor und die Verbindung in den schrecklichen Schlachten zerstört wurde – und somit unser Weg zueinander. Doch seid versichert, die Verbindung und das Band der Freundschaft zwischen unseren Völkern wurde nie gebrochen. Das vermögen weder Kriege noch die Zeit. Das Wichtigste zuerst: Den Zwergen, die damals während der Schlacht nach Abaloria fliehen konnten, geht es gut. Die meisten sind in den Norden unseres Landes gezogen. Dort gibt es wunderbare Berge mit grünen Hügeln, plätschernden Bächen und Bodenschätzen. Die Zwerge haben sich dort eine neue Heimat geschaffen, so wie sie es mögen. Manche sind auch in unseren Dörfern oder Städten geblieben und leben im Einklang mit uns Menschen und den Einhörnern.“

Tami warf einen Blick in die Reihen der Zwerge auf den Zuschauerbänken und sah allerorts Freude und erleichterte Gesichter. Wie schlimm musste das gewesen sein, seine Lieben zu verlieren und nicht zu wissen, wie es ihnen ging. „Natürlich ist es sehr lange her, dass sie zu uns kamen“, fuhr Calian fort. „Aber wenn wir die Tore zwischen unseren Ländern eines Tages wieder herstellen können, werdet ihr ein großes Fest des Wiedersehens mit den Nachkommen eurer Lieben feiern. Nun aber zum Grund meiner Ankunft hier bei euch. Unser Land, Abaloria, ist in großer Gefahr. Tiranos, ein durch und durch böser Magier, setzt alles daran, um die Macht in Abaloria zu übernehmen und dafür ist ihm jedes Mittel recht. Er hat den König angegriffen und bekämpft, und wir waren ihm unterlegen. Da Abaloria immer ein friedliches Land war, gab es außer den Wachen des Königs keine Krieger, die gegen die grauen Reiter hätten kämpfen können. Wir wissen auch nicht genau, woher die grauen Reiter kamen. Wir vermuten aber, Tiranos hat seine Magie benutzt, um Menschen zu rekrutieren, ihren Geist zu verwirren und sie dann für seine bösen Zwecke einzusetzen. Der König bereitete sich vor, mit Hilfe der Magie der Einhörner und speziell des Königseinhorns, Tiranos zu besiegen – doch da tat Tiranos das Unaussprechliche: Er überfiel die Ebene der Einhörner und…“ Calian schluckte und sein Gesichtsausdruck wurde hart. „…es war entsetzlich. Seine Männer griffen die Einhörner an, töteten viele und verletzten andere. Des Königs Wachen und die verbliebenen Einhörner wehrten sich verzweifelt. Sie konnten die Reiter am Ende zurückschlagen, doch die Verluste waren schrecklich. Und Surina, das königliche Einhorn, wurde sehr schwer verletzt. Die Ärzte denken nicht, dass sie es schaffen wird. Am schlimmsten war aber, dass bei den Kämpfen das junge Einhorn, dass die Nachfolge von Surina antreten wird, verschwunden ist. Ihr wisst vielleicht noch, dass in Abaloria alle 100 Jahre ein königliches Einhorn geboren wird, das sich, wenn es erwachsen ist, mit dem König von Abaloria verbindet und so dem Land seine Magie, Wohlstand und Frieden schenkt. Ohne dieses Einhorn aber haben wir bald keine Magie mehr und keinen Weg Tiranos zu besiegen.“ Die Zwerge schauten einander erschrocken an.

„Wir wussten nicht, wo es ist, aber wir wussten, dass es noch lebt – Surina hätte es gespürt, wenn es tot wäre. Wir haben ganz Abaloria abgesucht, hatten aber keinen Erfolg. Wir wussten, dass Tiranos zumindest ein Portal in die Menschenwelt gefunden und geöffnet haben musste und begonnen hatte, in die Menschenwelt zu reisen, um dort weitere graue Reiter zu rekrutieren. In unserer Verzweiflung haben wir beschlossen, den Versuch zu wagen, das ebenfalls zu tun, um unser Einhorn hier bei den Menschen und Zwergen zu suchen. Deshalb hat König Asturian seine Kräfte mit den letzten Kräften von Surina verbunden, um das alte Tor hierher ins Zwergenreich umzuleiten und zu öffnen.“

Er machte eine Pause und sah den Rat an. „Ihr habt mich herzlich aufgenommen, dafür nochmals meinen tiefen Dank. Als ich dann nach Admantia aufbrach, sah ich dort viele graue Reiter und konnte den Torwachen – nach ein paar Bechern Wein – entlocken, dass sie ein schönes weißes Pferd gesehen hatten, woraufhin kurz danach Tiranos und seine Reiter in dieselbe Richtung aufgebrochen waren. Ich folgte dieser Spur und ging über den Menschenweg zurück zum Berg, war aber nicht schnell genug. Als ich ankam, herrschte dort am Eingang zum Zwergenreich, oben auf eurem Berg Loras, Aufregung. Ich schlich mich an das Lager der Reiter heran und fand heraus, dass ihnen ein weißes Pferd, das aber, wie sich herausgestellt hatte, das gesuchte Einhorn war, samt seinen Begleitern im Berg entkommen waren. Ich kam wieder hierher zurück, um weiterzusuchen und euch zu warnen. Und dann – ich konnte mein Glück nicht fassen – traf ich in eurem wunderbaren Garten auf Tamira und Salana" – er machte eine tiefe Verbeugung in Richtung des Einhorns – „und ich danke euch von Herzen, dass ihr sie aufgenommen habt. Salana ist die einzige Rettung für unsere Welt und die einzige Hoffnung auf die Vernichtung von Tiranos."

Er drehte sich wieder zu den Zwergen. „Liebe Zwerge, Tiranos ist wirklich wütend. Ich denke, ihr solltet euch vorbereiten, denn ich glaube nicht, dass er so rasch aufgibt. Er vermutet sicher, dass die Geflüchteten bei euch sind." Tami erschrak – das Letzte, was sie wollte, war die Zwerge in Gefahr zu bringen!

Nun ergriff Zamrin das Wort. „Ich danke dir, Calian, für deine Ausführungen. Wir haben noch viele Fragen an dich – die wichtigste aber ist: Woher weißt du, dass Salana euer königliches Einhorn ist? Sie könnte ja auch eines der anderen sein?"

Calian schüttelte den Kopf. „Es besteht kein Zweifel. Einerseits werden nur königliche Einhörner mit silbernen Mähnen geboren – Mähne und Schweif der anderen sind weiß. Und außerdem..." Er zögerte kurz und überlegte. Dann straffte er sich und trat vor den Rat. „Wenn Salana zustimmt, werde ich es euch zeigen." Er trat zu Tami und Salana und sah beide fragend an. Tami war zu überwältigt von all den Informationen, um etwas sagen zu können, also legte sie kurz ihre Hand auf Salanas Fell, spürte Zustimmung, und nickte. Calian stellte sich vor Salana und hob seine Hand. Salanas silbernes Horn und auch ihr weißes Fell begannen wieder zu leuchten, wie vorhin auf der Wiese – nur hier, in dem von Fackeln beleuchteten Saal, war die Wirkung noch viel intensiver als draußen im hellen Sonnenlicht. Und als Calians Hand die Spitze von Salanas Horn berührte, entstand wieder dieser goldene Lichtstrahl, der die beiden in eine Wolke aus goldenem Licht hüllte. Die Zwerge blinzelten in die Helligkeit, und man konnte viele „Ahs“ und „Ohs“ von den Sitzreihen hören. Nach einer Weile lösten die beiden die Verbindung und Calian trat wieder zurück zu seinem Platz.

Zamrin stand auf, trat zu ihm und sah ihn an. „Danke, Calian. Ja, die Magie ist stark in Salana. Aber nicht nur in Salana, wie es scheint.“ Und zur Überraschung aller machte er plötzlich eine tiefe Verbeugung vor Calian. „Willkommen, mein Prinz!“, sagte er. „Ich wünschte, du hättest es uns früher gesagt.“

War die Menge der Zwerge bisher überrascht, so ging nun ein erstauntes Raunen durch die Menge. Tami traute ihren Ohren nicht. Prinz? Er war doch ein Gesandter, hatte er gesagt? „Woher wollt ihr wissen, dass er ein Prinz ist?“, platzte sie heraus. Alle Augen richteten sich auf sie.

Zamrin drehte sich zu ihr um. „Weil uns überliefert ist, dass ein königliches Einhorn nur zusammen mit einem Mitglied des Königshauses von Abaloria eine wahre magische Verbindung eingehen kann. Und was wir soeben gesehen haben, zeigt uns so eine magische Verbindung.“ Tami sah Calian an, und er lächelte ihr zu. Tami senkte den Blick zu Boden. Zu viele Gefühle wirbelten in ihrem Inneren. Eine besondere Verbindung… die hatte doch auch sie mit Salana – und sie war nicht aus irgendeinem Königshaus! Zugegeben, so einen Lichtstrahl hatte sie bei Salana zuvor noch nie gesehen. Und sie hatte Calian scheinbar gleich als einen der Ihren erkannt, draußen im Garten.

Zamrin hob die Hand und das Murmeln verebbte. Calian sah Zamrin an. „Es tut mir leid, dass ich euch nicht gleich alles erzählt habe. Aber es war sicherer für uns alle, euch in dem Glauben zu lassen, ich wäre nur ein Gesandter.“

Zamrin nickte. „Ich verstehe es. Aber du hättest nicht riskieren sollen, allein aufzubrechen – die Rettung von Abaloria hängt nicht nur von Salana ab, sondern auch von dir.“ Er drehte sich zu seinem Volk um. „Liebe Zwerge, begrüßt mit mir Calian, den Prinzen von Abaloria, Sohn von König Asturian!“ Die Zwerge erholten sich langsam von ihrem Schreck und einige begannen verhalten zu jubeln. Calian verbeugte sich zu den Zwergen. „Ich bin erstaunt, dass dein Vater dich selbst geschickt hat“, sagte der Älteste. „Das Risiko ist hoch.“

„Ich weiß“, antwortete Calian, „aber er brauchte die in mir schlummernde Magie ebenfalls, um das Tor überhaupt noch öffnen zu können. Er wäre selbst gekommen, aber nach seiner Verletzung war das unmöglich, und er musste auch bei seinem Volk und Surina bleiben. Aber ja, ich und Salana sind seine und Abalorias letzte Hoffnung. Darum dürfen wir auch keine Zeit verlieren, jetzt wo wir uns gefunden haben. Salana und ich müssen zurück nach Abaloria, so rasch wie möglich!“

„Ja, das ist klar“, sagte Zamrin nachdenklich. „Aber wir können das zerstörte Tor hier nicht mehr öffnen, auch nicht mit deiner und Salanas Energie. Es ist zu stark zerstört. Und der Umweg, den dein Vater mit seiner Magie gewirkt hat, steht uns wohl auch nicht offen – von so einem Zauber habe ich noch nicht gehört.“

„Ja, dieser Weg steht auch mir nicht offen, das wussten wir, als ich hergekommen bin. Aber: Es muss noch ein Tor geben“, sagte Calian. „Nämlich das, durch das Salana gekommen ist. Wir müssen herausfinden, wo es liegt und wie wir es öffnen können.“

Als Tami hörte, dass das Tor hier im Zwergenreich nicht wieder geöffnet werden konnte, war sie am Boden zerstört. Sie hatte so gehofft, mit Hilfe der Zwerge Salana nach Abaloria zurückbringen und retten zu können! Aber wenn nicht einmal die Magie der Zwerge und des Prinzen dafür ausreichte, welche Hoffnung hatten sie dann schon? Zamrin sprach weiter, und Tami wandte ihre Aufmerksamkeit wieder seinen Worten zu. „Das werden wir tun“, sagte Zamrin. „Rurin, Karea, lauft runter in die Archive und sucht in den alten Schriftrollen nach Hinweisen! Wir kommen zu euch hinunter, sobald wir hier fertig sind.“

Rurin zog ein sauerliches Gesicht. „Aber… die Versammlung ist doch noch nicht zu Ende!“

Zamrin legte seine Hand auf Rurins Schulter. „Ich brauche meine besten Leute für diesen Auftrag“, raunte er ihm zu. „Ich kann mich doch auf dich verlassen, oder?“

„Natürlich“, grummelte Rurin, und die beiden liefen aus der Halle.

Zamrin wandte sich nun Tami zu. „Tami, bitte erzähle uns nun, wie und vor allem wo du Salana gefunden hast und was sich auf eurer Reise hierher ereignet hat. Danach werden wir entscheiden, wie wir weiter vorgehen.“

Die nächste Stunde verging damit, dass Tami – zuerst unsicher ob der ungewohnten Aufmerksamkeit so vieler Augen, die auf sie gerichtet waren, dann mit zunehmend fester Stimme – alles erzählte, von ihrem Zusammentreffen mit Salana im Wald bis zu ihrer Ankunft bei den Zwergen. Calian machte an einigen Stellen in ihrer Geschichte große Augen und man konnte ihm ansehen, dass er ihr einiges vielleicht nicht so ganz zugetraut hätte. Tami genoss das Gefühl, in seiner Achtung, und natürlich in der der Zwerge, zu wachsen, je mehr sie von ihrer Reise erzählte.

Als sie geendet hatte, bedankte Zamrin sich und sprach, dass die Ältesten sich jetzt zu einer kurzen Beratung zurückziehen würden, um dann zu verkünden, wie man weiter vorgehen würde. Die anderen Zwerge strömten nach draußen, wo man Bänke um kleine Lagerfeuer gestellt hatte, und Getränke und Imbisse serviert wurden.

Tami und Salana traten als letzte nach draußen. Tami lehnte sich an Salana. Sie fühlte sich ausgelaugt und erschöpft. Salana spürte das und schickte ihr eine Welle Zuversicht und Glück durch ihre Berührung. Tami kuschelte sich dankbar an Salanas Hals. „Eine Königin bist du also, meine Salana“, flüsterte Tami ihr zu, „ich wusste, du bist etwas ganz Besonderes. Und Calian ein Prinz… wer hätte das gedacht.“

„Bist du so überrascht?“ Calian war leise neben sie getreten und lächelte sie verschmitzt an. „Mein Vater sagt mir auch immer, ich solle mich königlicher verhalten. Scheint nicht so ganz zu klappen.“

„Äh, nein, ich wollte dich nicht beleidigen…“, stammelte Tami.

„Ich hab nur nicht so viel Erfahrung mit Prinzen."

Calian lächelte. „Und ich hab nicht so viel Erfahrung mit dem mutigsten Mädchen der Welt." Tami sah ihn überrascht an und errötete. Calian ergriff impulsiv ihre Hände. „Tami, ich kann dir gar nicht genug danken. Was du für Salana getan hast, was du alles aufgegeben hast, um ihr zu helfen – du bist ein ganz erstaunlicher Mensch." Er verbeugte sich vor ihr. „Ich danke dir im Namen des gesamten Königreichs Abaloria. Wir werden dir das nie vergessen und dir jeden Wunsch erfüllen, wenn wir können."

Tami sah ihn verlegen an. „Danke, aber weißt du, ich konnte gar nicht anders. Salana ist das Wunderbarste, was mir je im Leben begegnet ist, und ich würde alles tun, um ihr zu helfen."

Calian schenkte ihr ein warmes Lächeln und schaute sie dann fragend an. „Ich weiß, es ist viel verlangt, nach allem, was du schon durchgemacht hast, aber würdest du mit mir und Salana zu der Stelle reisen, wo du sie gefunden hast? Das Tor, durch das sie gekommen ist, muss dort irgendwo in der Nähe sein. Und nachdem wir durch das Zwergentor nicht nach Abaloria kommen, ist das wohl unsere beste Hoffnung."

„Natürlich mache ich das", nickte Tami und sah ihn dann neckisch an. „Hättest du wirklich gedacht, ich überlasse Salana dir?"

Calian lachte herzhaft – er hatte ein wunderbares Lachen, laut und ansteckend. „Komm, wir holen uns etwas zu trinken." Tami folgte ihm, und spürte wieder ein bisschen so etwas wie Zuversicht. Mit so einem Prinzen an der Seite würde es ihnen vielleicht doch gelingen, das intakte Tor rechtzeitig zu finden.

Calian und Tami gingen ein paar Schritte von der Halle weg, damit Salana aus dem Bach trinken konnte, der durchs Dorf führte. Tami spürte, dass Calian sie von der Seite neugierig ansah. Sie warf ihm einen fragenden Blick zu. „Woher kanntest du eigentlich Salanas Namen?", fragte Calian.

Tami war überrascht. „Ich kannte ihn nicht, ich habe ihr den Namen gegeben, weil ich fand, er passt zu ihr. Aber wie ist das möglich?"

Calian dachte nach. „Hast du sie berührt, bevor du ihr den Namen gegeben hast?“

„Ja schon, aber die Bilder hat sie mir erst später gezeigt“, sagte sie.

„Sie muss dir ihren Namen in dein Unterbewusstsein geschickt haben. So wusstest du, welchen Namen du ihr geben solltest, ohne dass dir das klar war.“

Tami sah zu Salana. „Sie ist auf so viele Arten unglaublich und wundervoll“, sagte sie.

„Ja, das ist sie“, bestätigte Calian. „Sie ist etwas ganz Besonderes.“ Er stand auf. „Ich hole uns auch etwas zu trinken.“ Er machte sich auf in Richtung der Becher mit Wein, die auf einem Tisch in der Nähe standen.

Tami legte ihre Hand auf Salanas Hals, wie sie das immer machte. Doch plötzlich spürte sie etwas Seltsames – das Glücksgefühl, das sich sonst immer gleich einstellte, wenn sie Salana berührte, war nur ganz leise, wie durch einen Nebel, spürbar. Sie betrachtete Salana genauer und sah nun, dass sie sehr erschöpft aussah und auch leicht wankte. Als Calian auf sie zukam, rief sie ihm zu: „Calian, komm schnell! Ich denke, mit Salana ist etwas nicht in Ordnung!“ Calian stellte die Becher ab und lief die letzten Schritte auf Tami und Salana zu.

Er legte die Hand auf ihren Hals, schloss die Augen und konzentrierte sich. Ein besorgter Ausdruck breitete sich auf seinem Gesicht aus. Er sah sich um und fand eine der Zwergenwachen, die neben der Halle stand. „Wache, könntest du bitte hinter der Halle an einem ruhigen Platz ein Lager für Salana bereiten, mit etwas Stroh und Heu? Sie ist geschwächt und muss sich dringend ausruhen.“ Der Zwerg nickte und lief rasch davon. Calian drehte sich zu Tami um. „Sie braucht Ruhe“, sagte er. „Unsere Einhörner können auf Dauer nicht außerhalb von Abaloria leben. Die Menschenwelt entzieht ihnen schrittweise ihre Magie, daher müssen wir sie rasch wieder zurückbringen. Wir müssen Zamrin darüber informieren.“

„Er weiß es schon“, sagte Tami, „ich habe es in den letzten Tagen öfter beobachtet, dass sie schwach wirkt, und ihm davon erzählt.“

Calian nickte. „Dann dürfen wir keine Zeit mehr verlieren. Ich werde Zamrin sagen, dass wir morgen aufbrechen.“ Tami stimmte ihm schweren Herzens zu – sie wäre liebend gerne noch bei den

Zwergen geblieben, aber Salana musste zurückgebracht werden, so schnell wie möglich. Und sie würde alles tun, was sie konnte, um ihr dabei zu helfen.

Eine Glocke erklang dreimal, und die Zwerge strömten wieder in die Halle. Die Zwergenwache trat auf Tami zu und sagte: „Das Lager für das Einhorn steht bereit. Wir haben auch zwei Wachen bei ihr postiert, damit ihr zur Beratung zurückkehren könnt."

„Vielen Dank", sagte Tami. Sie begleiteten Salana zu ihrem Lager und Tami trat zu ihr. „Ruh dich aus, Salana. Schöpf so viel Kraft wie du kannst. Wir finden einen Weg, dich nach Hause zu bringen."

Salana schmiegte ihren schönen Kopf an Tamis Hand, ließ sich auf dem Stroh nieder und schloss die Augen.

Das Schwert Likandur

Als sie in die Halle traten, waren fast alle Zwerge wieder an ihren Plätzen, viele unterhielten sich leise mit ihren Sitznachbarn. Die Spannung war spürbar. Nach so vielen Jahren, in denen die Zwerge ruhig und abgeschieden in ihrem Berg gelebt hatten, waren sie es nicht gewohnt, mit so großen, wichtigen Entscheidungen konfrontiert zu werden. Und natürlich kannten sie Gefahr – sonst hätten sie es nicht so viele Jahre geschafft, in ihrem Heim nicht entdeckt zu werden. Aber das hier war etwas anderes. Diese Gefahr war greifbar, nahe – sie war jetzt.

Zamrin hatte einen goldenen Stab in der Hand, mit dem er drei Mal auf den Boden klopfte. Nun setzten sich auch die letzten der Zwerge hin und eine erwartungsvolle Stille breitete sich im Saal aus. „Meine lieben Zwerge“, begann er wieder. „Es sind ungewöhnliche Zeiten, die uns ins Haus stehen. Zeiten, wo der bekannte und vielbesungene Mut der Zwerge wieder gebraucht wird! Zeiten, wo wir zu unseren Freunden stehen und ihnen helfen werden!“ Zustimmendes Gemurmel kam von den meisten Zwergen. „Lanja, Malin und ich haben uns eingehend beraten und schlagen folgendes vor:

Erstens: Wir verstärken die Tore und die Wachen, um sicherzustellen, dass die grauen Reiter unsere Wohnstätten und unsere Gärten nicht finden und betreten können. Wir verwenden dafür Zwergenmagie, soviel wir im Moment vermögen – Tiranos ist ein starker Gegner, den wir nicht unterschätzen dürfen.“ Viele Zwerge nickten zustimmend.

„Zweitens: Das Einhorn Salana wird zunehmend schwächer. Viele von euch wissen vielleicht noch, dass Einhörner hier bei uns nicht lange überleben – sie müssen von der Magie Abalorias umgeben sein, sonst lässt ihre Lebenskraft nach. Salana ist eigentlich schon zu lange hier. Sie muss so schnell wie möglich zurückgebracht werden – damit Tiranos sie nicht fangen kann, und um sie und somit Abaloria zu retten. Calian wird sie natürlich begleiten, und ohne mit ihr noch darüber gesprochen zu haben, nehme ich an, auch Tami wird an ihrer Seite bleiben wollen?" Er warf einen fragenden Blick zu Tami.

„Ja, Zamrin, natürlich!", sagte sie mit fester Stimme. Zamrin nickte ihr zu, und Calian schenkte ihr ein strahlendes Lächeln. Tami spürte, wie sie errötete.

„Und ich!", rief Rurin plötzlich laut vom Eingang der Halle dazwischen. Scheinbar war er soeben wieder zurückgekommen. „Ich komme auch mit!"

Zamrin drehte sich überrascht zu dem jungen Zwerg um. „Rurin, danke, aber lass uns das bitte nachher besprechen." Rurin machte ein etwas beleidigtes Gesicht, Tami sah aber, dass sein Kinn sich energisch vorstreckte. Es sah so aus, als würde er diesen Wunsch nicht kampflos aufgeben.

„Jedenfalls", fuhr Zamrin fort, „werden sie schon morgen Abend aufbrechen. Sie werden vorwiegend in der Nacht reisen müssen, um Salana zu verstecken, aber auch damit die Reiter ihrer Spur nicht so leicht folgen können. Welchen Weg sie nehmen werden, können nur sehr wenige hier erfahren, um niemanden in Gefahr zu bringen. Ich hoffe ihr versteht das."

Ein grimmig aussehender Zwerg mit einer Narbe auf der Wange stand auf. „Tiranos wird darauf warten, dass sie den Berg verlassen, wenn er vermutet, dass sie noch hier sind", sagte er. „Er wird Wachen postiert haben und angreifen!"

Nun stand Lanja auf und wandte sich ihm zu. „Goron, du hast völlig recht. Wir werden uns eine Ablenkung überlegen müssen, damit sie unentdeckt fliehen können. Willst du uns bei der Ausarbeitung helfen? Deine Erfahrung wird uns hier sehr nützlich sein."

Goron verbeugte sich. „Herzlich gerne, ehrenwerte Lanja", antwortete er. Lanja stellte sich neben Zamrin, und auch Malin stand auf und trat neben sie.

Zamrin erhob nochmal die Stimme. „So, schreiten wir zur Abstimmung! Wer dafür ist, die eben besprochenen Entscheidungen umzusetzen, hebe bitte jetzt die Hand!“ Tami sah, dass jede Menge Zwergenhände nach oben schossen. Zamrin nickte. „Gibt es Stimmen dagegen?“, fragte er.

Zuerst bewegte sich niemand, doch dann stand eine ältere Frau in einer der hinteren Reihen auf und sagte: „Ich bin nicht dagegen, Zamrin – ihr führt uns nun schon seit vielen Jahren gut und sicher, ich vertraue euch. Ich möchte nur sagen, auch wenn ich unseren Freunden aus Abaloria gerne helfe, es darf uns nicht unsere Sicherheit hier kosten. Wir haben schon zu viel verloren!“ Von einigen Zwergen erhob sich zustimmendes Gemurmel.

Zamrin sah die Zwergin an und nickte. „Ja, Walena, du hast recht. Danke für dein Vertrauen – wir werden alles tun, was möglich ist, um uns und unsere Freunde zu schützen.“

Walena nickte knapp. „Ich nehme dich beim Wort, Zamrin.“ Sie setzte sich.

„So ist es beschlossen!“, rief Zamrin. „Ich danke euch. Wir ziehen uns jetzt zurück, um die Abreise von Salana, Calian und Tami vorzubereiten. Euch allen eine gute Nacht!“. Er verbeugte sich.

Die Zwerge begannen, aus dem Saal zu strömen. Tami sah durch die nun offenen Türen, dass sie sich draußen an den Tischen mit Getränken versammelten und begannen, sich zu unterhalten. Rurin kam auf das Podest und trat neben Tami. Er folgte ihrem Blick und bemerkte: „Keine Beratung ohne Feier, heißt es eigentlich bei uns Zwergen. Aber heute, glaube ich, werden viele keine Lust haben, richtig zu feiern. Zu groß ist ihre Angst. Dabei ist heute der allerbeste Tag – endlich passiert hier mal was!“ Er wippte aufgeregt auf und ab. Tami hatte den Eindruck, er würde auf und ab hüpfen, wenn er nicht gerade versuchen würde, besonders erwachsen und seriös zu wirken. Sie musste schmunzeln. „Hast du das ernst gemeint, dass du mitkommen willst?“, fragte sie Rurin.

„Aber natürlich!“, sagte er. „Ich denke, ihr werdet unsere Hilfe gut gebrauchen können. Und wie gesagt, ich kann es kaum erwarten, hier endlich mal rauszukommen.“

„Zamrin schien aber nicht so begeistert", wand Tami vorsichtig ein.

Rurins Miene verdüsterte sich. „Ja, na ja, sie wollen immer alle, dass wir im Verborgenen bleiben, nur so sind wir sicher, blabla. Ich kann es ehrlich gesagt nicht mehr hören."

„Hm", meinte Tami. Es schien ihr nicht ratsam, noch etwas in dieser Sache zu sagen, bevor Rurin und Zamrin das nicht untereinander geklärt hatten.

Malin und Lanja hatten inzwischen begonnen, die nun fast leere Halle seitlich zu durchqueren. Erst jetzt sah Tami, dass sich an der linken Wand eine kleine Tür befand. Zamrin, der soeben noch leise mit Calian gesprochen hatte, drehte sich zu Tami um. „Tami, bist du bereit? Wir werden jetzt besprechen, wie wir euch morgen Abend am besten aus dem Berg bringen."

„Ja", antwortete Tami. „Danke, dass ihr euch für uns so viel Mühe macht. Wir wissen das wirklich zu schätzen."

Zamrin lächelte sie an. „Tami, es ist uns eine Freude und auch unsere Pflicht als Freunde von Abaloria zu helfen. Wir werden tun, was wir können. Geht es Salana gut?"

Tami schüttelte den Kopf. „Nein, nicht wirklich. Sie ist sehr schwach. Wir haben ihr ein Lager richten lassen und zwei deiner Wachen sind bei ihr. Ich wollte nochmal nach ihr sehen, bevor wir anfangen, geht das?"

„Natürlich", entgegnete Zamrin. „Karea, kannst du Tami bitte zu Salana begleiten und sie dann zu uns in die Bibliothek bringen?"

„Gerne", antwortete Karea, nahm Tami an der Hand und zog sie nach draußen. „Ihr anderen folgt mir bitte", sagte Zamrin zu Calian und Rurin.

Salana schlief, als sie bei ihr ankamen. Tami sah, dass ihr Atem ruhig und gleichmäßig ging. Sie zögerte, sie zu berühren, damit sie nicht aufwachte. „Sie ist ganz ruhig eingeschlafen, Frau Tami", sagte einer der Wachmänner zu ihr. „Keine Sorge, wir passen auf sie auf." Etwas beruhigt bedankte Tami sich bei ihm und folgte dann Karea wieder in die Halle und durch die Pforte.

Auf der anderen Seite der Tür war ein sehr kleiner Raum, in dem sich nichts befand als eine Treppe, die steil nach unten führte. Sie stiegen die Treppe ein kurzes Stück hinunter, dann folgten sie einem geraden, schmalen Gang. Nach einer Weile kamen sie erneut an eine Treppe. Diese führte in einem immerwährenden Bogen steil nach oben, als wäre es eine Wendeltreppe. Tami merkte nun, wie müde sie ebenfalls war – schon nach einer Weile war sie außer Atem. Karea bemerkte es und zwinkerte ihr zu. „Es ist nicht mehr weit", sagte sie. Und tatsächlich, ein paar Drehungen noch nach oben, da waren sie am oberen Ende angelangt. Die Treppe mündete in einen großen Raum. Er war rund, ziemlich hoch, und als Tami nach oben sah auf die Decke des Raumes, blieb ihr der Mund offenstehen. Die Felswände des Raumes waren nicht grau, sondern von einer goldenen Farbe und mit wunderschönen Mustern, Ornamenten und Bildern bemalt. Sie mündeten oben in schroffe, gezackte Felsspitzen, teilweise überhängend. In der Mitte dieser Spitzen war eine durchsichtige Kuppel aus Glas, durch die Tami die Sterne leuchten sehen konnte. Es war wunderschön! Das Mondlicht fiel durch die Kuppel und Tami stellte sich vor, wie das wohl am Tag aussehen musste, wenn Sonnenlicht hereinströmte. Auch wenn die Zwerge in ihrer Wohnhöhle durch die klug angelegten Schächte etwas Tageslicht hatten, musste es um ein Vielfaches wunderbarer sein, hier den blauen Himmel und die Wolken über sich zu sehen.

Aber das Allerschönste an diesem Raum waren die Bücher. Rundherum an den Wänden, zwischen den bemalten und verzierten Stellen, gab es hohe Regale, voll mit unzähligen Büchern und Schriftrollen. Es mussten Hunderte sein, ach was, Tausende! Tami hatte so etwas noch nie gesehen – auch nicht in Ranurs Bibliothek in Admantia. Beim Gedanken an Ranur durchzuckte Tamis Herz ein schmerzlicher Stich. Wie sehr hätte ihm das hier gefallen! „Hier sind wir", unterbrach Karea Tamis Gedanken. „Willkommen in der Bibliothek der Zwerge!"

In der Mitte des Raumes stand ein großer, runder Tisch, um den sich Zamrin, Lanja, Malin, Calian und Rurin schon versammelt hatten. Als sie nähertraten, machte Calian den beiden Platz neben sich. „Schön, dass du da bist“, sagte er. Tami sah ihn schüchtern an und nickte.

„Nun, wo wir alle hier sind“, begann Zamrin, „Karea, willst du uns zeigen, was ihr gefunden habt?“

„Liebend gern“, antwortete Karea. „Hier“ – sie nahm eine der Schriftrollen in die Hand, die in der Mitte des Tisches lagen – „ist eine Karte unseres Landes, die den Standort der bekannten Tore nach Abaloria eingezeichnet hat.“ Sie entrollte die Karte. „Dieses hier“, sie deutete auf ein rotes Tor, das unter einem Berg eingezeichnet war, der mit ‚Loras‘ beschriftet war, „ist unseres, im Berg Loras. Das fällt ja leider aus. Das Tor im Osten“ – sie zeigte auf den rechten Teil der Karte – „war schon vor unserem nicht mehr einsatzbereit, nach dem Vulkanausbruch, der damals das Nonas–Gebirge zerstört hat.“

Zamrin nickte. „Somit bleiben das Tor im Westen und das im Norden“, sagte er, auf die Karte von ganz Beleriem schauend, die vor ihm lag.

„Genau“, antwortete Karea. „Nachdem Tami aus Naraan kommt, das ja hier im Norden liegt, kann Salana eigentlich nur durch das Nordtor gekommen sein.“

„Also wäre es wahrscheinlich schlau, auch durch das Nordtor zurückzureisen, weil wir das am schnellsten finden“, stellte Calian fest.

„Grundsätzlich ja“, wandte Goron ein, „andererseits könnte Tiranos auch zu diesem Schluss kommen und dorthin reisen, wenn er Salana hier am Berg nicht findet. Er wird alles daransetzen, um euch aufzuhalten.“

Zamrin nickte. „Goron hat recht. Es ist schneller und wahrscheinlich leichter zu finden, aber es wird auch gefährlicher sein.“

Goron nickte. „Ihr könnt jedenfalls nicht auf diesem Weg über Admantia reisen, damit werden sie rechnen.“

Calian sah ihn an. „Welchen Weg sollen wir sonst nehmen? Gibt es einen anderen?“

„Es gibt einen“, antwortete Goron. „Aber er ist länger, und er ist ungleich gefährlicher. Er führt euch durch die unbekannten Lande, und dort ist niemand gerne unterwegs.“

„Warum nicht?“, fragte Tami. „Was ist dort?“ Sie hatte von diesen Landen noch nie gehört, nur dass es im Osten nichts gab als weite, trockene Steppen und tiefe Schluchten, weiter im Norden abgelöst durch eine gefährliche Landschaft mit Sümpfen und Treibsand–Tümpeln – eine Gegend, die unwirtlich und menschenfeindlich war. All die Städte, Straßen und Dörfer lagen aus genau diesem Grund im Norden oder Westen des Landes. Der Osten war kaum bevölkert und im Süden grenzte eine Wüste an das Gebirge südlich des Loras, die zwar bewohnt, aber nur dünn besiedelt war.

„Ganz genau weiß es niemand“, antwortete Malin an Gorons statt, „aber es wird auf jeden Fall nicht einfach werden.“

Calian sah in die Runde. „Sind alle davon überzeugt, dass das dennoch der beste Weg für uns ist?“ Die meisten der anwesenden Zwerge nickten. Calian sah Zamrin an. „Dann ist es wohl beschlossen. Wir nehmen den Weg durch die unbekannten Lande.“

Zamrin nickte. „Ihr werdet einen Führer brauchen, zumindest bis zu den Berol–Schluchten.“ Er drehte sich zu Karea um.

Die Zwergin trat vor und nickte. „Vater, ich übernehme das sehr gerne. Ich kenne den ersten Teil der Gegend von meinen Erkundungsgängen, und ich habe die Karten studiert“, erklärte sie der Runde.

„Ich lasse Karea auf keinen Fall ohne mich gehen!“, rief Rurin entschlossen aus. „Ich komme mit!“

Zamrin sah in an und seufzte. „Karea, was sagst du dazu?“

Seine Tochter lächelte Rurin an. „Na ja, irgendeiner muss ja das Gepäck tragen, nicht wahr?“, sagte sie mit einem Schmunzeln. Rurin sah sie entrüstet an und wollte widersprechen, bemerkte dann aber, dass sie und Zamrin soeben seiner Teilnahme an der Reise zugestimmt hatten und stimmte in das Lachen der anderen ein.

Die nächsten Stunden verbrachten sie mit der Beratung und Besprechung vieler Details – über ihre Route, welcher Weg für Salana am besten zu bewältigen war, was sie mitnehmen wollten, und wie sie Salana verbergen würden, wenn sie die Wälder schließlich verlassen und die Menschendörfer im Norden erreichen würden. Die Ältesten waren sich einig, dass Karea und Rurin die Gefährten auch nur bis zum Ende der Sümpfe begleiten würden können – zu sehr würden die beiden Zwerge bei den Menschen auffallen, und das konnten sie nicht riskieren. Die beste – und eigentlich einzige – Chance, die sie hatten, war, unerkannt und unauffällig bis zum Tor zu kommen, es mit dem Torstein Faramet zu öffnen und so rasch wie möglich nach Abaloria zu reisen.

Es war spät in der Nacht, als Tami zu Salana und ihrem Lager zurückkehrte. Zamrin hatte verstanden, dass Tami Salana in dieser Nacht auf keinen Fall alleine lassen wollte, und ihr ein Lager aus warmen Decken und Kissen neben ihr vorbereiten lassen. Tami fiel auf das Lager und schlief bald erschöpft ein.

Am nächsten Morgen erwachte sie dennoch früh. Salana war wach und schien wieder guter Dinge zu sein. Sie stand neben dem Bach und fraß Heu und Äpfel, die ihr die Zwerge gebracht hatten. Als Tami zu ihr ging und ihre Hand auf ihr Fell legte, spürte sie nichts mehr von dem Nebel des gestrigen Abends, sondern wurde von der wunderbaren Welle von Freude und Glück begrüßt, die sie von Salana gewohnt war. „Wir bringen dich zurück, Salana", sagte sie. „Heute Abend schon geht es los und bald wirst du zuhause sein!" Salana schnaubte zufrieden, und Tami setzte sich neben sie auf den Boden und erklärte ihr den Plan, den sie in der Nacht geschmiedet hatten. Sie war gerade damit fertig, als Calian zu ihr kam, um sie abzuholen. Es gab noch einiges vorzubereiten und einzupacken für ihre Reise.

Nicht nur Tami, Calian, Karea und Rurin waren mit Vorbereitungen beschäftigt, auch die anderen Zwerge eilten geschäftig durch das Dorf und schleppten Holz, Steine und alle möglichen anderen Gegenstände durch die Gegend. Rurin erklärte

Tami, dass die Zwerge beschlossen hatten, in der Nähe des großen Thronsaals ein Ablenkungsmanöver durchzuführen, damit Salana auf der anderen Seite unbemerkt aus dem Berg gebracht werden konnte. Ihr Weg würde sie durch den Garten der Zwerge führen, über das Tor, das Calian bei seiner Rückkehr zu den Zwergen benutzt hatte. Die erste kurze Strecke waren sie dabei in der Nähe der Straße, und sie wollten sichergehen, dass sich keine Reiter dort aufhielten, bis sie in den Waldgebieten waren, die sie am Weg zu den Schluchten durchqueren müssten. Tami war beeindruckt. Der Plan klang sehr durchdacht, und sie war den Zwergen unendlich dankbar. Sie hätten das ohne ihre Hilfe niemals geschafft.

Viel zu schnell ging der Tag vorbei. Nach einem schnellen, aber köstlichen Abendessen im Gasthaus Zwergennase – das Tami schmerzlich vermissen würde, zu gut waren die Speisen dort – trafen sie sich am Versammlungsplatz, wo die Ältesten schon auf sie warteten. Zamrin trat vor. „Bevor ihr geht“, sagte er, „habe ich noch ein Geschenk für euch.“ Er hielt einen länglichen, in ein helles Tuch geschlagenen Gegenstand in der Hand. Er trat auf Calian zu und überreichte ihm das Paket mit einer kleinen Verbeugung. „Prinz Calian, dies wurde vor vielen Jahren von uns Zwergen für das Königshaus von Abaloria geschmiedet – zu der Zeit, als nicht nur Freundschaft, sondern auch regelmäßige Besuche und Handelsbeziehungen unsere beiden Völker verband. Euer Urahn, der damalige König, hat seine Magie und die Magie seines Königseinhorns in die Klinge fließen lassen. Noch bevor es fertiggestellt werden konnte, brach jedoch damals der Krieg aus. Lass es mich jetzt dir überreichen, zur neuen Zukunft unserer Freundschaft und Verbundenheit.“

Calian nahm das Geschenk vorsichtig in seine Hand und schlug das Tuch, in das es eingehüllt war, zurück. Zum Vorschein kam ein Schwert in einer Scheide. Sowohl der Griff als auch die Scheide waren äußerst kunstvoll und wunderschön gearbeitet, mit verschlungenen Symbolen. Tami entdeckte sowohl das Symbol der Zwerge als auch das der Einhörner. Am Griff war auf beiden Seiten ein heller Mondstein eingefasst, von wunderschöner milchweißer

Farbe. Tami dachte zuerst, dass der Stein leuchtete, doch dann bemerkte sie, dass das sanfte Leuchten, das sie sah, von dem kleinen Spalt zwischen Griff und Scheide ausging.

Calian hatte es auch bemerkt. Vorsichtig begann er, das Schwert aus der Scheide zu ziehen. Die Klinge des Schwertes war nicht grau oder silbern, wie bei allen Schwertern die Tami kannte, sondern weiß. Sie leuchtete sanft in einem warmen, angenehmen Licht. Calian blickte das Schwert bewundernd an und hob es sanft nach oben. Ein Raunen ging durch die Zwerge, die sich um die Abreisenden versammelt hatten. „Das Schwert Likandur", sprach Zamrin. „Es gibt auf der ganzen Welt nicht seinesgleichen. Likandur kann seinen Gegner nicht töten oder einem Körper Verletzungen zufügen. Vielmehr tötet es das Böse in einem Menschen. Wird man von Likandur getroffen, erlöscht das Böse im Gegner und in diesem Augenblick wird man zu einem durch und durch guten Wesen."

Calian blickte Zamrin und dann das Schwert ehrfürchtig an. „Wird es auch bei Tiranos helfen?", fragte er Calian. „Wir wissen nicht, wieviel Mensch er noch ist."

„Eine gute Frage", antwortete Zamrin. Es kann sein, dass er schon zu viel von seinem Menschsein verloren hat. Was dann passiert, wissen wir nicht – es wurde noch nie versucht."

Calian nickte. „Wir werden es herausfinden", sagte er entschlossen. Mit etwas lauterer Stimme ergänzte er: „Zamrin, im Namen des ganzen Volkes von Abaloria bedanke ich mich von Herzen für diese wunderbare Gabe. Ich werde Likandur stets in Ehren halten und zum Wohle aller unserer Völker einsetzen!"

Die Zwerge jubelten, und Rurin und Karea umringten Calian aufgeregt, um das Schwert aus allen Richtungen zu bewundern. Tami war zutiefst beeindruckt von dem, was sie gesehen und gehört hatte. Diese Waffe würde sie retten können, wenn es noch einmal zu einer Begegnung mit Tiranos käme – ja, falls sie dann auch nahe genug an den Zauberer herankommen und dabei am Leben bleiben konnten.

Aufbruch

Nach einer herzlichen Verabschiedung von den Zwergen gingen die Reisenden zu den Pferden, die gesattelt und beladen bereitstanden. Sie beschränkten ihr Gepäck auf das Nötigste, um rasch voranzukommen. Jeder von ihnen hatte Wasser und Essens–Rationen für einige Tage mit, eine Decke und einen warmen Umhang. Feuersteine durften natürlich nicht fehlen, und Karea hatte Rurin auch einen kleinen Topf und einige Löffel an den Sattel geschnallt, damit sie sich Essen machen konnten. Rurin war nicht begeistert, er schaute sehnsüchtig auf das Schwert, das am Gürtel von Calian baumelte. Tami hatte ihren Bogen, frische Pfeile sowie ein gutes Messer mit, das sie ebenfalls am Gürtel trug. Karea und Rurin führten kleine Kurzschwerter, die auch an Messer erinnerten, sowie Steinschleudern bei sich. Sie alle hatten von den Zwergen Umhänge in einem dezenten Olivgrün bekommen, so dass sie in der Landschaft möglichst gut getarnt sein würden.

Karea und Rurin saßen schon auf den ausdauernden Ponys, die die Zwerge in ihrem Tal züchteten. Die Zwerge hatten für Calian und Tami groß gewachsene Tiere bereitgestellt. Das Pony, das Tami reiten sollte, war eine weißgraue Stute. Calian stieg gerade auf einen schön gebauten Rappen auf. Tami näherte sich der Stute langsam und streichelte sie, um sich mit ihr bekannt zu machen. Salana, die neben ihr stand, schnaubte und drängte sich näher an Tami heran. Tami wandte sich ihr zu und umarmte ihren Hals. „Salana, du bist doch nicht etwa eifersüchtig?“, schmunzelte sie.

Calian, der neben ihnen stand, warf Tami einen Blick zu und lächelte.

„Sag, Tami, bist du während deiner Reise mit Salana hierher eigentlich nie auf die Idee gekommen, Salana reiten zu wollen?“

„Schon“, antwortete Tami, „es hätte manches einfacher gemacht. Aber es hat sich irgendwie nicht richtig angefühlt. Man kann doch ein Einhorn nicht satteln und aufzäumen – ein magisches, wunderbares Wesen!“

„Es ist gut, dass du es nicht versucht hast“, sagte Calian. „Einhörner sind keine Reittiere, und da sie uns in Abaloria heilig sind, ist es auch streng verboten, es zu versuchen. Es gibt eine alte Sage, dass der erste König, der sich mit einem Einhorn verband und so die Magie der königlichen Einhörner sozusagen begründete, eine so enge Bindung zu seinem Einhorn hatte, dass das Einhorn ihn eines Tages aufforderte, auf ihm zu reiten – natürlich ohne Sattel oder Zaumzeug. Ob das stimmt, weiß ich allerdings nicht. Ich denke, man würde recht schnell abgeworfen werden – nicht wahr, Salana?“ Salana sah ihn aufmerksam an und warf den Kopf nach oben, als würde sie nicken.

„Ich denke, sie sieht das genauso“, schmunzelte Tami.

Als alle aufgesessen waren und Salana ihren Platz neben Tamis Stute eingenommen hatte, winkten sie nochmal zum Abschied den Zwergen zu und machten sich auf den Weg durch die Tunnel, auf zum Tor, das in den grünen Garten der Zwerge führte. Die Dämmerung war hereingebrochen, als sie auf die Wiese ritten, sie konnten den Weg aber noch gut erkennen. Wie das sein würde, wenn sie später die Straßen verließen und in die Wildnis ritten, stimmte Tami nachdenklich. Hoffentlich würden sie genug sehen können, um gut weiterzukommen. Die erste Nacht war entscheidend, um den Häschern von Tiranos zu entkommen.

Bald hatten sie die Gärten durchquert und begrüßten die Wache am Tor, das in die gegenüberliegende Seite der Berge führte. Sie ritten weiter durch den Tunnel, der Gott sei Dank hoch genug war, um sie zu Pferd passieren zu lassen. Sie konnten sogar zu zweit nebeneinander reiten. Am Ende des Tunnels trafen sie wieder auf zwei Wachen, die durch einen Ausguck oberhalb des Tores die draußen liegende Straße im Auge behielten. „Alles ruhig“, teilte eine der Wachen Karea mit.

„Sehr gut“, antwortete Karea. Sie wandte sich zu Calian, Tami und Rurin um. „Wir warten noch, bis der Tumult losgeht, dann wird das Tor geöffnet und wir reiten los. Wenn es genug Lärm gibt, reiten wir so schnell wir können. Falls nicht, müssen wir langsamer bleiben, um nicht zu viele Geräusche zu machen.“ Sie warf einen Blick zu Calian. „Calian, ist es in Ordnung, wenn ich die Gruppe auf dieser ersten Strecke anführe?“

Calian nickte. „Natürlich. Du kennst dich hier am besten aus, und ich vertraue mich gerne deiner Führung an.“ Karea nickte und drehte sich wieder zu den Wachen um.

Es dauerte nur wenige Minuten, da hörte Tami zuerst ein dumpfes Grollen, wie von einem herannahenden Gewitter. Dann, ganz plötzlich, gab es einen ohrenbetäubenden Knall, gefolgt von Lärm, der an eine Serie von Explosionen denken ließ. Der Boden begann zu beben. Die Pferde und auch Salana waren zusammengeschreckt und drängten sich nervös zusammen, die Gefährten hatten alle Mühe, sie am Durchgehen zu hindern. Die Wache am Ausguck spähte weiter hinaus. „Wartet noch kurz – der Lärm wird hoffentlich alle Krieger alarmieren, die möglicherweise die Gegend durchstreifen, und sie werden zur Halle zurückkehren. Wir wollen sichergehen, dass ihr da draußen niemandem in die Arme läuft, der gerade dorthin wollte.“ Nach weiteren endlos erscheinenden Minuten drehte der Wachmann am Ausguck sich um. „Gerade sind zwei Reiter vorbeigaloppiert. Ich denke, ihr könnt es wagen.“

„Ich danke euch“, sagte Karea.

„Alles Gute, Karea!“, erwiderten die Wachen, entriegelten und öffneten das magische Tor.

Karea ließ ihr Pony als erstes durchlaufen, gefolgt von Calian, Tami und Salana. Rurin bildete die Nachhut. Hinter ihnen schloss sich das Tor. Als Tami sich kurz umdrehte, war da nur eine ganz normale gezackte Felswand zu sehen. Nichts ließ erkennen, dass sich hier gerade noch ein Tor befand. Tami war tief beeindruckt von der Magie der Zwerge. „Los!“, rief Karea, wandte ihr Pony auf den Weg und preschte los, weg vom Berg Loras. Tami konnte verstehen, dass sie es für sicher genug hielt, gleich in einen donnernden Galopp zu fallen – der Lärm von der anderen Seite des Berges war ohrenbetäubend. Es klang, als würde ein Teil des Gebirges einstürzen, dazwischen hörte man immer wieder Schreie. Tami hoffte, dass das Ablenkungsmanöver nicht außer Kontrolle geraten war, und dass die Zwerge sich in Sicherheit bringen konnten. Aber jetzt mussten sie sich auf ihren Weg konzentrieren, damit die Mühe der Zwerge nicht umsonst gewesen war.

Sie galoppierten die gewundene Straße entlang, die sich durch die bergige Landschaft wand. Tatsächlich begegnete ihnen niemand. Wenn es Patrouillen gegeben hatte, waren sie alle zur Halle zurückgekehrt, um ihrem Herrn und ihren Kameraden beizustehen. Etwa eine halbe Stunde ritten sie in diesem straffen Tempo weiter, auf der nach unten führenden Straße. Dann begann die Gegend weniger felsig zu werden, und links und rechts des Weges wurde eine sanft waldige Landschaft sichtbar. Die Straße machte eine starke Kurve nach links.

„Hier geht es zu einer Kreuzung mit dem Weg, den du, Tami, damals genommen hast, und der von Admantia direkt zur großen Halle führt. Hier werden wir den Weg verlassen." Tami sah, dass das eine sehr gute Wahl war. Der Boden war bis zum Waldrand hin trocken und felsig. Es würde schwer sein, hier ihre Spuren zu verfolgen. „Wir reiten langsam und hintereinander", entschied Karea.

„Orientiert euch an eurem Vordermann." Das war ein guter Vorschlag – auch wenn der Mond gerade hinter ein paar Wolken steckte, konnte man gerade genug sehen, um dem Pferd vor ihnen zu folgen. Salana ging jetzt zwischen Calian und Tami. Tami sah immer wieder besorgt zu ihr hin, ob ihre Kräfte ausreichen würden für die Flucht. Aber bis jetzt schien es, als hätte das Einhorn keine Probleme. Sie tauchten in den Wald ein, der Gott sei Dank einen sehr lockeren Baumbestand hatte, sodass sie sich auch ohne einen Weg gut hindurcharbeiten konnten. Nach einer Weile kam auch der Mond hervor und gab ihnen ein wenig mehr Licht, was Tami mit Erleichterung wahrnahm. Durch die dicke Schwärze zu reiten und kaum etwas zu sehen, während man sich ständig Sorgen machte, die Verfolger könnten irgendwo auftauchen, war doch ziemlich zermürbend.

Nach mehreren Stunden, in denen Karea sie zielsicher durch den nächtlichen Wald führte, merkte Tami, dass die Aufregung über ihre Flucht langsam nachließ und sie immer müder wurde. Es wurde schwer, die Augen offenzuhalten, während des sanften Schaukelns des Pferdes und des Rauschens des Waldes. Als sie zu einer kleinen Senke kamen, durch die ein schmaler Bach floss, zügelte Karea ihr Pferd und blieb stehen. „Wir sollten hier halten“, sagte sie. „Die Pferde brauchen eine Pause, und wir auch.“

Calian stimmte ihr zu. „Ja, wir sollten ein paar Stunden schlafen und im Tageslicht weiter reiten. So kommen wir auch schneller voran.“

Sie stiegen ab, versorgten die Pferde, und breiteten ihre Decken nebeneinander aus. „Ein Feuer ist heute Nacht zu gefährlich“, sagte Calian. „Ich übernehme die erste Wache.“

„Weck mich dann, ich nehme die zweite“, sagte Tami. Rurin und Karea wollten die Wachen in der zweiten Nachthälfte übernehmen. Tami ging zu Salana, die mit großen Schlucken aus dem klaren Bach trank. Sie schien etwas müde zu sein, aber ansonsten in Ordnung. Als Tami sich am Rand des kleinen Lagers niederließ, trottete Salana auf sie zu und legte sich neben sie. „Ihr beide seid wirklich unzertrennlich“, bemerkte Rurin.

„Ja“, sagte Calian, „das seid ihr wirklich.“ Er wirkte nachdenklich.

Tami kuschelte sich an Salana, wie so oft seit Beginn ihrer Reise. Und wie immer machte Salanas Nähe sie ruhig, entspannt und deutlich glücklicher, als man es sich für eine Situation wie diese vorstellen konnte. „Du bist wirklich ein ganz und gar wundervolles Wesen, Salana“, murmelte sie, schon fast im Halbschlaf. Und trotz der Aufregung der vergangenen Stunden schlief sie rasch ein.

Durch die Wildnis

Tami erwachte vom Zwitschern unzähliger Vögel und ein paar ersten Sonnenstrahlen, die sanft durch die Morgendämmerung schienen. Sie blinzelte und streckte die Hand nach Salana aus, an die sie sich in der Nacht gekuschelt hatte. Als sie den Kopf hob, sah sie Rurin in der Mitte des improvisierten Lagers sitzen, vor ihm ein paar große Blätter, die er als Teller verwendete. Auf den Blättern lagen einige Beeren und Pilze, sowie ein paar kleine Stücke ihres mitgebrachten Brotes. Calian schien noch zu schlafen, Karea war nirgends zu sehen. Rurin deutete ihren fragenden Blick und sagte: „Karea ist losgezogen, um nach möglichen Verfolgern Ausschau zu halten. Sie sollte bald zurück sein." Beim Klang seiner Worte begann Calian sich zu regen. „Entschuldige, werter Prinz Schlafmütze, aber wir sollten ohnehin bald losreiten", sprach Rurin, mit einer angedeuteten Verbeugung in Calians Richtung.

Calian schnaubte, konnte sich aber ein Grinsen nicht verkneifen. „Du wärst auch müde, hättest du die halbe Nacht Wache gehalten, nicht erst in der Morgenschicht."

Tami lächelte auch und schaute Calian dann aber vorwurfsvoll an. „Ich hatte die zweite Wache, warum hast du mich nicht geweckt?"

Calian lächelte sie an. „Salana und du habt so friedlich geschlafen, ich dachte mir ihr werdet eure Kräfte brauchen." Tami schwankte zwischen Dankbarkeit und Ärger – denn natürlich hatte er damit recht, es lag noch einiges vor ihnen. Andererseits würden sie alle ihre Kräfte brauchen, da war eine faire Aufteilung notwendig. Sie beschloss, es diesmal dabei zu belassen und wandte sich Salana zu. Das Einhorn war ebenfalls wach geworden, und Tami und Salana standen beide auf. Tami ging mit Salana zum Bach, wo sie ihren Durst stillten. Tami wusch sich ausgiebig, das Wasser war herrlich frisch und kühl. Danach setzten sie sich zu Rurin und verzehrten die ausgebreiteten Speisen, während Salana an einer Lichtung am Fluss graste. Tami fühlte sich wohl; fast könnte man für einen Moment vergessen, wie schwierig ihre Lage war, und was noch alles vor ihnen lag.

Tamis Träumerei wurde dadurch unterbrochen, dass Karea plötzlich wieder vor ihnen stand. Tami schrak zusammen, sie hatte die Zwergin gar nicht kommen hören. „Sie ist unglaublich, oder?“, sagte Rurin bewundernd. „Sie bewegt sich im Wald wie eine Katze.“ Tami nickte zustimmend.

Karea lächelte. „Ich habe das auch lange genug geübt, als Späherin. Es gibt gute Nachrichten, soweit habe ich niemanden gesehen, der uns folgt. Wir sollten uns trotzdem beeilen, wer weiß, ob das so bleibt. Wenn die grauen Reiter sich von ihrem Schreck der Explosion am Berg erholt haben, werden sie bestimmt ihre Trupps ausschicken, und wenn sie uns auf der Straße nicht finden, wohl auch in die unbekannten Lande.“

Calian überlegte. „Können wir unsere Spur noch besser verwischen, damit sie uns nicht folgen können?“

Karea nickte. „Hier im Wald ist das schwierig, aber wenn wir die Berge und die Berol–Schlucht erreichen, ist es für sie auf dem felsigen Gebiet kaum mehr möglich, unserer Spur zu folgen. Bis dahin sollten wir uns jedenfalls beeilen.“

Sie packten ihre Habseligkeiten zusammen und brachen auf. Karea führte sie zielsicher durch den Wald. Salana schien die Reise durch die lichten Bäume und das Grün gut zu tun. Sie wirkte kräftiger und entspannter als in den letzten Tagen. Tami blieb in ihrer Nähe. Calian und Karea ritten an der Spitze und unterhielten sich angeregt, vorwiegend über den Weg, der vor ihnen lag. Tami verstand, dass Calian versuchte, vor allem den Weg nach den Sümpfen, wo Karea und Rurin sich von ihnen verabschieden würden, genau zu verstehen, damit sie zügig weiterkamen.

Zu Mittag ging Tami mit ihrem Bogen auf die Jagd und kam mit mehreren Hasen zurück. Sie wagten es, in einer Senke hinter einem Hügel ein kleines Feuer zu machen, um das Fleisch zu braten. Der Wald war auf der Strecke vor der Senke so dicht gewesen, dass

Calian meinte, es wäre für eventuelle Verfolger unmöglich, den Rauch durch die Bäume aufsteigen zu sehen. Nach diesem Festmahl packten sie Stücke des Fleisches in ihren Proviant – für die nächsten Tage hatten sie so genug zu essen, ohne jedes Mal das Risiko eines Feuers eingehen zu müssen.

Gegen Abend änderte sich das Wetter, und es begann zu regnen. Gott sei Dank war es noch nicht kalt, man konnte hier im Süden noch immer die Wärme des ausklingenden Sommers spüren. Sie ritten eine Weile durch den Regen weiter, suchten dann aber Schutz vor der Nässe unter einem großen, dicht belaubten Baum. Als der Regen immer stärker wurde, gaben auch die Blätter kaum mehr Schutz vor den Tropfen, und die Laune unter den Reisenden sank beträchtlich. Schließlich sprang Calian auf. „Ich sehe mich mal um, vielleicht finde ich einen trockeneren Unterschlupf", sagte er.

Tami, die ungemütlich auf dem nassen Boden saß, und deren Glieder von dem langen Tagesritt schmerzten, stand ebenfalls auf und streckte sich. „Ich komme mit – ich muss mir ein wenig die Beine vertreten, und viel nasser als jetzt kann ich nicht mehr werden." Tami nahm ihren Bogen und ihre Tasche – vielleicht fanden sie auf dem Weg ja auch noch etwas Essbares.

„Seid vorsichtig", sagte Karea, „hier in den Wäldern gibt es einiges an wilden Tieren. Wir hatten Glück, das wir bisher noch keines gesehen haben."

Calian nickte knapp, und Tami hatte das Gefühl, als würde er sich über Kareas Aussage ärgern. Sie schloss zu ihm auf, und sie gingen still weiter in den Wald hinein, in Richtung eines Hügels, den man in einiger Entfernung sah. Immer noch wirkte Calian verschlossen, seine Lippen waren in eine harte Linie verkniffen. „Was ist los?", fragte Tami.

„Gar nichts", entgegnete Calian und beschleunigte seine Schritte etwas. Tami kannte diese Reaktion von ihrer Tante Rella – offensichtlich wollte er nicht darüber reden, was auch immer es war, das ihm über die Leber gelaufen war. So gingen sie still hintereinander durch den Wald, jeder in seine Gedanken versunken.

Tami mochte die Art, wie Calian sich bewegte – geschmeidig und leicht, aber auch zielstrebig und bestimmt. Von Zeit zu Zeit fiel ihm eine Strähne seines regennassen Haares ins Gesicht, und er strich sie ungeduldig weg. Tami bewunderte die schöne Form seines Gesichts, die hohen Wangenknochen – und stolperte über eine Wurzel und fiel hin. Calian drehte sich sofort zu ihr um. „Tami, alles in Ordnung? Bist du verletzt?"

Tami spürte, wie sie rot anlief und schüttelte den Kopf. Sie hatte tatsächlich vergessen auf den Weg zu achten, ein Fehler, der sich im Wald immer auswirkte. Sie ärgerte sich über sich selbst. Calian streckte ihr die Hand hin, um ihr aufzuhelfen. Tami brauchte keine Hilfe, aber sie nahm seine Hand trotzdem. Er zog sie hoch und sah sie prüfend an, wohl um herauszufinden, ob wirklich alles in Ordnung war. Tami spürte, wie ihr warm wurde und ihre Wangen sich noch röter färbten. „Danke", sagte sie und wandte sich ab. „Ich war wohl ein wenig unaufmerksam." Calian lächelte, und sie gingen weiter. Tami wunderte sich über ihre Reaktion, das sah ihr doch gar nicht ähnlich. Irgendwie fühlte sie sich zu Calian hingezogen, wenn er ihr aber dann nahe war, wurde sie unruhig und nervös. Vielleicht lag es ja daran, dass er ein Prinz war? Sie schüttelte den Kopf, um die seltsamen Gedanken loszuwerden und zwang sich, wieder auf den Weg und ihr Vorhaben, einen trockenen Unterschlupf zu finden, zu achten.

Nach einer Weile fing das Gelände an, anzusteigen. Der Hügel, den sie vorhin gesehen hatten, lag wohl jetzt genau vor ihnen, er war bis oben hin bewaldet. Calian sah prüfend hinauf. „Ich denke wir sollten noch ein Stück hinaufsteigen, vielleicht gibt es ja Felsen, die uns Schutz bieten. Jedenfalls bieten uns die Bäume Deckung. Wir müssen aber dennoch leise sein – wer weiß wer oder was in der Nähe ist." Auf dem Weg hinauf sah Tami einen Fleck mit Heidelbeeren. Sie gab Calian Bescheid, und die beiden begannen die Beeren zu pflücken und in Tamis Tasche zu füllen. Calian nahm ein paar Beeren und steckte sie sich in den Mund. „Mmmmhhhh", seufzte er zufrieden. Tami lächelte, und Calian nahm noch ein paar Beeren und hielt sie Tami vor die Lippen. „Die musst du unbedingt kosten", sagte er.

Tami öffnete ihren Mund. Als Calians Finger ihre Lippen berührte und sie die Süße der Beeren schmeckte, überlief sie ein ganz unbekanntes Gefühl, wie ein kleiner Stromschlag, nur viel angenehmer. Calian schien es auch zu merken, denn er zuckte ein wenig zurück und sah Tami dann intensiv und ein wenig fragend an. Tami hielt seinem Blick nur wenige Sekunden stand, dann erhob sie sich abrupt, drehte ihm den Rücken zu und sagte: „Sollen wir wieder zurückgehen? Die anderen werden sich schon Sorgen machen."

Calian stand ebenfalls auf, klopfte sich ein paar Blätter von der Hose und stimmte zu: „Ja, machen wir das – vielleicht gehen wir nur noch da vorne um die Biegung. Ich denke, ich habe dort einen Felsen gesehen."

Tatsächlich standen sie, als sie die Biegung erreichten, vor einer Ansammlung großer und kleiner Felsen, die eine Art kleinen Hügel im Wald bildeten. Sie kletterten über die ersten moosbewachsenen Steine. Tami erinnerte sich plötzlich an einen Platz nahe ihrem Elternhaus, wo sie als Kind oft mit ihren Eltern und später auch alleine und mit Freunden war, um zu spielen. Sie hatten es „Felsengebirge" genannt, und je nach Spiel war es Ritterburg, Adlerhorst oder auch Räuberhöhle für sie gewesen. Das brachte sie auf eine Idee. Sie kletterte seitlich um einen der größeren Felsen herum. Und tatsächlich, dort wo sich drei der großen Felsen trafen, nahe am unteren Ende des Felsenhaufens, war eine kleine Höhle entstanden, deren Boden trocken aussah. Es würde wohl nicht reichen, um sie alle und die Pferde aufzunehmen. Aber daneben stand auch noch ein Baum, der ähnlich dicht war wie der, unter dem sie vorhin ihr Lager versucht hatten aufzuschlagen – also war das hier jedenfalls eine gute Möglichkeit für sie, ein wenig trockener zu bleiben als bisher. Sie rief Calian zu sich, der ebenfalls sehr begeistert war von der Aussicht, eine trockene Nacht zu verbringen. Inzwischen hatte es auch schon begonnen zu dämmern, insofern war es höchste Zeit, wenn sie noch die anderen holen und ihr Lager hierher verlegen wollten.

Gerade als die beiden die Felsen hinter sich ließen und sich anschickten, rasch durch den Wald ihren Rückweg anzutreten, hörten sie ein Grollen. Zuerst war das Geräusch sehr leise, aber Calian zuckte sofort zusammen, blieb stehen und legte den Finger an den Mund. Sie standen mucksmäuschenstill da und lauschten. Dann wiederholte sich das Geräusch, diesmal lauter und näher, und es wurde begleitet von einem Tappen und Knacksen – offensichtlich näherte sich etwas oder jemand durch den Wald. Tamis Hand flog zu ihrem Bogen, und Calian zog sein Schwert, Likandur, aus der Scheide. „Bleib hinter mir", flüsterte er Tami zu. Tami warf ihm einen kritischen Blick zu, stellte sich entschlossen neben ihn und hob ihren Bogen. Calian seufzte kurz, sagte aber nichts und konzentrierte sich auf die Richtung, aus der die Geräusche kamen. Und plötzlich erschallte ein Brüllen, man sah braunes Fell blitzen. Tami erschrak und schoss einen ihrer Pfeile ab. Scheinbar fand er sein Ziel, aber die Idee war wohl nicht die allerbeste gewesen.

Um den Felsen herum kam brüllend und mit großem Tempo ein Bär. Das heißt, es sah aus wie ein Bär, groß, zottelig, schwarz. Aber das Tier war viel, viel größer als jeder Bär, von dem Tami jemals gehört hatte. Er musste an die zwei Meter groß sein – auf allen Vieren! Und er war wohl wütend – was kein Wunder war, denn der Pfeil, den Tami abgefeuert hatte, steckte in seiner Schulter. Calian reagierte blitzschnell, rief Tami zu: „Lauf! Hol die anderen!", und sprang mit ein paar raschen Sätzen auf einen der hohen Steine an der Felsen–Ansammlung. Der Bär brüllte und versuchte ihn zu erreichen, schaffte es aber mit seinem massigen Körper nicht, den Felsen hochzuklettern – noch nicht.

Tami zögerte und wollte ihm zu Hilfe kommen, aber er rief „Jetzt lauf, Tami, wir brauchen Karea und Rurin, sonst schaffen wir das nicht!" Diesmal gehorchte Tami. Mit einem letzten Blick, mit dem sie sich vergewisserte, dass der Bär noch immer unten am Felsen blieb, lief sie los, so schnell sie ihre Beine trugen. Der Bär schien kurz zu überlegen, ob er nicht lieber Tami verfolgen sollte, und wollte sich schon von Calian wegdrehen. Dann aber nahm Calian einen kleinen Stein, der oben auf dem Felsblock lag, warf ihn auf den Bären und schrie: „Na komm, hol mich! Schaffst es ja doch nicht!" Der Bär schien dadurch noch wütender zu werden, aber er ließ davon ab, in Tamis Richtung zu laufen und wandte sich wieder mit voller Aufmerksamkeit Calian zu, und dem Versuch, irgendwie auf diesen Felsen zu kommen.

Tami lief, wie sie noch nie in ihrem Leben gelaufen war. Gott sei Dank hatte sie sich die Richtung trotz ihrer Träumereien auf dem Hinweg gut gemerkt, und sie erreichte das Lager der Gefährten nach kurzer Zeit. Als es in Sicht kam, schrie Tami den anderen entgegen „Hilfe, ihr müsst kommen, wir müssen Calian helfen! Wir sind von einem Bären angegriffen worden! Schnell!“ Karea und Rurin reagierten wie wahrhafte Krieger. Sie sprangen sofort auf, ergriffen ihre Waffen und rannten mit erschrockenen, aber entschlossenen Mienen Tami entgegen.

„Schnell, zeig den Weg!“, rief Karea und die drei liefen los, so schnell sie konnten. Tami hatte gar keine Zeit gehabt, sich nach Salana und den Pferden umzusehen. Aber es half nichts – jetzt mussten sie zuerst Calian retten. Sie konnte nur hoffen, dass es ihnen gut ging. In vollem Tempo rannten sie durch den Wald und den Hügel hinauf. Mit einem Mal erklang ein lautes Brüllen – sie mussten bald da sein! Tami sandte ein Stoßgebet zum Himmel, voller Angst was sie gleich sehen würden.

Sie liefen um die Biegung. Karea blieb abrupt stehen und streckte ihren Arm aus, sodass die anderen ebenfalls abbremsen mussten und hinter ihr zum Stillstand kamen. Calian stand noch oben auf dem Felsen, aber sein Gesicht war schmerzverzerrt und Tami sah, dass er nur eins seiner Beine belastete – sie konnte von hier aus aber nicht erkennen, warum. Der Bär schien überaus wütend zu sein. Er sprang immer wieder den Felsen hoch, und wenn er es auch nicht schaffte, tatsächlich hinaufzuklettern, so erreichten seine Pranken doch beinahe die höchste Stelle, an der Calian stand. Tami versuchte die Lage einzuschätzen – es stand nicht gut. Sie waren zwar zu viert, aber der Bär war riesig, und all ihre Waffen konnten ihn zwar verletzen, aber mit einem Pfeil oder Axthieb auf die Beine war dieses Ungetüm ganz sicher nicht zu besiegen. Kareas Gedanken schienen in eine ganz ähnliche Richtung zu gehen. „Ich muss ihn weglocken“, sagte sie. „Ihr versteckt euch, und kommt Calian zu Hilfe, sobald der

Bär weg ist. Ich sorge dafür, dass er mir folgt und komme dann später wieder zu euch zurück."

Rurin stellte sich ihr entschlossen in den Weg. „Karea, das ist Selbstmord! Diesem Riesen entkommst du nie im Leben, er wird dich auffressen! Das werde ich auf keinen Fall zulassen, ich komme mit dir!"

Karea setzte zu einer schroffen Entgegnung an, dann aber trat sie einen Schritt auf Rurin zu, und ihr Blick wurde ganz sanft. Sie legte ihre Hand an Rurins Wange und sah ihm liebevoll in die Augen. „Rurin, wir müssen unsere Freunde und Salana retten. Du weißt das. Ich verspreche dir, ich komme wieder." Rurin hielt inne, legte seine Hand auf die ihre, nahm sie und küsste ihre Hand. Er nickte. Karea drehte sich um, lief in einem Halbkreis um die Felsen herum und ging von der anderen Seite langsam auf den Bären zu. Als sie in einer noch sicheren, aber doch nicht mehr großen Entfernung zu dem riesigen Tier angekommen war, blieb sie stehen. Sie riss die Arme hoch und schrie: „Hier bin ich, du Ungetüm, komm doch und hol mich!" Der Bär wandte sich ihr mit einem Brüllen zu, schien aber unschlüssig, ob er weiter versuchen sollte Calian zu erreichen oder ob er dieses neue, kleine aber überaus laute Wesen verfolgen wollte. Dann aber machte er etwas, mit dem sie alle nicht gerechnet hatten: Er richtete sich auf seine Hinterbeine auf, wodurch er noch bedrohlicher wirkte als zuvor, stieß ein markerschütterndes Brüllen aus und begann – weg von Karea und auch Calian – auf Tami und Rurin zuzulaufen!

Die Zeit schien stehenzubleiben. Tami sah den Bären auf sich zulaufen, hörte Rurin, Karea und Calian wie gleichzeitig aufschreien, sah wie Rurin seine Axt zog und wusste, sie musste kämpfen, sich verteidigen – aber ihr Körper schien ihr nicht mehr zu gehorchen. Wie paralysiert stand sie da und sah dem wütenden Ungetüm entgegen. Nur noch Sekunden, bevor er sie und Rurin erreicht haben würde.

Dann, ganz plötzlich, raste ein weißer Blitz von links heran und sprang zwischen sie und den herannahenden Bären. Tami blinzelte, das konnte nicht sein – doch! Es war Salana! Tami erschrak bis ins Mark. Das Einhorn hatte keine Chance gegen den riesigen, wütenden Bären, sie musste etwas tun! Doch bevor sie den Gedanken zu Ende denken konnte, stellte sich Salana auf ihre Hinterbeine, stieß ein hohes melodisches Wiehern aus – und begann am ganzen Körper strahlend zu leuchten. Das Licht wurde immer heller und der Bär bremste seinen Lauf abrupt ab, geblendet von diesem strahlenden Licht. Auch Tami hob die Hand und musste ihre Augen beschatten, so hell leuchtete Salana – der ganze Wald rund um sie herum war in dieses strahlend–goldene Licht getaucht. Der Bär stand da und zitterte am ganzen Körper und schien wie gebannt auf Salana und das Licht zu starren. Dann, ganz langsam, schritt Salana auf den Bären zu. Das wunderbare Leuchten hüllte sie ganz und gar ein.

Der Bär schien sich zu ducken, von seiner Wut war nichts mehr zu sehen. Als das Einhorn direkt vor dem riesigen Bären angekommen war, sah sie ihn ruhig an, und plötzlich begann sich das Leuchten ihres silbernen Horns noch einmal zu verstärken, als wäre es eine unermessliche Quelle goldenen Lichts. Der Bär bewegte sich immer noch nicht, und Tami wusste instinktiv, dass die Gefahr gebannt war, dass er Salana auf keinen Fall etwas tun würde. Da senkte Salana den Kopf und berührte den Bären ganz sanft mit ihrem Horn. Das Fell des Bären schien sich für einen Moment ebenfalls mit einem leuchtend–goldenen Schimmer zu überziehen, und die beiden Tiere standen sich in einer Kugel aus goldenem Licht nahezu unbeweglich gegenüber. Dann war der Moment vorüber. Salana trat einen Schritt zurück und das Leuchten verblasste. In der Dämmerung konnte man immer noch genug sehen, aber Tami fühlte das Verschwinden des strahlenden Lichts fast wie einen körperlichen Schmerz, ein Sehnen nach etwas Wundervollem, das mit einem Male nicht mehr da war. Salana drehte sich um und schritt auf Tami zu, der Bär folgte wundersamerweise direkt an ihrer Seite, und schien jetzt trotz seiner Größe wie ein Hund, der neben seinem Herrn läuft, und nicht mehr als das Raubtier, das er war.

Tami ging vorsichtig auf Salana zu, den Bären immer im Auge. Als sie sie erreicht hatte, fiel sie dem Einhorn um den Hals. Vor

Erleichterung liefen ihr Tränen über das Gesicht und sie drückte Salana ganz fest an sich. Mit der Berührung schickte ihr Salana ein Bild: Sie sah Einhörner, die in einem wundersamen Wald voller unbekannter Bäume und Pflanzen zusammen mit den unterschiedlichsten Tieren zusammen grasten und herumtollten. Sie sah kleine und große Tiere, niedliche Wesen und solche, die richtig gefährlich aussahen – aber auch diese standen friedlich mit den anderen zusammen. Tami verstand, dass Salana ihr dieses Bild geschickt hatte, um sie zu beruhigen, dass ihnen von dem Bären keine Gefahr mehr drohte. Es steckte anscheinend noch viel mehr hinter Salanas Magie, als Tami je geahnt hatte.

Wie zur Bestätigung ließ der Bär sich nun neben Tami und Salana nieder, und begann entspannt sein Fell zu putzen. Rurin stand, immer noch mit halb erhobener Axt, ein Stück hinter Tami, und sein Gesichtsausdruck spiegelte absolute Fassungslosigkeit wider. „Was… wie…. was…“, stammelte er und sah Tami hilfesuchend an.

„Ich weiß auch nicht, Rurin, was hier passiert ist. Aber es droht uns keine Gefahr mehr, da bin ich mir sicher. Komm, wir müssen uns um Calian kümmern, ich glaube er ist verletzt!“ Rurin nickte, und sie liefen hinüber zum Felsen, an dem Karea schon angekommen war, um Calian zu helfen. Beide wirkten ebenfalls überaus erstaunt, aber irgendwie nicht so fassungslos, wie es Tami und Rurin gewesen waren, was Tami ein wenig verwundert zur Kenntnis nahm.

Gemeinsam halfen sie Calian vom Felsen herunter. Calians Hose war an der Wade aufgerissen, und drei tiefe Kratzer zogen sich über seinen Unterschenkel. Es sah schmerzhaft aus und blutete. „Oh nein, du bist verletzt!“, rief Tami.

„Halb so wild“, schüttelte Calian den Kopf. „Hauptsache euch geht es gut – bist du in Ordnung?“ Er sah Tami besorgt an.

„Ja ja, uns ist nichts passiert“, erwiderte sie.

Impulsiv trat Calian einen Schritt auf sie zu, umarmte sie und drückte sie fest an sich. „Gott sei Dank“, sagte er, „ich hätte mir nie verziehen, wenn…“

„Es ist ja nichts passiert“, fuhr Rurin dazwischen, „dank Salana. Aber kann mir bitte mal jemand erklären, was hier geschehen ist und warum ihr beide“ – er deutete auf Calian und Karea – „anscheinend nicht besonders überrascht seid?“

Calian nickte. „Ich verstehe auch nicht wirklich, was passiert ist, aber es hat etwas mit Einhornmagie zu tun. Bei uns leben die Einhörner mit allen Wesen in Frieden, auch mit Raubtieren und Wesen, vor denen die meisten Menschen und andere Tiere Angst haben. Salana hat scheinbar diese Magie gewirkt und auf den Bären übertragen.“

„Ja“, stimmte Tami zu, „sie hat mir ein Bild davon gezeigt, wie sie in Abaloria alle friedlich zusammenleben, und dass wir nun keine Angst mehr vor dem Bären haben müssen.“

„Unglaublich“, murmelte Rurin. „Das heißt sie kann alle Tiere kontrollieren?“

„Ich würde es nicht kontrollieren nennen“, warf nun Karea an. „Es ist mehr ein... gemeinsames Verständnis und Wohlwollen“.

Rurin sah überrascht auf. „Woher weißt du Bescheid? Bei ihm“ – sagte er mit einem Seitenblick auf Calian – „ist es mir klar, aber du? Und wieso hast du mir das nie erzählt?“

„Weil ich nicht wusste, dass es wahr ist“, entgegnete Karea. „Ich habe darüber gelesen, in unserer großen Bibliothek. Es gibt Geschichten, die über die Macht und Magie der königlichen Einhörner berichten, aus der alten Zeit, als wir noch mit Abaloria verbunden waren. Ich habe sie als Kind ständig gelesen. Aber ich dachte nie, dass sie tatsächlich Wirklichkeit wären.“

„Es scheint, als wären alle Märchen und Geschichten irgendwie wahr“, sagte Tami.

Berge und Schluchten

Die Gefährten holten ihre Pferde und Habseligkeiten unter dem Baum hervor und brachten sie in die Höhle, die sie zuvor gefunden hatten. Es war nicht ganz einfach, weil es inzwischen dunkel geworden war, aber Tami ging voran und leuchtete ihnen mit dem Stein Faramet, der ein sanftes blaues Licht verströmte und ihnen den Weg wies. Als sie sich alle in der Höhle versammelt hatten und die Pferde draußen unter dem Baum Schutz fanden, hatte der Regen zwar ein wenig nachgelassen, doch sie waren froh, sich auf trockenem Boden niederlassen zu können. Ein wenig schwierig war es noch gewesen, die Ponys ruhig zu halten, die versuchten, Reißaus zu nehmen, als sie den Bären gewittert und gesehen hatten. Der Bär hatte scheinbar nicht vor, von Salanas Seite zu weichen. Er lief ihr nach wie ein zu groß geratenes Schoßhündchen. Die Menschen und Zwerge schienen ihn wenig zu interessieren, seine Aufmerksamkeit galt ganz Salana.

Salana selbst schien damit zufrieden, sie wirkte aber auch kraftlos und müde, wie Tami sorgenvoll feststellte. Sie nahm sich ausführlich Zeit, dem Einhorn ein schönes Lager zu bereiten und sie mit Wasser und Futter zu versorgen. Salana fraß aber wenig und fiel bald in einen erschöpften, unruhigen Schlaf. Karea wollte Wache halten, aber Tami war der Meinung, dass ihnen nichts passieren konnte, solange der Bär auf sie aufpasste – und das machte er scheinbar. Er saß vor ihrem Lager und sah aufmerksam in die Nacht hinaus. So unwirklich das schien, Tami fühlte sich sicher und gut beschützt von diesem großen Tier. Letztendlich konnte sie Karea überzeugen, die auch – wie sie alle – völlig erschöpft von den Ereignissen des Tages war. Schon bald fielen auch Karea und Rurin in einen tiefen Schlaf, bei Rurin begleitet von teils lauten Schnarchgeräuschen.

Tami konnte nicht einschlafen. Sie war viel zu aufgewühlt, blieb bei Salana sitzen und streichelte gedankenverloren ihre Mähne. Nach einer Weile trat Calian zu ihr und setzte sich neben sie. „Wie geht es dir?“, fragte er sie.

„Mir geht es gut, aber ich mache mir Sorgen um Salana“, entgegnete Tami. „Sie wirkt so schwach – glaubst du, das Leuchten hat ihr geschadet?“

„Ich denke, dass es sie hier – in eurer Welt – viel Energie kostet, Magie zu wirken. Und sie ist schon viel zu lange hier, weit weg von Abaloria – das schwächt sie.“

„Warum denkst du, ist das so, dass sie außerhalb Abalorias immer schwächer wird?“, fragte ihn Tami.

Calian dachte nach. „Ich weiß es nicht. Unsere Einhörner verlassen Abaloria normalerweise nicht, also ist das schwer zu beantworten. Ich kann mir vorstellen, dass es irgendetwas in Abaloria gibt, das ihre Magie sozusagen laufend auflädt, wenn sie dort ist – und mit der Magie wohl auch ihre Lebensenergie. Wenn sie sich zu lange von dort entfernt…“ Er brach ab und schaute düster vor sich hin.

„Wird sie… sterben, wenn wir sie nicht rechtzeitig zurückbringen?“, fragte Tami mit leiser Stimme.

Calian hob den Kopf und sah ihr fest in die Augen. „Das werde ich ganz sicher nicht zulassen“, erwiderte er. „Wir schaffen das.“

Tami nickte, auch wenn das Gefühl, dass sie nur noch wenig Zeit hatten, und ein wenig Mutlosigkeit sich nicht ganz unterdrücken ließen.

„Wie ist das eigentlich mit dir und Salana?“, fragte Calian. „Ihr scheint sehr eng miteinander… verbunden zu sein.“ Die Art, wie Calian das Wort „verbunden“ sagte, ließ Tami aufhorchen. Es klang gedrückt, fast ein wenig gequält.

Sie sah ihn aufmerksam an. „Ich kann es nicht genau beschreiben“, sagte Tami zögernd. „Vielleicht liegt es einfach daran, dass ich sie gefunden und mich ihrer angenommen habe. Inzwischen sind wir doch schon eine ganze Weile zusammen unterwegs und haben viel durchgemacht. Ich glaube, sie vertraut mir, und ich will alles tun, um mich dieses Vertrauens würdig zu erweisen.“

Calian nahm ihre Hand und drückte sie. „Du bist mehr als würdig, in jeder Hinsicht. Vielleicht mehr als jeder andere hier. Ich frage mich…“ Er brach ab.

„Was wolltest du sagen?“, hakte Tami nach. Sie spürte, dass er im Begriff war, etwas für ihn Wichtiges auszusprechen.

„Ich frage mich… ob ich jemals ihrer so würdig sein werde, wie du es bist. Und was passieren wird, wenn wir wieder in Abaloria sind und uns in der Magie verbinden sollen. Wo… du doch schon so stark mit ihr verbunden bist.“ Er schluckte und sah zu Boden. Tami schwieg einen Moment. Sie wusste genau, was er meinte, hatte den Gedanken auch selber schon gehabt. Was würde aus ihrer und Salanas wunderbarer Verbindung werden, wenn sie wieder in Abaloria war, sich als königliches Einhorn mit Calian verband und Tami hier zurückließ? Wie würde Tami weiterleben, ohne den Zauber und die Magie, diese wunderbaren Gefühle und die tiefe Freundschaft, die sie mit dem Zauberwesen verband? Und auch… ohne Calian, der in ihr so viele Gefühle auslöste, die ganz anders waren als die für Salana – sehr anders, aber ebenfalls sehr stark und irgendwie wunderbar?

Es dauerte eine Weile, bis sie merkte, dass Calian auf ihre Antwort wartete. Tami fasste sich wieder und sagte: „Calian, du bist der Prinz von Abaloria. Es ist dein und Salanas Schicksal, euch magisch zu verbinden und den Frieden in eure Welt zurückzubringen. Und wer weiß, vielleicht hilft es ja auch meiner Welt, wenn Tiranos besiegt ist und die grauen Reiter nicht mehr existieren.“

Calian lächelte dankbar. „Davon bin ich überzeugt“, sagte er, sah Tami tief in die Augen, bis ihr fast ein wenig schwindelig wurde, stand dann aber auf und ging hinüber zu seinem Schlafplatz. Tami blieb noch lange mit offenen Augen liegen und dachte an diesen Blick, bis sie endlich, eng an Salana gekuschelt, einschlief.

Am nächsten Morgen erwachten sie alle später als gewöhnlich. Die Anstrengungen der letzten Tage, besonders des vorigen Abends, saßen ihnen noch in den Knochen. Nach und nach erhob sich die Gemeinschaft dann doch, und Rurin bereitete ihnen ein Frühstück zu. Da der Zwerg scheinbar immer am meisten Hunger von ihnen allen verspürte, war es irgendwie automatisch ihm zugefallen, sich um das Essen zu kümmern. Er erledigte diese Aufgabe mit Freude und, wenn es die Situation zuließ, auch mit Liebe zum Detail. Diesmal hatte er wieder große runde Blätter als Teller vorbereitet und einige Beeren, Brot und Dörrfleisch darauf verteilt. Tami hätte viel für einen Schluck heißen Tee oder Brei gegeben, aber Karea hatte darauf bestanden, dass es zu gefährlich war, ein Feuer anzuzünden. Während die anderen schon frühstückten, war Karea zu den Ponys gegangen, um sie zu versorgen. Nachdem Tami ihre Ration verspeist hatte, ging sie mit Salana an ihrer Seite ebenfalls zu dem kleinen Wasserloch, das die Zwergin für die Tiere entdeckt hatte. Hier gab es auch ein wenig Gras, über das sich nun auch Salana hungrig hermachte.

Tami war erleichtert. Salana wirkte zwar noch ein wenig müde, aber zumindest hatte sie wieder Appetit. Der große Bär war nicht zu sehen. Er war wohl verschwunden oder auch auf Nahrungssuche. Tami trat zu Karea, die ein nachdenkliches Gesicht machte. „Wie geht es dir, Karea?“, fragte Tami.

Karea lächelte sie kurz an. „Danke gut, alles in Ordnung. Wir sollten bald aufbrechen“, antwortete sie.

Tami sah sie prüfend an. „Du machst dir Sorgen“, stellte sie fest.

Karea nickte. „Ist es so offensichtlich? Ich wollte euch nicht beunruhigen.“

Bevor Tami weiterfragen konnte, spitzte Salana plötzlich die Ohren und schnaubte unruhig. Karea und Tami erstarrten, und lauschten angestrengt in den Wald. Auf Kareas Gesicht erschien ein nun wirklich sehr besorgter Ausdruck. „Schnell,“ sagte sie. „Komm!“ Rasch und dennoch leise kehrten sie zu ihrer kleinen Höhle zurück, Karea trat auf die anderen zu. „Räumt alles vom Höhleneingang weg und stellt ein paar hohe Farne vor den Eingang. Ich verstecke die Ponys. Es kommt jemand!“, sagte sie knapp. Sofort brach eine hektische Betriebsamkeit aus, jeder tat sein Bestes, um Kareas Anweisungen schnellstmöglich umzusetzen. Hier im Wald hatte sich die Zwergin ganz wie von selbst als ihre Anführerin etabliert, und

Tami war froh darüber. Sie schätzte die mutige Karea sehr. In einem Punkt widersprach sie ihr jedoch. „Salana muss bei uns bleiben“, sagte sie.

Karea warf einen prüfenden Blick zur Höhle, als würde sie die Größe nochmals abschätzen wollen, und nickte dann. „Sorg dafür, dass sie auf keinen Fall leuchtet“, sagte sie. „Gestern hat uns das gerettet, heute könnte es unser Tod sein.“ Tami nickte knapp und führte das Einhorn in den hinteren Bereich der Höhle. Karea fand einen Platz für die Ponys hinter einem dichten Gebüsch, wo ein wenig Gras wuchs. Sie band die Ponys dort an einen Baum und die Tiere grasten unbekümmert weiter. Tami beneidete sie fast ein wenig um ihre Ahnungs– und Sorglosigkeit.

Inzwischen war der Höhleneingang gut versteckt. Karea schlüpfte zwischen den Farnen hindurch und kam auch in die Höhle. „Sie kommen näher“, flüsterte sie. „Still jetzt!“ Sie wagten kaum zu atmen, denn jetzt hörten sie es alle: das Geräusch von mehreren Tieren, wahrscheinlich Pferden, die durch den Wald liefen. Und dann – auch das Geräusch von Stimmen: dunklen, männlichen Stimmen, die sich unterhielten. Tami erschrak bis ins Mark. Die Stimmen waren zu weit entfernt, um hören zu können, was sie sagten, doch Calian saß mit einem Ausdruck höchster Konzentration da, das rechte Ohr der Quelle der Stimmen zugewandt. Es dauerte nur wenige Minuten, bis die Stimmen und Geräusche wieder leiser wurden, doch Tami kam es wie eine halbe Ewigkeit vor. Nachdem wieder Ruhe herrschte, wagte noch einige Zeit lang keiner von ihnen zu sprechen. Endlich brach Calian das Schweigen. „Sie sind weg“, sagte er. „Aber wir haben ein Problem.“

„Es sind die grauen Reiter“, vermutete Karea.

Calian nickte. „Ja. Sie haben gestern Nacht Salanas magisches Licht gesehen. Sie wissen jetzt, dass wir hier sind. Im Moment sind es nur wenige, die nach uns suchen, aber sie haben Reiter zurück zum Berg Loras geschickt, die Verstärkung holen sollen. Und dann werden sie diesen Wald durchkämmen.“

Erschrocken sahen sich die Gefährten an. Sie hatten gewusst, dass sie wahrscheinlich verfolgt wurden, aber bis jetzt hatten sie gehofft, dass die schiere Größe des Waldgebiets es ihnen ermöglichen würde, unentdeckt zu bleiben. Karea stand auf. „Calian, glaubst du, dass sie wissen, dass wir zur Schlucht wollen?"

„Ich kann nicht sicher sein", antwortete Calian. „Aber auch wenn sie es jetzt noch nicht wissen, wenn sie Tiranos holen, wird es ihnen mit seiner Magie ein Leichtes sein, uns zu finden."

„Dann können wir nur hoffen, dass sie ihn nicht so rasch herbringen können", sagte Rurin.

Karea nickte. „Wir brechen sofort auf. Wir schleichen uns über die Felsen, dort können sie unseren Spuren nicht so leicht folgen. Gott sei Dank hat es gestern so stark geregnet, sonst hätten sie längst gesehen, welchen Weg wir genommen haben."

Tami schaute besorgt den Felshügel hinauf. „Werden Salana und die Ponys das schaffen?"

„Sie müssen", war Kareas knappe Antwort.

Sie packten ihre Sachen in Windeseile, und so leise sie konnten machten sie sich im Gänsemarsch auf den Weg über den Hügel. Karea führte sie wie üblich an. Calian ging als Letzter und verwischte ihre Spuren so gut es ging. Tami war erstaunt, wie unglaublich geschickt er dabei war. Auch schienen seine Füße kaum Spuren hier im Wald zu hinterlassen, als hätte er ein ganz besonderes Geschick, sich lautlos und leichtfüßig zu bewegen. Rurin bemerkte ihre Verwunderung und raunte ihr zu: „Das ist das Elbenblut in ihm." Tami sah ihn fragend an. „Na ja", sagte er, „man sagt, dass die Menschen von Abaloria von den Elben abstammen. Und das Königshaus ganz besonders."

Tami riss die Augen auf. „Elben gibt es auch wirklich?", fragte sie.

„Na, hast du gedacht, nur ein Teil der Geschichten ist wahr?", schmunzelte der Zwerg. Tami kam sich dumm vor – natürlich hatte er recht. Wenn es Einhörner, Zwerge und Zauberer wirklich gab, warum dann nicht auch Elben? Rurin klopfte ihr auf die Schulter. „Mach dir nichts draus. Es gibt ja nicht alle Wesen aus den Geschichten wirklich. Drachen zum Beispiel", zwinkerte er ihr zu.

Calian räusperte sich. „Da wäre ich mir nicht so sicher, Rurin – aber reden wir darüber, wenn du mal nach Abaloria kommst", sagte er mit einem Schmunzeln. Jetzt war es an Rurin, die Augen aufzureißen und verwundert dreinzuschauen. Bevor sie aber weitersprechen konnten – und sie hatten wirklich nur sehr leise geflüstert – erreichte sie ein scharfes „Seid ruhig!" von Karea. Tami schämte sich ein wenig, für einen Moment war sie wirklich von der schrecklichen Situation, in der sie sich befanden, abgelenkt gewesen.

Weiter und weiter ging es, den Hügel hinauf und auf der anderen Seite wieder hinunter. Karea versuchte, sie möglichst auf hartem oder gar felsigem Boden zu führen, was ihr gut gelang, weil das Gelände insgesamt immer steiniger wurde. Salana und die Ponys kamen ganz gut voran, aber natürlich konnten sie nicht reiten, sondern führten die Ponys am Zügel, was sie langsamer machte. Rurin hatte von Karea den Auftrag bekommen, immer wieder ein Stück vorauszugehen und Ausschau nach vorne, links und rechts zu halten, damit sie nicht unvorbereitet auf einen Spähtrupp der grauen Reiter stießen. Calian, am Ende des Zuges, lauschte immer wieder angestrengt hinter sie, ob seine feinen Ohren etwas wahrnahmen, das auf Verfolger hindeuten könnte. Einmal glaubte Tami, einen großen schwarzen Schatten neben sich im Wald zu erkennen, und sie erschrak bis ins Mark. Als sie Calian darauf aufmerksam machte, meinte dieser nur: „Das ist nur der Bär. Er folgt uns schon die ganze Zeit. Ich denke, er will auf Salana aufpassen." Tami fand den Gedanken irgendwie beruhigend, dass dieser riesige Bär nun auf ihrer Seite war, wenn sie es auch immer noch nicht so richtig begreifen konnte.

Nach einer Weile kamen sie zu einem kleinen Plateau, auf dem ein paar besonders hohe Nadelbäume standen. Calian lief nach vorne zu Karea, sprach kurz mit ihr, und begann dann behände, den größten der drei Bäume nach oben zu klettern. „Was macht er?", fragte Tami Karea.

„Er sucht den schnellsten Weg für uns zur Schlucht. Und er sieht nach, ob es einen Hinweis auf unsere Verfolger gibt." Tami und die beiden Zwerge sahen zu, wie Calian zügig den Baum hinaufkletterte, als handle es sich um einen Spaziergang, und schließlich in den Wipfeln verschwand. Eine Weile später kam er – wie Tami fand – in halsbrecherischem Tempo wieder heruntergeklettert.

„Wir müssen in diese Richtung“, deutete er ihnen an. „Man kann die Schlucht schon sehen. Aber…“ – er hielt kurz inne – „die Reiter sind in die gleiche Richtung unterwegs. Ich glaube nicht, dass sie unserer Spur folgen konnten, aber sie haben wohl erraten, dass wir die Berol–Schlucht überqueren wollen, um in die Sümpfe zu gelangen.“

Karea fluchte. „Ich hatte gehofft, sie vermuten uns auf dem einfacheren Weg, hinauf in die Berge. Das ist nicht gut“.

„Wahrscheinlich haben sie Trupps in beide Richtungen geschickt“, vermutete Calian.
„Tiranos hat viele Möglichkeiten und Männer, um seine Aufträge zu erfüllen.“

Karea holte die Gefährten dicht zusammen. „Wir müssen uns beraten“, sagte sie. „Die Berol Schlucht ist nicht mehr weit. Vielleicht ein, zwei Stunden von hier. Ich sehe für uns zwei Möglichkeiten: Wir versuchen uns im Dunkel der Nacht hinzuschleichen, ohne entdeckt zu werden, oder…“ – sie hielt kurz inne – „wir rennen.“

Calian nickte. „Wenn ich an ihrer Stelle wäre, würde ich zur Schlucht reiten und uns dort erwarten. Dann spielt es keine Rolle, wie leise wir uns anschleichen.“

Auch Rurin nickte. „Also ist es klar – wir rennen!“ Sie sahen sich an. Auch wenn ihnen die Aussicht Angst machte, möglicherweise in einen ganzen Haufen graue Reiter zu laufen, war das wohl tatsächlich ihre einzige Chance: richtig schnell zu sein, um vor den Reitern bei der Schlucht anzukommen.

„In Ordnung“, sagte Karea. „Wir nehmen nur mit, was wir wirklich brauchen, alles andere bleibt hier. Jeder nimmt ein Pony, Salana nehmen wir in die Mitte. Wenn ich ‚los‘ sage, reiten alle so schnell sie können. Bleibt zusammen! Und…“, sie machte eine Pause und sah Salana, Calian und Tami an, „…das Wichtigste ist, dass wir Salana und Calian sicher über die Brücke bringen. Wenn einer von beiden stirbt, kann Abaloria nicht gerettet werden.“ Sie warf einen mitfühlenden Blick auf Tami. „Rurin und ich werden alles tun, um das zu erreichen."

Tami war bei ihren Worten blass geworden. Natürlich – darauf lief es wohl hinaus. Wenn es hart auf hart kam, ging es nicht mehr um sie. Wichtig waren nur Salana und Calian, der Prinz und das königliche Einhorn. Tami wusste, dass Karea recht hatte, aber dennoch tat es weh. Sie gab sich einen Ruck und nickte. „Wir tun alles, um die beiden zu retten", sagte sie.

Calian schnaubte und wandte sich den anderen zu. „Niemand wird hier irgendjemanden mehr oder weniger retten. Und ich will keine selbstlosen Heldentaten sehen – weder für mich noch für Salana oder sonst jemanden. Wir sind eine Gemeinschaft und wir schaffen es zusammen!" Seine Augen blitzten, und in diesem Moment sah Tami den Prinzen in ihm, den zukünftigen Herrscher eines Landes. Er strahlte eine so natürliche Autorität und Bestimmtheit aus, als er da stand, dass sie alle nur zustimmend nickten. Dann gab Karea das Kommando zum Aufsitzen und sie ritten los. Diesmal machte Calian den Anfang, hinter ihm Karea, Salana und Tami, Rurin bildete die Nachhut. Sie alle hatten ihre Waffen griffbereit, wenn Tami auch inbrünstig hoffte, dass sie sie nicht brauchen würden.

Anfangs konnten sie nur im Schritt oder leichtem Trab reiten, da noch viele Bäume das steinige Gelände durchzogen. Nach und nach wurde der Boden aber karger und felsiger, die Bäume wichen zurück, und ihr Tempo wurde schneller. Hin und wieder sah Tami neben ihnen dunkelbraunes dichtes Fell und einen massigen Körper aufblitzen – der Bär schien ihnen immer noch zu folgen, und er hielt mühelos Schritt mit ihnen. Tami hatte gar nicht gewusst, dass Bären so schnelle Läufer waren. Schließlich, nach etwa einer Stunde, wichen die letzten Bäume zurück und vor ihnen lag eine karge Ebene mit ein wenig Gras, das trotz des ausklingenden Sommers vertrocknet wirkte. Die Ebene war mit felsigen Abschnitten durchzogen. Aber es gab, soweit Tami sehen konnte, kaum etwas, das ihnen Deckung geben konnte.

Dafür war es wohl nicht mehr weit zur Berol–Schlucht – Tami konnte sehen, dass die Ebene in einiger Entfernung plötzlich endete und ein unfassbar langer, wenn auch nicht sehr breiter Spalt sich durch die Erde zog. Es sah aus, als hätte ein Riese mit einer sehr, sehr großen Axt den Boden einfach in zwei Stücke gehauen. Die Schlucht hatte gezackte Ränder, links und rechts war ihr Ende nicht zu erkennen – sie musste wirklich unglaublich lang sein. Und mitten in dem Abschnitt der Schlucht, den Tami von ihrer Position aus sehen konnte, gab es eine Verbindung, die scheinbar die beiden Kanten der Schlucht miteinander verband. War das – eine Brücke? Wie um Tamis unausgesprochene Frage zu beantworten, drehte sich Calian aus dem Sattel zu ihnen um und rief: „Zur Brücke, so schnell ihr könnt!“ Er drückte seinem Pony die Fersen in die Flanken. Tami spürte, wie ihr Pony ebenfalls stark beschleunigte, und sie sprengten in einem harten Galopp über die Ebene. Tami sah besorgt zu Salana hinüber – würde das Einhorn mithalten können, in ihrem Zustand? Aber ihre Sorge schien unbegründet, Salana lief in weit ausgreifendem Galopp neben Tami her und schien daran sogar Gefallen zu haben, so richtig schnell zu laufen. Auch Tami wurde fast ein wenig von einem berauschenden Gefühl ergriffen – sie konnte sich nicht erinnern, jemals so schnell geritten zu sein, und trotz aller Angst war es ein befreiendes Gefühl.

Die Freude währte allerdings nicht lange, denn plötzlich schrie Karea auf, und Tami sah, wie zu ihrer Rechten einige graue Reiter aus dem Wald brachen, ihre Pferde antrieben und laut rufend die Verfolgung der Gefährten aufnahmen. Sie wollte ihr Pony erschrocken zügeln, aber Rurin rief ihr zu: „Weiter, Tami! So schnell du kannst!“ Tami gehorchte. Sie duckte sich, so weit sie konnte, auf den Ponyhals, und sie galoppierten mit noch größerem Tempo weiter. Die Ponys schienen die Gefahr zu spüren und wuchsen über sich hinaus. Dennoch waren sie nun mal kleiner als die dunklen Pferde der grauen Reiter, und so wurde der Abstand zu den Verfolgern immer geringer. Die Brücke war nicht mehr sehr weit entfernt, aber mit einem Mal wusste Tami, dass sie es nicht schaffen würden. Die Reiter waren nicht viele, scheinbar war die Verstärkung noch nicht eingetroffen. Aber sie waren schnell und bewaffnet.

Näher und näher kamen die Reiter, und Tamis Angst wuchs. Auch Salana schien schwächer zu werden, ihr Lauf war nicht mehr so kraftvoll wie zu Beginn.

Dann, plötzlich, stolperte Tamis Pony über einen Stein und stürzte. Tami flog in hohem Bogen über den Kopf des Ponys hinweg zu Boden. Es gelang ihr, sich abzurollen, aber dennoch lag sie einen Moment benommen da. Rurin hatte die anderen gerufen, als Tami zu Boden ging. Sie wendeten sofort ihre Ponys und kamen gemeinsam mit Salana auf sie zu. Tami sah mit schreckgeweiteten Augen den Reitern entgegen – sie hatten sie fast schon erreicht, Tami konnte ihre gezogenen Schwerter und grimmigen Gesichter sehen. „Reitet weiter!“, schrie Tami ihre Gefährten verzweifelt an. „Rettet euch und rettet Salana!“

„Kommt gar nicht in Frage“, erwiderte Calian grimmig. Er, Karea und Rurin packten ihre Waffen und bildeten einen schützenden Halbkreis um Tami, die inzwischen wieder aufgestanden war, und um Salana. Tami legte ihre Hand in einer schützenden und auch haltsuchenden Geste an Salanas Hals. Das Einhorn wirkte schwach, es hatte seit dem Abend im Wald, als es sie mit seiner Magie gerettet hatte, matt gewirkt, und auch sein Fell schien seinen Glanz und Schein verloren zu haben. Tami wusste einfach, dass Salanas Magie sie diesmal nicht würde retten können.

In diesem Moment, als jede Hoffnung verloren schien und die Reiter sie beinahe erreicht hatten, brach plötzlich etwas Riesenhaftes, Dunkles, hinter einem Felsen direkt neben den Reitern hervor. Es war der Bär! Er lief auf sie zu, stellte sich vor die Gefährten, richtete sich zu seiner vollen Größe auf und ließ das lauteste Brüllen hören, dass Tami jemals gehört hatte. Die Pferde der Reiter – es waren ein knappes Dutzend – scheuten und wichen zurück, und zwei der Reiter wurden abgeworfen. Tami atmete erleichtert aus – der Bär war ihnen zu Hilfe gekommen! Aber würde es reichen, die Reiter aufzuhalten? Gewiss, er war unglaublich stark und mächtig, aber die Reiter waren mit Schwertern bewaffnet, und nachdem sie sich von ihrem ersten Schreck erholt hatten, begannen sie den Bären anzugreifen. Der Bär allerdings stieß erneut ein lautes Brüllen aus. Er begann die Reiter zu umkreisen und immer wieder nach ihnen zu schnappen, blieb aber außer Reichweite der Schwerter. Karea und Rurin wollten ihm zu Hilfe eilen, um so gemeinsam gegen die grauen Reiter anzutreten, aber Calian hielt sie zurück. „Schaut!", rief er und deutete zum Waldrand.

Tami traute ihren Augen nicht. Aus dem Wald ergoss sich eine richtige Welle von Tieren. Mehrere Bären machten den Anfang, gefolgt von Wölfen und Füchsen, und über ihnen segelten große Greifvögel kreischend auf die Soldaten zu. Die Reiter schrien erschrocken auf, ließen von Salanas Bären ab und versuchten, sich in Sicherheit zu bringen. Ihre Formation, in der sie bisher geritten waren, war völlig zerstört, und als die Greifvögel – Tami glaubte, dass es sich um Bussarde handelte – die Reiter als erste erreichten und begannen, mit ihren Schnäbeln auf die Soldaten einzuhacken, löste sich die Phalanx der Reiter in Chaos auf. Jeder versuchte scheinbar nur noch, sich zu retten. Dann erreichten die Bären und Wölfe die Reiter und eine wilde Schlacht begann. Tami konnte ihren Blick nicht davon losreißen – einige der Reiter lagen am Boden und bewegten sich nicht mehr, aber auch viele der Tiere fielen den Schwertern der Männer zum Opfer.

Plötzlich spürte sie ein Zerren an ihrem Arm. „Tami!", rief Calian und zerrte sie zu seinem Pony, „wir müssen weiter! Das ist unsere einzige Chance!" Tami widerstrebte es ungemein, die Tiere allein mit den grauen Reitern kämpfen zu lassen, aber Calian hatte natürlich recht. Der Prinz zog sie hinter sich auf sein Pony. Und so, Salana dicht an ihrer Seite, sprengten sie in vollem Galopp auf die Brücke zu. Tami drehte sich während des Reitens nochmals um und sah zu ihrer Beruhigung, dass die Tiere scheinbar die Oberhand in diesem Kampf behalten hatten. Die Reiter waren besiegt oder galoppierten in alle Himmelsrichtungen davon. Aber auch viele der Tiere hatten den Kampf mit ihrem Leben bezahlt. Tami musste den Blick abwenden – so viel Schmerz und Tod.

Karea hatte Calian überholt und hatte die Brücke schon fast erreicht – als sie ihr Pony erschrocken zügelte. Einer der schwarzen

Reiter war scheinbar nicht geflohen, sondern war – unbemerkt von den Tieren und den Gefährten – zur Brücke geritten, um sie dort zu erwarten. Er war zu Fuß, und drang mit einem Schrei und gezogenem Schwert auf Karea ein. Diese zögerte nicht einen Moment, sprang von ihrem Pony und hob ihr Schwert. Die beiden begannen einen ungleichen Zweikampf. Ungleich deswegen, weil Karea um mindestens zwei oder drei Köpfe kleiner war als der hünenhafte Krieger. Aber sie war auch deutlich schneller und gewandter, und umtänzelte den Krieger so geschickt, dass er kaum eine Chance hatte, sie zu treffen. Schließlich schaffte er es aber doch und ihre Schwerter trafen klirrend aufeinander. „Los jetzt!“, rief Karea Calian zu. „Bring sie über die Brücke!“ Calian nickte, tauschte einen Blick mit Rurin und ritt mit Tami und Salana die letzten Meter zur Brücke. Rurin wiederum sprang von seinem Pony, zückte seine Axt und stürzte sich in den Kampf, den Karea mit dem Krieger ausfocht.

Tami konnte nicht sehen, was weiter passierte, denn Calian hatte sie vom Pferd gehoben und packte sie an den Schultern. „Tami, wir schaffen das alle, aber wir müssen jetzt klug handeln. Nimm Salana und die Ponys, und geh mit ihnen über die Brücke. Du musst Salana führen, die Brücke ist wackelig, aber sie wird halten. Die Ponys werden Salana folgen. Ich bilde die Nachhut, um euch zu schützen, falls noch mehr von diesen Schurken kommen.“ Tami nickte wie betäubt, drehte sich um und trat mit Salana und den Ponys auf die Brücke zu.

Die Brücke war sehr lang, und sie schaute wirklich nicht besonders stabil aus. Sie war aus Seilen gemacht, in die am Boden Bretter geknüpft waren. Zumindest waren die Bretter nahe beieinander, sodass es für Salana und die Ponys möglich war, relativ einfach von Brett zu Brett zu steigen. Dennoch wurde Tami gehörig schwindelig, als sie sah, wie tief die Schlucht war, über die die Brücke führte. Sie wurde nach unten immer schmäler und dunkler, am Grund konnte man einen Fluss erahnen, dessen wildes Brausen wie ein Echo nach oben geworfen und verstärkt wurde. Salana schnaubte unruhig und wollte rückwärts gehen. Tami atmete tief durch – sie musste jetzt stark sein, um Salanas Willen. Sie legte beide Hände an Salanas Kopf, sah ihr tief in die Augen und konzentrierte sich. Sie versuchte, vor ihrem inneren Auge ein Bild entstehen zu lassen, wie sie alle ganz ruhig und sicher über die Brücke gingen, und wohlbehalten auf der anderen Seite ankamen. Und es schien zu funktionieren! Salanas Atem beruhigte sich und sie setzte unter Tamis Führung den ersten Schritt auf die Brücke.

Der Weg über die wackelige Brücke, mit den Kampfgeräuschen der Reiter, Zwerge und Tiere im Nacken, war für Tami der längste Weg, den sie je gegangen war. Sie zwang sich, ruhig zu bleiben und Salana immer wieder Kraft und positive Bilder durch ihre Hand zu vermitteln, wenn sie das Gefühl hatte, das Einhorn wurde nervös. Die Ponys folgten Gott sei Dank Salana, genau wie Calian es vorausgesagt hatte. Und sie spürte Calians Präsenz hinter sich und spürte irgendwie, dass ihr nichts passieren konnte, solange er auf sie aufpasste. Sie konzentrierte sich darauf, ruhig und entspannt zu atmen und einen Fuß vor den anderen zu setzen. Und dann, nach einer gefühlten Ewigkeit, aber irgendwie auch ganz plötzlich, war sie am Ziel. Sie hatten es geschafft, die Brücke lag hinter ihnen. Tami führte Salana ein Stück vom Rand der Schlucht weg, Calian führte die Ponys. Dann drehten sie sich beide um und sahen hinüber.

Die gute Nachricht war, dass Karea und Rurin es geschafft hatten, den hünenhaften grauen Reiter zu besiegen. Die schlechte war, dass oben aus dem Wald nun eine viel größere Gruppe der Reiter auf die Brücke zuggaloppiert kam – die Verstärkung war eingetroffen! Tami schrie erschrocken auf und gestikulierte wild zu Karea und Rurin hinüber. Diese hatten die neue Gefahr aber schon entdeckt und liefen so schnell sie konnten auf die Brücke zu. Sie schafften es, die Brücke zu erreichen, als die ersten schwarzen Pfeile angeflogen kamen. Tami hörte Rurin aufschreien, als ein Pfeil sich in seinen Arm bohrte, aber er schien sich davon in seinem Tempo nicht bremsen zu lassen. Als wäre es keine wackelige Brücke, sondern eine breite ruhige Straße, preschten die beiden Zwerge auf die andere Seite der Schlucht. Calian zog sein Schwert – und in dem Moment, als die Zwerge den sicheren Boden auf der anderen Seite erreicht hatten, schlug er mit zwei kräftigen Schlägen die Seile der Brücke durch. Die leuchtend weiße Klinge schien durch die Seile zu gleiten wie durch Butter. Die ersten beiden Reiter, die die Brücke erreicht und mit ihren Pferden betreten hatten, fielen mit einem gellenden Aufschrei samt der Brücke nach unten. Tami musste sich abwenden, als ihre Rüstungen gegen den Felsen klirrten und dann im rauschenden Fluss verschwanden – zusammen mit ihren Pferden.

Die anderen Reiter zügelten ihre Pferde wütend und suchten einen anderen Weg über die Schlucht. Die Tiere, die Tami und ihren Freunden zu Hilfe gekommen waren, sahen, dass die Gefährten in Sicherheit waren. Sie drehten ab und liefen zurück in den Wald. Am Waldrand richtete sich der Bär noch einmal auf, schien sich zu verbeugen, und verschwand zwischen den Bäumen. Tami war froh – zumindest für den Augenblick waren Salanas tierische Freunde in Sicherheit.

Calian atmete tief durch. „Karea, wie lange brauchen sie, bis sie einen anderen Weg gefunden haben?“

Karea wirkte überaus erleichtert. „Es gibt keinen“, sagte sie. „Um auf die andere Seite zu kommen, müssen sie die Schlucht umreiten. Dafür brauchen sie mindestens drei Tagesreisen.“ Als sie diese gute Nachricht hörte, sank Tami erschöpft zu Boden. Sie hatten es geschafft!

Die Sümpfe

Rurins Pfeilwunde war Gott sei Dank nicht tief. Tami half Karea, ihn zu verarzten und ihm einen Verband anzulegen. Sie wandte sich an Calian. „Wie geht es eigentlich deiner Wunde am Bein, wo der Bär dich verletzt hat?"

„Ach, das…", sagte Calian. „Karea hat sie mir verbunden. Ich habe gar nicht mehr daran gedacht."

„Na komm, zeig sie mir. Wir wechseln deinen Verband", sagte Tami bestimmt. Calian gehorchte, setzte sich hin und zog das Bein seiner Hose nach oben. Tami löste vorsichtig den Verband und stellte erstaunt fest, dass von der Wunde nur noch drei leichte Kratzer zu sehen waren. Der Bär hatte Calian eigentlich ziemlich stark erwischt und die Wunde hatte ordentlich geblutet. Wie konnte das in so schneller Zeit so gut verheilen? Calian sah die Frage in ihren Augen und drückte ihre Hand. „Ein Vorteil, wenn man aus dem Königshaus von Abaloria stammt. Wir heilen schnell. Vielleicht hat es mit unseren langen Verbindungen mit den Einhörnern zu tun – Einhörner haben auch Heilkräfte, weißt du?"

Tami staunte. „Gibt es überhaupt etwas, das Einhornmagie nicht vermag?"

„Sie ist wirklich sehr stark", bekräftigte Calian. „Und sie ist das genaue Gegenteil von dem, was Tiranos als Magie bezeichnet. Einhornmagie kann erschaffen und heilen, aber nie zerstören. Tiranos' Zugang zur Magie ist ausschließlich zerstörerisch. Es verdreht alles in das Gegenteil von dem, wie es sein sollte. So laugt er die Welt und die Menschen um ihn herum aus."

„Es ist wirklich höchste Zeit, dass dem ein Ende gesetzt wird. Für deine und für meine Welt."

„Ja", sagte Calian. „Dennoch wäre es besser, wir würden ihm erst begegnen, wenn wir wieder in Abaloria sind, Salana gesund ist und wir unsere Macht verbinden. Dann können wir ihn besiegen, davon bin ich überzeugt."

Karea trat zu ihnen. „Wir haben Glück gehabt. Bis auf Rurins Verletzung scheinen es alle gut überstanden zu haben. Aber die Ponys brauchen etwas Ruhe, so wie wir alle, glaube ich, und…" – sie warf einen Blick auf Tami – „Salana bestimmt auch."

Tami nickte. Salana schien zunehmend erschöpft. Es schien, als habe sie dieser Teil ihrer Flucht ganz besonders angestrengt. „Ich glaube, es war unglaublich schwer für sie, den Kampf zu erleben, und wie einige der Tiere für sie in den Tod gegangen sind."

„Es muss schrecklich für sie sein, zu spüren, dass sie helfen könnte, wenn sie ihre Kräfte hätte und ihre Magie wirken könnte", stimmte Calian zu.

Tami ging hinüber zu Salana, die wirklich erschöpft und irgendwie traurig wirkte. Sie umarmte das Einhorn. „Bald haben wir es geschafft, Salana. Wir bringen dich zurück und dann heilen wir beide Welten und besiegen das Böse", murmelte Tami in ihr Ohr.

Rurin kam von einer Erkundungstour zurück. Er hatte versucht herauszufinden, in welche Richtung die grauen Reiter bei ihrem Versuch, die Schlucht zu überqueren, gegangen waren. „Sie haben sich aufgeteilt: Die eine Hälfte ist links die Schlucht entlang geritten, die andere rechts – wahrscheinlich, um zu sehen, wer es schneller um die Schlucht herum schafft und uns den Weg abschneiden kann."

Karea überlegte. „Sie werden damit rechnen, dass wir den direkten Weg durch die Berge nehmen, um nach Norden zu kommen. Auch hilft uns, dass sie unser Ziel nicht genau kennen, weil ihnen die Lage des vergessenen Tors nicht bekannt ist. Dennoch müssen wir uns unseren nächsten Schritt gut überlegen."

Sie dachte nach. „Lasst mich noch ein wenig nachdenken und darüber schlafen, morgen früh beraten wir uns dann."

An diesem Abend machten sie ein Feuer. Die Reiter wussten ohnehin, wo sie waren – konnten sie jedoch über die Schlucht hinweg nicht erreichen. Als sie am Feuer saßen und endlich wieder einmal warmen Brei und Tee genossen, kam Tami ein erschreckender Gedanke. „Was ist, wenn sie Tiranos holen? Er ist ja ein Zauberer, vielleicht kann er die Schlucht überqueren oder eine Brücke zaubern?"

Calian überlegte. „Das glaube ich eigentlich nicht", sagte er. „Nachdem Tiranos' Magie nur zerstören kann, nicht erschaffen, wäre es ihm nicht möglich, eine magische Brücke zu weben. Und er kann auch nicht durch die Luft fliegen, dazu reicht seine Macht nicht. Er könnte vielleicht einen Teil der Schlucht einstürzen lassen, aber sie ist so tief und breit, dass ich bezweifle, dass er uns dadurch schnell erreichen könnte."

„Es ist seltsam, dass er nicht bei den Reitern war, die uns verfolgt haben", sagte Karea. „Es ist für ihn bestimmt die höchste Priorität, Salana und dich zu fangen."

„Ja, aber ich glaube er überschätzt sich und seine Klugheit", antwortete Calian. „Er weiß, dass wir irgendwann im Norden aus den unbekannten Landen herauskommen werden – im Süden sind seine Truppen, in der Steinwüste im Westen liegt das Westtor, das Tiranos wohl benutzt und kontrolliert. Er wird ahnen, dass wir es nicht riskieren werden, dort hinzureiten. Und er weiß, dass die Zeit für uns drängt, weil Salana immer schwächer wird. Da erwartet er uns lieber, anstatt den Weg mit seinen Kriegern zu gehen."

„Glaubst du, dass er uns eine Falle stellen will?", fragte Karea.

„Davon bin ich überzeugt", meinte Calian. „Aber er weiß nicht genau, wohin wir wollen. Das ist unser Vorteil."

In der Nacht hielten sie wieder abwechselnd Wache, verbrachten aber ansonsten eine ruhige und erholsame Nacht. Es war ein gutes Gefühl – zu wissen, dass die Verfolger sie für den Moment nicht erreichen konnten. „Unglaublich, wie sehr sich mein Leben in wenigen Wochen verändert hat", dachte Tami. Im Sommer noch lag sie behütet in ihrem Bett in der Dachkammer von Tante Rellas Haus, und ihre größte Sorge war die Ernte, oder das Auskommen mit ihrer Tante. Tante Rella… wie es ihr wohl gehen mochte? Ob sie sich um Tami Sorgen machte? Und Morah… Tami dachte oft an sie, hatte aber immer wieder versucht, die Gedanken wegzuschließen, zu schmerzhaft waren sie. Was ihr wohl geschehen war, nachdem die Reiter sie mitgenommen hatten? Tami war immer noch fest entschlossen, ihr zu helfen, sobald Salana in Sicherheit war – wie auch immer sie das anstellen würde.

Am nächsten Morgen saßen sie bei einem kleinen Frühstück beisammen. Ihre Vorräte gingen langsam zur Neige. Es gab nur ein wenig altes Brot und Pilze, die Rurin gesammelt hatte. Sie begannen zu beraten, wie sie weitermachen sollten. Mit einem Male flog ein Vogel auf sie zu, piepste aufgeregt – und setzte sich dann auf Rurins Schulter! Tami riss vor Erstaunen die Augen auf.

„Hallo, mein Kleines", sagte Rurin liebevoll. „Hast du Nachrichten von zuhause?" Da erst verstand Tami. Der Vogel war ein Rotkehlchen, von denen Rurin ihr im Zwergenreich erzählt hatte, dass sie Freunde der Zwerge waren, und ihnen als eine Art Botschafter aus der Außenwelt halfen, Informationen und Nachrichten zu senden und zu empfangen. Das Rotkehlchen piepste und sang eine ganze Weile in Rurins Ohr. Tami verstand natürlich kein Wort, aber Rurins Augen wurden immer größer, und auch Karea lauschte dem Vogel konzentriert. Salana wurde unruhig und schnaubte – wahrscheinlich konnte auch sie verstehen, was der Vogel sagte. Tami legte eine Hand auf Salanas Hals, um sie zu beruhigen. Als sie kurz die Augen schloss, bemerkte sie, dass Salana ihr wieder Bilder zeigte. Sie konzentrierte sich und versuchte zu verstehen, was Salana ihr sagen wollte.

Es waren Bilder aus dem Zwergenreich: ein Kampf zwischen Zwergen und grauen Reitern am Rand des Gebirges, wo die Zwerge aus sicherem Versteck oben am Berg Steine und Felsen auf die Reiter regnen ließen und sich dann wieder in die Sicherheit des Berges zurückzogen. Ein Blick auf eine ganze Menge Reiter, die den Berg wohl belagerten, ohne es zu schaffen, hineinzukommen. Geschäftiges Treiben in der Zwergenstadt, wo an einer Art Tor gebaut wurde. Jetzt verstand Tami – Salana übersetzte ihr, was der Vogel den Zwergen sagte! Wieder einmal war Tami überwältigt von den unglaublichen Fähigkeiten des Einhorns. „Danke, Salana", sagte sie. Das Rotkehlchen hatte inzwischen aufgehört zu piepsen.

Rurin belohnte es mit ein paar Krumen Brot. Er wandte sich mit ernster Miene an die Gefährten. „Das Zwergenreich ist in Gefahr.

Die grauen Reiter belagern es noch immer. Durch das Ablenkungsmanöver, das sie zu unserer Flucht eingesetzt haben, weiß Tiranos jetzt, dass es uns noch gibt und wo wir sind. Er hat es bisher nicht geschafft, unsere Magie zu durchbrechen und die Tore ins Zwergenreich zu öffnen, aber er hat es tagelang versucht. Erst gestern ist er abgereist, hatte aber einige seiner Männer zurückgelassen, die unseren Berg jetzt weiter belagern."

„Das erklärt auch, warum er nicht sofort persönlich unsere Verfolgung aufgenommen hat", sagte Calian.

Rurin nickte. „Die Zwerge versuchen mit aller Kraft, das Tor nach Abaloria zu reparieren, aber es wird wohl nicht funktionieren, solange es nicht auch von der anderen Seite wieder aktiviert wird." Er sah Calian an. „Calian, wir Zwerge werden hier nicht bleiben können. Unser Geheimnis ist gelüftet und man würde uns weiter bekriegen und irgendwann zerstören."

Calian legte die Hand auf seinen Arm. „Wir holen euch nach Abaloria. Ihr werdet mit euren Familien vereint sein und wir bauen euch ein neues, wunderschönes Zwergenreich."

Tami ergänzte: „Und wenn wir es geschafft haben, beide Welten zu heilen und vom Bösen zu befreien, könnt ihr leben, wo ihr wollt, in Frieden!"

Karea und Rurin lächelten Tami und Calian zu. „Ihr seid wunderbar, ihr beiden. Und wenn das jemand schaffen kann, dann ihr. Aber…", sie zögerte, „…bis es so weit ist, müssen Rurin und ich zurück. Wir müssen unserem Volk helfen, die Stellung zu halten. Und ich muss bei der Reparatur des Tors helfen – ich weiß so einiges darüber, nach den vielen Stunden, die ich in der Bibliothek damit verbracht habe, die alten Aufzeichnungen zu lesen."

Calian nickte. „Es war ja auch unser Plan, dass ihr uns bis zu den Sümpfen begleitet und dann umkehrt."

„Ja", sagte Karea, „aber da war noch nicht klar, in welch großer Gefahr ihr seid. Ich wäre lieber bis zum Tor mit euch gekommen."

Tami legte eine Hand auf Kareas Arm und sagte: „Ihr seid die besten Freunde und Gefährten, die man sich vorstellen kann. Ohne euch wären wir niemals so weit gekommen. Aber wenn wir die unbekannten Lande verlassen, müssen wir ohne euch gehen – zu viel

Aufmerksamkeit würde auf euch fallen, als Zwerge. Wir sind euch unendlich dankbar, dass ihr uns bis hierher gebracht habt."

Karea umarmte Tami impulsiv, löste sich dann und sagte: „So ist es beschlossen. Wir werden aber noch eines für euch tun. Wir werden eine falsche Spur legen und einen Umweg reiten, sodass die grauen Reiter, wenn sie herüberkommen und versuchen, eure Spur aufzunehmen, in die Irre geführt werden und der unseren folgen." Alle stimmten zu, dass dies eine gute Idee war und sie berieten noch eine ganze Weile, wie sie ihren Plan am besten in die Tat umsetzen konnten. Trotzdem verging die Zeit viel zu schnell, und schon bald war der Moment des Abschieds gekommen.

Sie ritten noch zusammen zu einem breiten Bach, von dem Karea erklärte, er würde in die Sümpfe führen, die die nächste Station auf dem Weg für Tami, Salana und Calian sein würden, am Weg zurück in die bewohnten Lande. Karea und Rurin übernahmen alle Ponys und beluden Calians Tier mit ihrem Gepäck, sodass seine Hufabdrücke ebenso tief sein würden wie die anderen. Ein Spurenleser würde nicht bemerken, dass nur zwei Reiter mit den Pferden unterwegs waren. Tamis Pony war ja nach ihrem Sturz auf der Grasebene weggelaufen und nicht mit ihnen über die Schlucht gekommen. Tami hoffte, dass es dem Tier gut ging. Es war ein liebes, verlässliches Pferd, das ihr ans Herz gewachsen war. Vielleicht fand es ja den Weg zurück, oder ein neues Zuhause bei den Tieren des Waldes. Tami wünschte es sich.

Zum Abschied umarmte Karea Tami und dann Calian ganz fest. „Ich wünsche euch alles nur erdenklich Gute. Wir werden uns wiedersehen."

Rurin fiel Tami um den Hals. Er war so bewegt, dass tatsächlich eine kleine Träne sich aus seinem Augenwinkel stahl. „Passt auf euch auf", sagte er. „Und vergesst nicht, genug zu essen – ihr braucht eure Kraft." Mit diesen Worten steckte er Tami ein kleines Paket zu, das, wie Tami vermutete, einen erheblichen Teil des noch übrigen Proviants enthielt. Tami drückte Rurin an sich, es war schwer für sie, den lustigen und tapferen Zwerg gehen zu lassen. Vor Calian machte Rurin eine tiefe Verbeugung. „Wenn wir uns wiedersehen, Prinz

Calian, wirst du wohl Herrscher von Abaloria sein. Ich freue mich darauf."

Calian lachte, trat auf Rurin zu und umarmte ihn. „Ach, Rurin, mein lieber Freund, Förmlichkeiten werden wir beide nie brauchen. Aber ich freue mich darauf, im Schloss von Abaloria mit dir ein Festmahl zu veranstalten und das eine oder andere Schlossbier zu trinken", sagte er mit einem Augenzwinkern. Rurin strahlte, dieser Gedanke schien ihm überaus gut zu gefallen.

Dann wandten sich die beiden Zwerge Salana zu. „Salana, königliches Einhorn, mögest du sicher und wohlbehalten nach Abaloria zurückkehren, deine Familie wiederfinden und deinen Platz einnehmen", sagte Karea. „Wir sehen uns wieder." Sie verbeugten sich beide. Salana trat einen Schritt auf die beiden zu. Ihr Hals war elegant gebeugt. Tami sah vor sich, wie wunderbar Salana für ihre Rolle in Abaloria geschaffen war. Sie würde ein großartiges königliches Einhorn sein. Salana senkte den Kopf und ihr silbernes Horn begann ganz sanft und leise zu leuchten. Mit der Spitze des leuchtenden Horns berührte sie zuerst Karea und dann Rurin an der Brust. Dann trat sie zurück. Dort, wo das Horn sie berührt hatte, direkt über dem Herzen, leuchtete ein Fleck kurz hell und golden auf und verblasste dann wieder. Auf Rurins und Kareas Gesichtern spiegelte sich Überraschung. Tami sah ein unglaublich friedliches und glückliches Lächeln auf ihren Lippen und ihrem Gesicht.

„Vielen Dank, Salana", sagte Rurin bewegt. Tami wusste nicht genau, was passiert war. Aber sie vermutete, dass Salana ein wenig von ihrem Glück und Frieden, das, was Tami immer spürte, wenn sie sie berührte, in die Herzen der Zwerge gegeben hatte. Dann saßen Karea und Rurin auf, winkten noch einmal und ritten davon.

Tami fühlte sich klein und allein, als die beiden Zwerge im Wald verschwanden. Sie legte eine Hand auf Salanas Hals, um sich zu trösten, aber auch Salanas Welle von Glück schien ein wenig gestört zu sein. Abschiede waren schwer, vor allem in so unsicheren Zeiten, wenn man nicht wusste, ob und wann man Menschen, die einem lieb geworden waren, wiedersehen würde. Aber so war wohl das Leben –

man wusste nie genau, was einen um die nächste Biegung erwarten würde.

Calian trat auf Tami zu, hob ihr Kinn hoch und sah ihr in die Augen. In ihren Augen schimmerten Tränen. Er beugte sich hinunter und küsste sie sanft auf die Wange, dort wo eben noch eine Träne gewesen war. „Alles wird gut“, sagte er. „Ich verspreche es dir.“ Er zog sie an sich, in eine feste, liebevolle Umarmung. Tami wünschte sich, dieser Moment würde niemals enden. Schließlich löste Calian die Umarmung und sagte: „Wir müssen weiter. Bis du bereit?“

Tami nickte stumm und suchte in sich nach der Kraft, die sie für diese nächste Etappe ihrer Reise brauchen würde. Sie drehte sich zu Salana um, die sie aus ihren klugen Augen ansah. Sie straffte sich und sah zuerst Salana, dann Calian fest in die Augen. „Ich bin bereit“, sagte sie.

Calian teilte das wenige Gepäck, dass sie mitnehmen wollten, auf zwei Bündel auf. Tami sah, dass seines erheblich größer und schwerer wirkte und wollte protestieren. Calian tat das aber mit einer Handbewegung ab, und Tami akzeptierte es schließlich. Es entsprach der Wahrheit, dass Calian rein körperlich kraftvoller war als sie, und ihr Vorhaben konnte nur gelingen, wenn sie beide durchhielten. Tami und Calian waren sich einig, dass sie Salana möglichst keine Last tragen lassen wollten, da sie sich Sorgen um ihre Gesundheit machten. Fertig gepackt standen die drei am Ufer des breiten Bachs. Calian kniete nieder und streckte eine Hand ins Wasser. „Dafür, dass wir fast noch Sommer haben, ist es nicht besonders warm“, stellte er fest. „Aber unsere Füße werden es schon aushalten.“ Er trat, gefolgt von Tami und Salana, in den Bach hinein und begann im Wasser das Bachbett entlangzugehen. Die Abdrücke, die seine Füße im Sand hinterließen, wurden fast sofort von der leichten Wasserströmung verwirbelt. Tami ließ Salana vorgehen und drehte sich dann nochmal zum Ufer um, um mit einem Zweig auch dort ihre Spuren zu verwischen, sodass niemand erkennen konnte, dass sie diesen Weg genommen hatten. Sie sollten mit dieser List vor den grauen Reitern sicher sein.

Mehrere Stunden folgten sie dem Weg im Wasser, bis Tamis Füße sich aufgequollen und vor allem sehr kalt anfühlten. Die Sonne begann sich zu neigen. Tami schlug vor, dass sie Rast machen sollten. Calian zögerte. „Wir sollten den Beginn der Sümpfe bald erreichen, und ich würde dort gerne unser Nachtlager aufschlagen. Schafft ihr das noch? Es kann nicht mehr weit sein."

Tami blickte zögernd zu Salana hinüber, die, den Kopf gesenkt, langsam hinter Tami herging. Schließlich nickte sie. „Versuchen wir es."

Eine weitere Stunde später begann die Landschaft, die bisher felsig und waldig gewesen war, sich zu ändern. Es wurde flacher, die Bäume wurden zu Büschen und dann begann der Bach, sich zu verzweigen. Rings um die Wasserläufe war es wunderbar grün, mit saftigem Gras und Sträuchern. Verschiedene Vögel riefen und Tamis Lebensgeister wurden wieder geweckt. Und endlich führte Calian sie auch aus dem Bach heraus. Sie gingen nun neben dem größeren Wasserlauf her. Manchmal mussten sie kleinere Bäche überqueren, aber das ging recht einfach. Schließlich kamen sie zu einem einzelnen Felsen, der in der Ebene stand. „Hier beginnt der Weg durch den Sumpf, von dem Karea mir erzählt hat. Wir müssen ihn nehmen und nicht davon abweichen, wenn wir das andere Ende heil erreichen wollen", sagte Calian.

Tami ließ sich im Schatten des Felsens erschöpft zu Boden sinken. „Das machen wir", sagte sie. „Aber nicht mehr heute."

Calian lächelte. „Natürlich nicht. Aber wir sollten morgen früh aufbrechen. Man weiß nie, was in den Sümpfen auf einen wartet, und…" – er warf einen prüfenden Blick zum Himmel – „…das Wetter sieht auch nicht besonders stabil aus."

Tami konnte nicht erkennen, was er meinte – es waren nur ein paar hochliegende Wolken am Himmel zu sehen, der gerade wunderbar in orangen und gelben Tönen leuchtete, als die Sonne unterging. Salana hatte schon begonnen, mit Hingabe das saftige Gras neben dem Felsen zu fressen, und aus dem danebenliegenden Bach zu trinken. Das erinnerte Tami daran, dass sie ebenfalls sehr hungrig war. Calian und sie setzten sich an einem bequem aussehenden Platz im Schutz des Felsens auf den Boden und verzehrten ein karges Abendessen. Sie beschlossen gemeinsam, von ihren übrigen Vorräten so wenig wie möglich aufzubrauchen. Auch wenn Rurin bestimmt ihnen mehr gegeben hatte, als er für sich und Karea behalten hatte, war es nicht mehr viel, und sie wussten nicht, wie lange sie für die Durchquerung der Sümpfe brauchen würden.

„Ein Jammer, dass wir kein Feuer machen können", sagte Tami, „dann könnte ich uns einen Hasen jagen und wir hätten was Ordentliches zu essen."

„Mmmh ja, das wäre wunderbar", seufzte Calian. „Aber ich wage es einfach nicht, hier am Weg."

„Ich ja auch nicht", sagte Tami, „aber man darf ja noch träumen…"

Calian lächelte sie an. „Wenn wir in Abaloria sind, bereite ich dir das allerbeste Festmahl, das du jemals in deinem Leben gesehen hast."

Tami sah ihn erstaunt an. „Wie meinst du das, wenn wir in Abaloria sind? Ich dachte… ich begleite euch zum Tor und…"

Nun war es an Calian, überrascht zu sein. „Aber natürlich musst du mit uns mitkommen! Salana braucht dich…" – er vertiefte seinen Blick – „…ich brauche dich…" Er griff nach ihrer Hand. „Wir gehen zusammen, besiegen den Schurken Tiranos und machen beide Welten gesund!"

Tami erwiderte seinen intensiven Blick und fühlte sich wie auf einer Wolke. „Das wäre wunderbar", sagte sie. Aber dann wurde ihr Blick ernst und sie zog ihre Hand zurück. „Calian, ich kann nicht. Ich muss hierbleiben und herausfinden, was aus Morah geworden ist. Und sie retten, wenn ich kann. Es darf nicht sein, dass nach Ranur…" – sie schluckte – „…noch jemand stirbt oder zu Schaden kommt, der mir und Salana geholfen hat. Und ich muss auch sichergehen, dass es Tante Rella gut geht. Auch wenn es nicht immer einfach war zwischen uns, sie hat mich zu sich genommen und mir ein Zuhause gegeben. Dafür bin ich ihr unendlich dankbar, und ich lasse sie nicht im Stich." Jetzt, wo Tami an Tante Rella dachte, spürte sie einen schmerzhaften Stich in ihrer Brust. Es dauerte eine Weile, bis sie erkannte, dass es nicht nur Sorge und ein schlechtes Gewissen war, das sie quälte. Sie vermisste ihre Tante auch – schließlich war sie seit Jahren ihre einzige Familie.

Calians Blick war nachdenklich geworden. „Du kannst aber auch nicht hierbleiben, wenn wir durch das Tor gehen. Das ist viel zu gefährlich. Tiranos und die Reiter kennen dich jetzt, du wärst nicht sicher. Und wenn du zu deiner Tante gehst, ist auch sie in Gefahr."

Tami senkte entmutigt den Kopf – daran hatte sie noch gar nicht gedacht. „Ich muss es trotzdem versuchen", sagte sie.

Calian sah sie lange an. Dann nickte er. „Ich verstehe dich. Lass mich darüber nachdenken. Wir finden eine Lösung."

Die Nacht war ruhig und angenehm. Die drei Reisenden schliefen einen tiefen, erholsamen Schlaf. Tami wachte frisch und ausgeruht auf, und selbst Salana schien wieder mehr Energie zu haben. Denn als Tami aufstand, erhob sie sich auch sogleich und machte sich wieder über das saftige Gras her. Calian war gleich nach dem Aufwachen in die Büsche verschwunden und kam mit einigen Beeren und Kräutern zurück, mit denen sie ihr Frühstück bereicherten. Sie schmeckten überaus köstlich. So gestärkt, waren sie eigentlich ganz guter Dinge, als sie ihre Reise fortsetzten, auch wenn Tami das Gespräch von gestern noch im Kopf herumging und sie nach wie vor keine Idee hatte, wie sie dieses Dilemma lösen sollten.

Der Weg hinter dem Felsen war gut erkennbar und sie kamen anfangs gut voran. Ihre Wasserschläuche waren gefüllt – Tami dachte zwar, dass sie im Sumpf bestimmt genug Wasser finden würden, aber Calian meinte, es sei nicht sicher, dass das Wasser dort trinkbar und nicht zu abgestanden und faulig sein würde. Hier in dieser schönen grünen Landschaft konnte Tami sich das nicht vorstellen, aber vorsichtig zu sein war jedenfalls eine gute Idee.

Im Laufe der nächsten Stunden änderte sich die Umgebung jedenfalls merklich. Die Farben wurden schwächer, es schien, als würde der Umgebung das strahlende Grün entzogen. Nun herrschten eher Braun, Beige und ein schmutzig wirkendes Grün vor. Der Weg wurde schmaler. Links und rechts davon sahen sie immer öfter schlammig wirkende Tümpel, die nicht sehr einladend aussahen und auch einen seltsamen Geruch verströmten. Die Geräusche der Vögel, die sie bisher so wunderbar begleitet hatten, wurden schwächer und verstummten schließlich ganz, bis auf ein paar kreischende Laute hin und wieder, die Tami nicht zuordnen konnte, die aber jedenfalls von einem kleinen Tier stammen mussten. Auch das Wetter veränderte sich. Es wurde im Lauf des Tages spürbar kühler und der Himmel war wolkenverhangen. Calian warf einen prüfenden Blick nach oben. „Es wird bald regnen", meinte er.

Tami folgte seinem Blick missmutig. Die Nacht nass und frierend in den Sümpfen zu verbringen, war nicht gerade verlockend. „Zumindest ist der Weg wirklich gut erkennbar", sagte sie.

„Ja, das stimmt", erwiderte Calian. „Ich hoffe, das bleibt so."

Zumindest an diesem Tag gab es mit dem Weg keine Probleme. Er war durchwegs klar sichtbar. Auch wenn es neben ihnen immer mehr sumpfige Stellen und Tümpel gab, so blieb der Boden auf dem Pfad relativ stabil und trocken. Tami wandte sich oft zu Salana um. Sie wusste, dass es eine Katastrophe wäre, wenn das Einhorn hier einen Fehltritt machte – sie war viel zu schwer, als dass Calian und Tami sie aus einem der Tümpel würden ziehen können, falls sie hineinrutschte und nicht mehr von allein herauskonnte. Schließlich schlug Tami vor, Salana sollte zwischen Calian und ihr in der Mitte gehen, damit sie sie und ihre Tritte im Auge behalten konnten. Das funktionierte ganz gut, und Tami war wieder ein wenig beruhigter. Nach einer kurzen unbequemen Rast zu Mittag ging es ohne Pause weiter. Tamis Füße begannen stark zu schmerzen. Sie hatte zwar bei den Zwergen nicht nur neue Kleidung bekommen, die wunderbar für diese Reise geeignet war – und nebenbei auch noch wirklich schön gefertigt, wie Tami fand –, sondern auch neue Stiefel, die an sich sehr bequem und auch robust waren. Aber auch wenn Tamis Füße es gewohnt waren, den ganzen Tag auf den Beinen zu sein, waren solche Gewaltmärsche dann doch etwas ganz anderes.

Am Abend erreichten sie eine Stelle, an der der Pfad sich verbreiterte und offensichtlich schon öfter Reisende gerastet hatten, denn es gab eine kalte Feuerstelle, um die herum die Gefährten ihr Nachtlager aufschlugen. Calian meinte, hier könnten sie es riskieren, ein kleines Feuer zu machen, da abseits des Weges ihnen niemand auflauern konnte, und die Nebelschwaden, die jetzt begannen durch den Sumpf zu ziehen, den Rauch überdecken würden. Tami war dankbar – auch wenn sie nicht wirklich jagen konnten, weil es zu riskant war, den Weg zu verlassen, gab es doch eine warme Mahlzeit mit der letzten Ration des Breis, den sie bei sich hatten, und etwas Tee – und nachdem es wirklich kalt geworden war, war das eine besonders willkommene Abwechslung.

Am Ende ihres Mahls schien sie das Glück jedoch ein wenig zu verlassen. Es begann zu regnen, zuerst sanft, dann immer heftiger. Es gab hier absolut nichts, das ihnen einen wirklichen Schutz vor dem Wetter geben hätte können. So kuschelten sich alle drei unter einem Busch eng zusammen und versuchten, sich gegenseitig zu wärmen und ein wenig zu schlafen. Bis auf ein paar Stunden eines unruhigen Schlummers fand Tami allerdings keine Ruhe. Den anderen erging es wohl nicht besser, denn schon als der Morgen dämmerte, setzte Calian sich auf. Als er sah, dass Tami wach war, sagte er: „Wollen wir gleich losgehen? Ich möchte wirklich dringend weg von diesem unwirtlichen Platz.“ Tami stimmte zu, und sie aßen ein paar Stücke des harten Brots unterwegs. Salana schien der Regen weniger auszumachen als den beiden Menschen, und sie kamen ganz gut voran.

Nach einer Weile wurde Calian immer wieder langsamer, fluchte leise vor sich hin und blieb schließlich ganz stehen. Um ihn herum waberten Nebelschwaden und Tami sah nun auch, dass der Weg bei weitem nicht mehr so gut erkennbar war wie bisher, dass die nassen Stellen und Tümpel nun viel weiter an sie heranreichten und auch tiefer wirkten. Es war auch sehr still – unnatürlich still beinahe, dafür dass sie inmitten der Natur standen. Tami schloss zu Calian auf und auch Salana trat neben die beiden. Es war wirklich schwer zu erkennen, wie der Weg durch die Nebelschwaden weiterging, die um ihre Beine streiften.

Plötzlich hörten sie links von sich ein lautes Platschen aus dem Sumpf. Sie fuhren zusammen. Salana warf den Kopf zurück und machte einen erschrockenen Satz zur Seite. Tami wandte sich zu ihr um. Erst schien es, als wäre Salana auf sicherem Boden gelandet – einem Teil des Pfads, der ganz leicht mit Wasser bedeckt war und wo sich Sumpfgras schwimmend an der Wasseroberfläche sanft auf und ab wiegte. Sie machte einen Schritt auf das Einhorn zu, als der Pfad ganz plötzlich begann, sich zu bewegen und zu wackeln. Tami traute ihren Augen nicht, als der klar erkennbare Weg seine Form veränderte – und Salana von Tami und Calian wegzutreiben begann! Tami schrie auf. Calian war sofort an ihrer Seite. Der Prinz machte einen Schritt in den Sumpf auf Salana zu. Sein Bein versank allerdings augenblicklich im brackigen Sumpfwasser und er drohte abzurutschen. Tami sah verzweifelt zwischen Calian und Salana hin und her. Salana schnaubte aufgeregt auf dem Stück Boden, auf dem sie stand und das sich langsam weiter von ihnen entfernte. Und Calian stand schon bis zum Oberschenkel im Schlamm! Tami rief Salana zu: „Salana, halt durch, wir retten dich!“, drehte sich zu Calian um, legte sich flach auf den Weg und reichte ihm beide Hände.

Calian verstand. Er ergriff ihre Hände und sie begannen beide, sich ganz langsam rückwärtszubewegen. Zuerst schien es, als würde der Sumpf Calians Bein nicht freigeben wollen und ihn tiefer hinabziehen. Aber langsam, unendlich langsam, lockerte sich der Fuß, und es gelang Tami, Calian Zentimeter um Zentimeter nach oben zu ziehen. Mit einem Ruck landeten beide auf dem Weg, keuchend vor Anstrengung. Im selben Moment begann sich das Wasser zwischen ihnen und Salana zu bewegen. Der vermeintliche Wegabschnitt, auf dem Salana noch immer stand, tauchte ein wenig mehr auf und man konnte nun einzelne runde Gebilde erkennen. Eines davon begann sich in Richtung von Tami und Calian zu bewegen, bis es plötzlich mit einem lauten Schmatzen an die Oberfläche kam, und man erkennen konnte, dass es sich nicht um ein Gebilde, sondern um ein Wesen handelte! Ein Wesen mit in etwa drei Fuß Länge, Sumpfgras als eine Art Haare, winzigen boshaften Augen und einem riesigen Maul voller spitzer Zähne. Tami schrie entsetzt auf – das musste ein Ongel sein! Tami hatte nur niemals gedacht, jemals einen zu erblicken. Schmatz–Ongel waren unglaublich selten und gehörten eigentlich ins Reich der Mythen. Es gab Geschichten über sie, dass sie Reisenden in sumpfigen Gebieten auflauerten. Sie nutzten ihre Tarnung, die sie in dieser Umgebung fast unsichtbar machte, um ihre Opfer in den Sumpf zu ziehen und dann zu fressen.

Sie alle hatten diese Wesen nicht bemerkt. Jetzt zeigte sich, dass all diese Gebilde, auf denen das Einhorn stand, begannen sich an die Oberfläche zu heben – Salana stand auf einem Teppich der Wassermonster! Das Einhorn wieherte aufgeregt, stellte sich auf seine Hinterbeine – und verlor das Gleichgewicht. Mit einem lauten Platschen und einem entsetzten Wiehern fiel sie in das brackige Wasser. Calian schnappte sich geistesgegenwärtig sein Schwert und begann auf die Ongel einzuschlagen, konnte aber nicht nahe genug herankommen, um jene zu erreichen, die nun ihre Gesichter und Mäuler mit schrecklich schmatzenden Geräuschen Salana zuzuwenden begannen.

All das geschah so schnell, dass Tami erst wie erstarrt war. Sie sah die Szene vor ihren Augen, sah wie Salana drohte unterzugehen oder aufgefressen zu werden – oder beides –, wie Calian viel zu weit in den Sumpf watete, im Versuch ihr zu helfen… Und in diesem Moment, wo alles schon verloren schien, wo die Verzweiflung drohte, Tami zu übermannen, wurde plötzlich alles in Tami ganz ruhig und klar. Es war, als hätte eine höhere Macht, ein inneres Wissen, von ihr Besitz ergriffen, das genau wusste, was zu tun war. Tami griff unter ihre Weste und zog den Stein Faramet hervor. Er leuchtete wie immer in einem sanften blauen Licht. Tami sah in den Stein und richtete ihre Gedanken und all ihre Kraft darauf. Faramet begann immer stärker zu leuchten. Plötzlich ertönte ein hohes Summen, das die schmatzenden Geräusche der Wesen fast überdeckte. Sie hob den Stein hoch und richtete ihn wie eine Waffe auf die Ongel im Wasser, die vor dem Licht zurückschreckten. Sie begannen wieder abzutauchen und von Salana abzulassen. Aber auch ohne die Monster war das Einhorn verloren, wenn kein Wunder geschah, da der Sumpf begann, sie erbarmungslos hinabzuziehen. Calian versuchte verzweifelt, zu Salana zu kommen, versank aber immer wieder mit den Füßen und musste zurückweichen. Tami konzentrierte sich nochmals mit aller Macht auf den Stein und richtete ihn auf die Monster. Plötzlich schoss ein strahlend blauer Strahl aus dem Stein Faramet auf die sich aufgeregt im Wasser bewegenden Wesen. Und jedes Mal, wenn der Strahl einen Ongel traf, erstarrte dieser, wurde grau wie Stein und sank ins Wasser hinein.

Calian traute seinen Augen nicht – Tami und Faramet besiegten die Monster nicht nur, sondern sie bauten mit den versteinerten Wesen eine Art Treppe! Er sprang zu einem der Gebilde hin und testete vorsichtig, ob er darauf stehen konnte. Es hielt! Der Prinz zögerte keinen Moment mehr, lief über die Steine bis zur Stelle, wo Salana nun schon bis zur Brust im brackigen Sumpfwasser stand – ganz ruhig, als würde sie wissen, dass weitere Bewegungen sie nur noch tiefer hineinziehen würden. Als Calian bei ihr war, legte er beide Hände auf ihren Hals, um sie zu beruhigen. Tami konnte sehen, dass durch die Berührung auch ein leichter Schimmer um das Einhorn entstand, als würde Calian ihm Kraft geben. Salana hob den Kopf und mit einer enormen Anstrengung machte sie einen großen Schritt nach vorne – und hatte wieder Boden unter den Füßen! Besser gesagt, nicht wirklich Boden, sondern den Rücken eines der versteinerten Monster. Tami warf einen prüfenden Blick um sich, um zu sehen, ob noch Gefahr von den Ongeln drohte, konnte aber keine mehr entdecken.

Der Stein Faramet hatte ganze Arbeit geleistet. Sie steckte den Stein in ihre Tasche und war in wenigen schnellen Schritten bei Calian auf den Steinen angekommen. Calian trat neben Salana und begann von seitlich hinten zu schieben. Salana machte einen weiteren Schritt nach vorne und oben – und der Sumpf gab sie frei. Mit einem gewaltigen Satz übersprang sie die letzten Steine, bis sie zitternd, aber lebendig wieder auf dem sandigen Weg stand. Tami und Calian waren sofort an ihrer Seite – war das Einhorn verletzt? Die Mäuler der Monster waren so nah an ihr gewesen! Calian fuhr prüfend Salanas Beine und Bauch entlang, wo einige Verletzungen von den Zähnen der Ongel sichtbar waren. „Ich… ich glaube, sie hat keine tiefen Wunden“, sagte er mit brüchiger Stimme und ließ sich erschöpft auf den Boden fallen. „Und du? Tami, geht es dir gut?“ Bevor Tami antworten konnte, gaben ihre Knie nach, und sie sank neben ihm und Salana nieder.

Als sie sicher auf dem Weg lagen, keuchend vor Anstrengung, fuhr der Schock Tami erst so richtig in die Glieder. Nicht vorzustellen, wenn Salana nicht mehr herausgekommen wäre aus dem Sumpf! Calian setzte sich auf und umarmte Tami ungestüm. „Danke, Tami. Ohne dich hätten wir das nicht geschafft. Du hast Salana gerettet!“ In seinen erleichterten Gesichtsausdruck mischte sich Verwunderung. „Wie hast du das gemacht?“

Tami drückte ihn an sich. „Ich weiß es auch nicht – ich wusste plötzlich, was ich zu tun hatte, wie durch eine Eingebung.“

„In dir steckt wirklich ganz Unglaubliches, Tami. Und ich verdanke dir mein Leben!“

Tami lächelte. „Calian, ich verdanke dir mein Leben auch schon einige Male, seit wir aufgebrochen sind.“

Calian erwiderte ihr Lächeln, aber seine Augen blieben ernst. „Tami, du setzt dein Leben aufs Spiel, seit du beschlossen hast, Salana zu helfen. Ich werde alles in meiner Macht Stehende tun, um niemals zuzulassen, dass dir oder Salana etwas passiert.“ Ein seltsames Gefühl regte sich in Tami. So etwas wie… Geborgenheit, was in Anbetracht ihrer aktuellen Lage doch eigentlich keinen Sinn machte? Nach dem Tod ihrer Eltern hatte sie das lange Zeit nicht gespürt. Erst bei Salanas Berührungen war es gelungen, sie diesen Frieden und Sicherheit wieder spüren zu lassen. Und Calian war der erste Mensch, bei dem sie so ein Gefühl wieder hatte. Es war wunderbar, und es machte ihr Angst. Sie durfte ihm nicht zu nahekommen. Ihre Zeit zusammen war begrenzt und nur der Rettung von Salana gewidmet. Calian war ein Prinz, der Prinz von Abaloria. Er würde weggehen, zusammen mit Salana, und sie würde allein sein. Sie konnte nicht zulassen, dass sie sich zu sehr auf dieses Gefühl einließ. Sie durfte nicht schwach sein. Ruckartig erhob sie sich. „Wir sollten weiter“, sagte sie und wich Calians Blick aus. Calian spürte die Veränderung in ihr und wunderte sich, ließ es aber auf sich beruhen und wandte sich zu Salana um.

Das Einhorn war zwar geschwächt, aber sonst schien Salana tatsächlich unverletzt zu sein. Als Tami zu ihr trat, stupste sie Tami mit dem Kopf an und schnaubte, als wollte sie ihr etwas sagen. Tami verstand und legte ihre Hand an Salanas Hals. Salana schickte ihr ein Bild, sehr klar, in dem sie beide und Calian durch ebendiese Sümpfe gingen, mit Salana an der Spitze. Tami sog erstaunt die Luft an – dieser Moment war gar nicht passiert, wie konnte ihr Salana das zeigen? Konnte sie nun auch Gedanken mit ihr teilen, die sie sich nur vorstellte? Tami sah Salana an, diese erwiderte intensiv ihren Blick und schien mit dem Kopf zu nicken. Tami rief nach Calian und erzählte ihm, was sie gesehen hatte. „Auf keinen Fall", sagte Calian. „Salana ist zu wichtig, ich lasse sie nicht vorangehen. Schon gar nicht nach dem, was grade passiert ist."

„Du bist genauso wichtig, also kannst du nicht vorangehen. Ich fühle mich auch nicht wohl dabei, aber bisher hat Salana immer genau gewusst, was sie mir zeigte und was sie tat. Vielleicht hat es etwas mit ihrer Magie zu tun, und sie kann uns helfen."

„Das weißt du nicht, und das Risiko gehe ich nicht ein", schnaubte Calian mit sichtlich genervter Stimme. „Vielleicht verstehst du ja falsch, was sie dir sagt."

Nun war auch Tamis Geduld erschöpft. „Ich weiß genau, was sie mir zeigt und was ich sehe, da brauchst du dir keine Sorgen zu machen. Du kannst es aber gerne selbst probieren, wenn du mir nicht glaubst", sagte sie wütend.

„Gute Idee", sagte Calian kühl und trat an Tami vorbei, ohne sie anzusehen, und auf Salana zu. Er legte seine Hand auf den Hals des Einhorns. Nach einigen Momenten schloss er die Augen und schien sich zu konzentrieren.

Salana stand ganz still da und bewegte sich nicht. Calian kniff die Augen ganz fest zusammen, bis sich auf seinem Gesicht ein äußerst unzufriedener Ausdruck ausbreitete. Schließlich ließ er seine Hand abrupt fallen, drehte sich weg und ging mit raschen Schritten ein paar Meter voran, wo er stehenblieb und sich zu Boden in eine Hocke sinken ließ, den Blick von Tami und Salana weggewandt. „Was hast du gesehen?", fragte Tami erschrocken. Calian schwieg und drehte sich nicht um. Tami trat auf ihn zu und legte ihm die

Hand auf die Schulter. „Calian, sag mir, was du gesehen hast, damit wir…“

Der Prinz drehte sich um, schlug ihre Hand von seiner Schulter und fuhr sie an. „Nichts! Gar nichts habe ich gesehen! Die Verbindung mit meinem königlichen Einhorn – sie existiert nicht! Ich kann nicht einmal irgendwie mit ihr kommunizieren!“ Er wirkte verzweifelt.

Tami wollte ihn trösten. „Calian, das wird schon, ganz bestimmt, ihr…“

„Was weißt du denn schon“, schnappte Calian. „Du hast keine Ahnung von uns, unserer Tradition und Magie, und dennoch…“, er holte Luft, „…dennoch hast du die Verbindung mit ihr, die ICH haben sollte!“ Er warf ihr einen wütenden Blick zu und stürmte davon.

Tami war viel zu perplex, um etwas anderes zu tun als ihm nachzustarren. Was bitte war denn hier soeben passiert? Sie hatte doch absolut nichts getan, um das zu verdienen! In ihr stieg jetzt ebenfalls Wut auf. „Na dann geh doch!“, rief sie ihm nach, drehte sich wütend um und lief ein paar Schritte in die Richtung, aus der sie gekommen waren. Salana stand in der Mitte des Weges, immer noch unbewegt, und sah mit ihren großen Augen zuerst Calian, dann Tami hinterher.

Nach ein paar Schritten merkte Tami, wie sinnlos das war. Wo wollte sie denn hin? Und… warum überhaupt? Ja, Calian hatte sich grässlich verhalten, aber wenn sie ganz ehrlich war, konnte sie ihn auch ein wenig verstehen. Sie hatte sich selbst schon öfters gedacht, dass es schwierig für ihn sein musste, dass Salana und Tami so eine enge Verbindung hatten, obwohl Salana ja eigentlich als sein königliches Einhorn mit ihm verbunden sein müsste. Auch wenn die Zeremonie dafür noch nicht vollzogen war, so müsste es doch schon einen Hauch dieser Verbindung geben – zumindest hätte Tami das erwartet – und Calian bestimmt auch. Und nach allem, was sie erlebt hatten, standen sie einfach alle sehr unter Druck, da konnte ja auch wirklich niemand klar denken.

„Calian, komm zurück!“, rief Tami in den Regen, der immer noch ununterbrochen vom Himmel fiel. Aber sie bekam keine Antwort. Mehrere Minuten vergingen, in denen Tami immer wieder rief, aber es blieb weiterhin still. Schließlich sank sie verzweifelt zu Boden. Vielleicht hatte er sich verirrt, oder noch schlimmer… Tami wagte gar nicht daran zu denken, was hier in den Sümpfen noch alles passieren konnte.

Da spürte sie Salanas warmen Atem an ihrem Nacken. Der Kopf des Einhorns neigte sich und Tami merkte, dass das Tier versuchte, sie zum Aufstehen zu bewegen. Tami erhob sich zögerlich – egal was, sie musste sich um Salana kümmern. Sie drehte sich um und fiel dem Einhorn um den Hals. „Ach, Salana“, schluchzte sie, „was machen wir bloß? Warum muss alles so schrecklich und kompliziert sein?“ Wie immer, wenn sie Salana berührte, spürte sie trotz ihrer Verzweiflung sehr bald die wohltuenden Gefühle von Entspannung und Frieden, die sich wie ein Licht in ihrem Inneren ausbreiteten. Das Glück, das sie sonst verspürte mit Salana, stellte sich zwar nicht ein – dafür war die Situation zu düster – aber sie wurde wieder ruhiger und zuversichtlicher. Salana sandte ihr nochmal ein Bild, in dem das Einhorn voranging, hinter ihr Tami und Calian, und diesmal willigte Tami ein. „Ich vertraue dir, Salana. Finden wir Calian, und dann sehen wir zu, dass wir aus diesem schrecklichen Sumpf herauskommen!“

Der Weg nach Naraan

Salana lief mit erstaunlich sicherem Tritt den Pfad durch die Sümpfe entlang. Nachdem Tami erkannt hatte, dass das Einhorn damit scheinbar wirklich mühelos vorankam, begann sie sich zu entspannen und ihr zu folgen. So kamen sie rasch voran. Es dauerte nicht lange, da schnaubte Salana und blieb stehen. Sie drehte den Kopf und schien auf den Boden links von ihnen zu deuten. Tami sah nach. Der Weg schien sich hier zu gabeln, und wenn man genau schaute, konnte man Fußspuren erkennen, die nach links führten. Tami wollte ihnen folgen, aber Salana schnaubte abermals und deutete mit ihrem Kopf nach vorne, zum anderen Teil des Weges. Tami verstand sofort, was sie meinte. „Du meinst, Calian ist hier falsch abgebogen? Wir müssen ihn suchen!“

Wieder wollte sie den Spuren folgen, und wieder schnaubte Salana und blieb starr an ihrem Platz stehen. Tami war verwirrt – hatte dann aber eine Idee, ging auf Salana zu und legte ihr die Hand an den Hals. Als hätte das Einhorn nur darauf gewartet, schickte sie Tami ein Bild, in dem Salana an der Gabelung stehen blieb, Tami allein den Spuren folgte und ihr Mund sich bewegte. Tami war inzwischen schon so voller Vertrauen in Salanas Fähigkeiten, dass sie keine Sekunde zögerte. Sie begann, den Spuren vorsichtig zu folgen und gleichzeitig laut nach Calian zu rufen. Es dauerte nicht lange, bis sie – schwach, aber doch – eine Antwort bekam. Sie beschleunigte ihre Schritte und fand schließlich nach einer Wegbiegung hinter einem dichten Busch Calian, der am Boden neben dem Busch lag, mit schmerzverzerrtem Gesicht. Tami war in wenigen Schritten bei ihm. „Was ist passiert? Geht es dir gut?“

„Ich bin nicht sicher“, antwortete Calian. „Ich bin gefallen und mein Arm hat sich verklemmt. Ich komme nicht heraus.“

Tami schaute sich den Arm an. Tatsächlich war er seitlich in einen Spalt zwischen mehreren Ästen gerutscht, und da Calian in einem verdrehten Winkel daneben lag, konnte er sich aus eigener Kraft nicht befreien. Tami zog vorsichtig an seinem Arm, um ihn nicht zu verletzen, aber er bewegte sich keinen Zentimeter. „Wo ist Salana?", fragte Calian plötzlich erschrocken.

„Ihr geht es gut", beruhigte ihn Tami. „Sie hat dich gefunden und mir gesagt, was ich tun soll. Calian, ihre Magie ist unglaublich – sie wird uns hier herausführen. Aber zuerst müssen wir dich befreien." Sie stand auf und sah sich um, auf der Suche nach etwas, das ihr helfen konnte. Schließlich hatte sie einen Einfall. Sie ging zum Rand des nächsten Schlammlochs neben ihnen und begann, mit ihren Händen Schlamm aufzunehmen. Sie erschrak fürchterlich, als sich plötzlich eine Schlange aus dem Schilf neben ihr löste, aber Gott sei Dank hatte die Schlange wohl selbst Angst und schwamm in die andere Richtung davon. Nicht alles, was hier im Sumpf lebte, war eine Gefahr für sie – sie durfte sich nicht verrückt machen. Tami atmete tief durch und ging mit beiden Händen voller Schlamm zu Calian zurück. Sie kniete sich hin und begann, seinen Arm und die Hand mit dem Schlamm einzureiben.

Danach ging sie nochmals zurück, holte mehr Schlamm und wiederholte die Prozedur dann mit den Ästen, in denen er steckte. Als sie fertig war, sah sie ihn an. „Auf drei ziehst du den Arm heraus – so fest du kannst." Calian nickte, und Tami zählte: „Eins, zwei, drei!" Bei drei zog sie, so stark sie konnte, die Äste auseinander, Calian zog an seinem Arm, und mit einem Flutsch kam er frei. Tami fiel rückwärts, blieb einen Moment lang liegen und lachte vor Erleichterung.

Calian stand auf und bot ihr seine Hand an, um sie hochzuziehen. Tami nahm sie – der Streit von vorhin war vergessen. Calian nahm ihre beiden Hände und sah ihr tief in die Augen. „Jetzt hast du mich schon wieder gerettet", sagte er. „Obwohl ich so ein Hornochse bin."

Tami lachte. „Das bist du wohl tatsächlich ein wenig", scherzte sie.

Calian lächelte sie an, wurde dann aber wieder ernst. „Tami, ich kann dir gar nicht sagen, wie leid es mir tut. Ich habe mich wie ein eifersüchtiger Idiot benommen. Ich war unsicher und verzweifelt. Aber es ist nicht verzeihlich, wie dumm ich deswegen war. Ich habe euch in Gefahr gebracht – und das werde ich mir niemals verzeihen." Er senkte den Blick und wirkte unglaublich verzweifelt und verletzlich. „Ich bin wahrscheinlich einfach nicht der Richtige – für den Königstitel, für Salana, für Abaloria."

Tamis Herz tat ihr weh, als sie Calian, den wunderbaren, tapferen, mutigen, starken und liebevollen Calian so sah. Sie hob sein Kinn und sah ihm fest in die Augen. „Du", sagte sie, „bist der wunderbarste und großartigste Mensch, den ich je in meinem Leben getroffen habe. Und diese Aufgabe, die du hast, die wäre zu groß für jeden. Würdest du das nicht erkennen, wärst du nicht du. Und weil du es erkennst, wirst du der beste König sein, den Abaloria je hatte – zusammen mit dem besten königlichen Einhorn, das Abaloria je hatte."

Calian sah sie lange an. Tami glaubte, einen kleinen Hoffnungsschimmer in seine Augen zurückkehren zu sehen. „Danke", sagte er.

Bevor er weitersprechen konnte, rempelte ihn Tami spielerisch in die Seite. „Und jetzt gehen wir endlich zu Salana und verschwinden aus diesem vermaledeiten Sumpf. Ich kann kein Wasser mehr sehen – weder von oben noch von unten." Calian lächelte, wenn auch zaghaft, und folgte Tami.

Salana hatte bei der Gabelung ruhig auf sie gewartet und ein wenig von dem spröden Gras gefressen, das am Rand des Sumpfes wuchs. Nun hob sie den Kopf und blickte ihnen freudig entgegen. Calian trat auf sie zu und verbeugte sich. „Auch bei dir entschuldige ich mich von Herzen, Salana. Ich werde von nun an alles tun, um deiner würdig zu werden." Er wollte an dem Einhorn vorbeigehen, aber Salana stellte sich quer und versperrte ihm den Weg. Er sah sie fragend an. Sie stupste ihren Kopf in seine Hand, so wie sie es immer tat, wenn sie mit Tami sprach.

Tami sagte aufmunternd: „Ich glaube sie will, dass du es nochmal versuchst“. Zögernd und langsam, mit einem unsicheren Blick, legte Calian seine Hand auf Salanas Hals. „Und jetzt werde ganz ruhig und atme tief ein und aus“, sagte Tami. „Versuch an gar nichts zu denken“.

Calian schloss die Augen. Tami sah, wie seine Züge entspannter und ruhiger wurden. Plötzlich ging ein Ruck durch ihn und er zog erschrocken seine Hand zurück. „Ich… ich… da war etwas…“

„Versuchs nochmal!“, rief Tami begeistert. Calian atmete tief durch und legte seine Hand wieder auf Salanas Hals. Kurz darauf waren in seinem Gesicht alle möglichen Emotionen zu sehen. Tami atmete erleichtert auf – er hatte es geschafft! Er hatte eine erste Verbindung mit Salana hergestellt. Tami freute sich für Calian – und doch, es blieb ein kleines nagendes Gefühl in ihr.

Als der Prinz nach einer Weile die Augen wieder aufschlug, umarmte er Salana impulsiv, und Tami konnte sehen, dass Tränen in seinen Augen standen. Lange Zeit standen die beiden so da. Tami freute sich mit ihnen, bis Calian sie zu sich winkte und heranzog, so dass sie alle drei zusammenstanden und diesen wunderbaren Moment genossen. Schließlich löste sich Tami. „Wollen wir jetzt endlich aus diesem Sumpf verschwinden?“, fragte sie.

Calian lachte befreit auf und sagte: „Aber auf jeden Fall! Salana, führst du uns an?“ Salana warf den Kopf nach oben und begann den Weg entlangzugehen, gefolgt von Tami und Calian.

Als der Nachmittag zu Ende ging, hörte der Regen auf, und auch die Landschaft begann sich wieder zu verändern. Der Boden wurde trockener, die Tümpel wurden weniger und hörten schließlich ganz auf. Die Farben veränderten sich abermals, Gras und Büsche wirkten satter und gesünder. Auch begann das Gelände sanft anzusteigen, bis sie merkten, dass sie einen kleinen Hügel hinaufgingen – nur ganz sanft, aber wenn sie sich umdrehten, konnten sie sehen, dass der Sumpf nicht nur hinter ihnen, sondern auch leicht unter ihnen lag. Dieser Sumpf bot wahrhaftig einen trostlosen Anblick. Tami wandte ihren Blick lieber wieder nach vorne. Als sie oben am Hügel angekommen waren, blieben sie neben einem hohen Baum stehen und sahen voller Erstaunen auf das Bild, das sich ihnen bot.

Die Sonne war – kurz vor dem Untergehen – hinter den Wolken hervorgekommen und tauchte das Land, das vor ihnen lag, in ein warmes, goldenes Licht. Hinter dem Hügel öffnete sich der Blick in eine grüne, wunderschöne, sanft gewellte Landschaft. Alles leuchtete in einem unwirklichen Schimmer. Salanas Fell erstrahlte in einem wunderbaren sanften Licht, als würden die Sonnenstrahlen sich in ihrem Fell verstärken. Tami war so ergriffen von diesem Anblick, dass sie instinktiv Calians Hand nahm. Calian, ebenfalls verzaubert von dem Bild vor ihnen, hielt Tamis Hand ganz fest.

Sie spürte die Verbindung zwischen ihnen, und ihre Aufmerksamkeit begann, sich von der Landschaft vor ihr auf Calian zu richten. Ihre Hand in seiner, sein Körper neben ihrem. Langsam wandte Tami den Kopf und sah ihn an. Sein Blick war intensiv auf Tami gerichtet und sie verlor sich ganz in seinen Augen. Mit einem Mal zog er sie an sich, so dass ihre Gesichter nur Zentimeter voneinander entfernt waren. Tami konnte einzelne kleine Sommersprossen auf seiner Nase erkennen – und diese wunderbaren meergrünen Augen…

Und dann neigte der Prinz sich zu ihr herunter und küsste sie. Ganz sanft, liebevoll, wunderbar. In Tamis Bauch machte es einen merkwürdigen Hüpfer, und sie fühlte sich so unbeschreiblich. Sie wünschte sich, dieser Moment würde niemals enden. Aber Calian löste sich wieder ein Stück von ihr und sah sie an, als wollte er sichergehen, dass sie diesen Kuss auch wollte. Tami zog ihn ungestüm wieder an sich und küsste ihn nun ebenfalls. Dieser Kuss wurde stärker, intensiver und löste Gefühle in Tami aus, die sie weder beschreiben noch einordnen konnte – bis Calian sich schließlich fast abrupt von ihr löste und sie ansah. In seinem Gesicht spiegelten sich widerstrebende Gefühle. „Ich… Tami… das…“, stotterte er. Tami war viel zu verwirrt, um einen klaren Gedanken fassen zu können. „Ich…“, versuchte er es nochmal. Dann straffte er sich. „Tami, meine liebe Tami, es tut mir leid. Ich hätte das nicht tun dürfen.“ Als er Tamis Gesichtsausdruck sah, beeilte er sich hinzuzufügen: „Ich meine, das war das Wundervollste, das ich je erlebt habe“, er lächelte sie an, „aber ich muss meine Aufgabe erfüllen und an Salana und unsere Mission denken, und da…“

„…da kannst du dich nicht ablenken lassen“, vervollständigte Tami den Satz leise.

Calian nickte. Er zog Tami an sich, diesmal in eine sanfte Umarmung. „Verstehst du das?“

„Aber natürlich“, sagte Tami.

Was sie ihm nicht sagte, war, dass sie noch eine ganze Menge mehr verstand. Calian war der Prinz von Abaloria, er würde mit Salana zurückkehren und seinen Platz als Thronfolger einnehmen. Da war für ein ganz normales Mädchen aus der Menschenwelt kein Platz. Ihre Welten und Leben waren einfach zu unterschiedlich. Und auch wenn es wehtat, es war besser, das jetzt zu erkennen als später. Tami hob den Kopf, schob ihre aufgewühlten Gefühle beiseite, wandte sich von Calian ab und sagte: „Lass uns ein Lager für die Nacht finden. Morgen früh sollten wir schnellstens den kürzesten Weg zum Nordtor nach Abaloria suchen.“ Wie um ihre Worte zu bekräftigen, begann Salana zu schwanken und ließ sich schließlich erschöpft neben dem großen Baum nieder. Tami kniete sich zu ihr, sie schien am Ende ihrer Kräfte zu sein. „Ich glaube, wir müssen hier Rast machen“, sagte Tami. „Salana braucht Ruhe.“

„Lass uns nur noch die paar Schritte bis zu diesem Gebüsch hier gehen“, sagte Calian, nun wieder ruhig und gefasst. „Dort sind wir besser geschützt für die Nacht.“

An diesem Abend konnte Tami lange nicht einschlafen, obwohl sie das erste Mal seit Tagen trocken und satt war. Nachdem sie unten in der Hügellandschaft schon ein Dorf gesehen hatten, würden sie, wenn auch mit großer Vorsicht, essen kaufen können. Demzufolge brauchten sie fast den gesamten Rest ihrer Vorräte auf. Aber sie konnte immer noch Calians Kuss auf ihren Lippen spüren – die Gefühle, die sie dabei gehabt hatte, und die schmerzhafte Erkenntnis, dass es nicht sein konnte, nicht sein durfte. Calian war den Rest des Abends wie immer sehr nett zu ihr gewesen. Aber sie spürte auch, dass er sich zurückgezogen und eine gewisse Distanz zwischen ihnen aufgebaut hatte. Und dazu noch Tamis Sorge um Salana, der es wirklich nicht besonders gut zu gehen schien. Aber es konnte nicht mehr weit sein – bald würden sie am Tor sein und Salana retten. Und – sie würde sie beide verlieren, Calian und Salana. Tami rollte sich zusammen und versuchte, den Schmerz zu unterdrücken, den sie bei diesem Gedanken fühlte – aber es gelang ihr nicht wirklich.

Als Tami erwachte, stand die Sonne schon hoch am Himmel. Sie musste irgendwann doch noch in einen scheinbar tiefen Schlaf gefallen sein und ihr Körper hatte die fehlende Ruhe eingefordert. Sie sah sich um. Salana war wieder aufgestanden und graste friedlich neben ihr. Tami ging zu ihr und streichelte ihren schönen Kopf. Es schien ihr wieder ein wenig besser zu gehen. Erleichtert ließ Tami ihren Blick umherschweifen, auf der Suche nach Calian. Sie konnte ihn nicht sehen, aber wahrscheinlich war er auf der Suche nach Beeren oder Pilzen zum Frühstück. Seine Jacke und auch sein Schwert hatte er hiergelassen. Sie begann, ihre Habseligkeiten einzuräumen und ihre Bündel zu schnüren. Es dauerte nicht lange, da sah sie Calian den Hügel hinaufkommen – er kam aus der Richtung des Dorfs, das sie gestern gesehen hatten. Er trug nur sein Hemd, hatte Schmutz auf den Wangen und in den Haaren. Er sah wie ein normaler junger Mann aus – beinahe, wenn man nicht seine feinen Züge und aufrechte Haltung bemerkte, die seine edle Abstammung verrieten. Er trug ein Bündel auf seinem Rücken.

„Ich habe zwei gute Nachrichten, welche willst du zuerst hören?“, rief er Tami gut gelaunt entgegen.

„Die mit dem Essen“, lachte Tami und griff nach dem Bündel. Calian wich ihr spielerisch aus und tat so, als würde er es vor ihr verstecken. Lachend balgten sie sich ein wenig darum, bis ihre Köpfe fast aneinanderstießen – und sie plötzlich beide atemlos innehielten und sich ansahen. Dann ging der Moment vorbei, da Calian einen Schritt zurücktrat, Tami verlegen anlächelte und das Bündel zu Boden stellte. Tamis gute Laune verflog ein wenig, aber sie ließ sich nichts anmerken. Und sie freute sich tatsächlich sehr über den Inhalt des Bündels. Calian war im Dorf gewesen, hatte sich als durchreisender Lehrling ausgegeben und hatte mit einigen Münzen, die er in seinem Beutel mit auf die Reise genommen hatte, Brot, Schinken, Käse und ein paar Äpfel gekauft. So ein herrliches Frühstück hatte Tami schon lange nicht mehr gegessen – na ja, eigentlich waren die letzten guten Mahlzeiten bei den Zwergen erst ein paar Tage her, aber es fühlte sich für Tami an wie Wochen und Monate. Hungrig und mit großem Appetit vertilgten die beiden die Mahlzeit, bis ihr Hunger ganz gestillt war. Dazu tranken sie Wasser aus ihren Schläuchen.

„Was ist die zweite gute Nachricht?“, fragte Tami mit noch leicht gefülltem Mund.

Calian legte das letzte Stück seines Apfels zu Boden und holte aus einer Tasche seiner Hose ein Stück Pergament hervor. „Das hier“, sagte er und gab Tami das Papier. Tami faltete es auseinander, und sog vor Überraschung die Luft ein. Eine Karte! Calian schob sich neben sie und zeigte auf ein x, das eingezeichnet war. „Eine Karte der Gegend, die konnte ich ebenfalls kaufen. Wir sind hier bei diesem x, habe ich herausgefunden und gleich markiert. Nach allem, was wir bei den Zwergen und von Karea gehört haben, müssen wir hierhin“. Er deutete auf eine Stelle am oberen linken Ende der Karte, wo man den Norden von Beleriem erkennen konnte. „Dort müsste das Tor sein. Und sieh mal, was fast direkt auf unserem Weg dorthin liegt.“

Tami sah näher hin und traute kaum ihren Augen. „Hier steht... Naraan! Das ist mein Dorf! Wir kommen wirklich dort vorbei?“

„Na ja, nicht direkt, aber es ist nur ein kleiner Umweg. Wir müssen allerdings wirklich aufpassen. Du – und vor allem Salana – dürft dort nicht gesehen werden.“

„Ich verstehe“, sagte Tami, „aber ich muss einfach wissen, wie es Tante Rella geht und ob jemand weiß, was mit Morah passiert ist und…“ Sie stockte, überwältigt von ihren Gefühlen.

„Ich weiß“, sagte Calian einfach. „Und ich werde für dich nachsehen, jetzt wo die Generalprobe im Dorf da unten so gut geklappt hat.“ Er nahm ihre Hand. „Ich kann verstehen, wie wichtig das für dich ist. Ich verspreche dir, ich tue alles, was ich kann, um herauszufinden, was du wissen musst. Aber versprich mir, dass du dann mit mir mitkommst nach Abaloria. Ich kann dich hier nicht schützen – abgesehen davon, dass Salana und ich dich dringend brauchen."

Tami sah ihn zweifelnd an. „Du willst wirklich, dass ich mitkomme?"

„Ja, natürlich", erwiderte Calian. „Ohne dich schafft Salana das nicht, glaube ich."

„Natürlich… Salana…", sagte Tami.

Calian fuhr fort: „Und sobald wir in Abaloria sind und ich mit Salana verbunden bin, kommen wir mit Verstärkung zurück und retten alle, die dir wichtig sind – besiegen Tiranos und bringen Frieden in beide Länder." Seine Stimme war fest und voller Vertrauen.

Tami wünschte sich, sie könnte auch so sicher sein. Aber sie nickte trotzdem und sagte zustimmend: „Das machen wir."

Sie beschlossen, so schnell wie möglich aufzubrechen, um keine Zeit mehr zu verlieren. Sie mussten jedoch versuchen, möglichst wenig aufzufallen, wenn sie auf dem Weg jemandem begegneten. Wie damals Tami zu Beginn ihrer Reise verwendeten sie etwas Schlamm und Erde, um Salanas Fell dunkler zu machen, und übten mit ihr das magische Verbergen ihres Horns. Es klappte – wenn auch die Dauer, die Salana das Horn verschwinden lassen konnte, deutlich kürzer war als zu Beginn ihrer Reise. Ihre Kräfte schwanden sichtlich nun schon viel schneller.

Unten bei dem kleinen Dorf, in dem Calian vorher Essen gekauft hatte, warteten Tami und Salana in einem kleinen Waldstück, während Calian nochmals ins Dorf ging und mit ein paar seiner Münzen etwas alte Kleidung von einem Bauern kaufte: einen unscheinbaren Kittel und ein Kopftuch für Tami, und ein altes Wams und einen Hut für ihn selbst. Ihre schönen Zwergenstiefel wollten sie nicht zurücklassen, tarnten aber auch diese mit Schlamm und Schmutz, bis die feine Machart kaum mehr erkennbar war. Sie blieben auf der Straße, weil dies einfach der schnellste und sicherste

Weg nach Naraan war. Aber wenn ein Gehöft neben dem Weg auftauchte, von denen es ein paar gab, verließen sie die Straße und machten einen großen Bogen durch Wiesen und Wald, um später wieder auf den Weg zu stoßen.

So kamen sie gut voran. Einmal begegnete ihnen ein Karren, der Heu geladen hatte. Calian grüßte den Fahrer freundlich, dieser grüßte zurück, würdigte sie aber dann keines weiteren Blickes mehr und fuhr weiter. Tami atmete erleichtert auf, ihre Tarnung schien zu funktionieren. Zu Mittag machten sie Rast neben einem Weiher, wo Salana grasen und trinken konnte. Tami und Calian konnten sich endlich ausgiebig waschen und sogar baden. Es war herrlich, aus den schmutzigen Sachen zu kommen und das angenehme Wasser auf der Haut zu spüren. Calian hielt während des Bades Wache, natürlich mit dem Rücken zu Tami. Wobei sie sich nicht ganz sicher war, ob er sich nicht doch einmal halb umgedreht hatte, während sie im Wasser war. Als er an der Reihe war, und Tami die Umgebung aufmerksam beobachtete, stahl sie jedenfalls schon einen kleinen Blick über die Schulter auf den Prinzen, der gerade aus dem Teich kam. Sein Körper sah wunderbar aus. Geschmeidig, kraftvoll und voller kleiner Wasserperlen. Als er in ihre Richtung sah, drehte sie den Kopf rasch wieder nach vorne und hoffte, er hatte nichts bemerkt.

Calian ging zurück zu einem Bauernhof, den sie kurz zuvor umgangen hatten, und kam mit köstlichem kaltem Braten, Brot und sogar etwas Milch zurück. Das war fast so gut wie ein warmes Essen. Natürlich hätten sie hier auch Feuer machen können, aber sie wollten möglichst schnell in Naraan sein. Als sie an dem Weiher saßen und ihre Bäuche gefüllt hatten, fuhr Calian plötzlich hoch und schien angestrengt zu lauschen. Tami, die wusste, wie fein sein Gehör war, sah ihn aufmerksam an und wartete. Plötzlich sprang er auf, raffte ihre Sachen zusammen und zog Tami und Salana hinter eine Baumgruppe mit dichtem Gebüsch, die neben dem Weiher stand. „Reiter“, sagte er, „mehrere. Ich weiß nicht, ob uns von ihnen Gefahr droht, aber wir sollten kein Risiko eingehen.“ Tami nickte, und nachdem sie Salana in die dichteste Stelle des Gebüsches geführt hatten, die man erreichen konnte, ohne sich zu zerkratzen, kauerte

Tami sich neben Calian auf den Boden. Er hatte eine Stelle gefunden, an der sie gut geschützt waren und gleichzeitig die Straße sehen konnten. Es dauerte nicht lange, da tauchten die Reiter hinter einer Hügelkuppe auf. Tami erschrak. Es waren tatsächlich graue Reiter, wenn auch nur drei. Sie schienen es aber nicht besonders eilig zu haben. Ihre Pferde gingen im Schritt und sie unterhielten sich in entspanntem Tonfall. Tami lauschte angestrengt, aber sie konnte kein Wort verstehen. Sie hoffte, dass Calian mit seinen elbischen Ohren etwas aufschnappen konnte, vielleicht würde ihnen das helfen, die Lage besser einschätzen zu können.

Die Krieger ritten ohne Zwischenfälle vorbei und entschwanden langsam aus ihrer Sicht. Calian verharrte noch eine ganze Weile regungslos. Tami wagte es nicht, sich zu bewegen, nur für den Fall, dass er noch lauschte. Als er sich schließlich auf die Knie erhob und aufsetzte, atmete Tami hörbar aus und sah sich nach Salana um. Dem Einhorn schien es gut zu gehen, und es hatte auch seine Kräfte nicht einsetzen müssen, um sein Horn zu verbergen – was in seinem schwachen Zustand gut war. Tami wandte sich Calian zu, der nachdenklich aussah. „Was hast du gehört?", fragte sie.

„Das war eine Patrouille. Tiranos lässt sie seit Wochen herumreiten und nach einem Einhorn Ausschau halten – aber das wussten wir ja schon. Sie haben sich darüber unterhalten, wie nervtötend es ist, immer noch nach einem Fabelwesen zu suchen, das es wahrscheinlich gar nicht gibt, und dass ihr Anführer Befehl von Tiranos erhalten hat, im ganzen Land die Patrouillen zu verstärken."

„Das ist nicht gut", sagte Tami missmutig.

„Nein", stimmte Calian zu, „aber uns bleibt die Hoffnung, dass es mehr solche demotivierte graue Reiter gibt, die nicht wirklich daran glauben, was sie hier tun und sich daher auch nicht besonders anstrengen. Das wäre ein großer Vorteil."

„Ich frage mich, wo Tiranos ist", sagte Tami.

„Eine gute Frage", antwortete Calian. „Mir wäre es aber deutlich lieber, wir würden das nicht herausfinden."

Ein Wiedersehen

Tamis Herz hüpfte, trotz all der Angst und Anstrengung ihrer Reise, als sie begann, die Gegend wiederzuerkennen. Calian ließ sie, nun da sie so nahe an Tamis Dorf waren, die Straße meiden. Sie schlugen sich ihren Weg über Wiesen, Felder und Wälder, die hier zum Glück durch ihren hohen und lichten Wuchs ganz gut passierbar waren. Schließlich kamen sie auf den bewaldeten Hügel über dem Dorf, und Tami konnte die ersten Häuser erkennen. Alles sah friedlich aus – so wie immer. Inzwischen war es Abend geworden. „Wir suchen uns einen Lagerplatz“, sagte Calian und sah sich um.

„Aber, Calian, wir sind endlich hier! Ich kann nicht länger warten, ich muss sehen, wie es Tante Rella geht, und ich muss zu Morahs Haus…“

Calian schüttelte entschlossen den Kopf. „Auf keinen Fall, das ist viel zu gefährlich, man kennt dich hier. Du warst wochenlang weg, und wenn du jetzt plötzlich wieder auftauchst, selbst wenn die Reiter nicht nach dir suchen würden, würde das viel zu viel Aufmerksamkeit erregen. Nein, wir verbringen hier die Nacht. Ich gehe morgen alleine ins Dorf und hole die Informationen ein, die wir brauchen. Mich kennt hier niemand, das ist viel sicherer.“

Tami wusste natürlich, dass er recht hatte. Aber alles in ihr sträubte sich gegen den Gedanken, so nahe zu sein und dennoch nichts tun zu können. „Lass mich bitte mitkommen! Ich kann mich ja gut tarnen und du übernimmst das Reden…“ Noch während sie es sagte, merkte sie selbst, dass das Risiko hoch war, und Calian niemals zustimmen würde. Sie senkte den Kopf.

Calian trat auf sie zu. „Ich weiß, dass das schwer für dich ist, Tami, aber du wirst sie wiedersehen. Ich verspreche es dir. Aber wir müssen zuerst Salana retten, sonst ist alles verloren.“ Tami nickte.

Calian zog sie in eine liebevolle Umarmung, und sie lehnte sich an ihn. Was für ein schönes Gefühl, so nah bei ihm zu sein – doch Tami durfte sich nicht ablenken lassen. Auch wenn sie zugestimmt hatte und wusste, dass Calian recht hatte – die Sorge um Rella und Morah nagte an ihr, und sie waren so nahe…

Der Abend kam und sie legten sich früh schlafen. Calian wollte gleich frühmorgens aufbrechen und ins Dorf gehen, wenn noch wenig auf den Straßen und dem Dorfplatz los war, er aber die Chance hatte jemanden zu treffen, den er vorsichtig über Neuigkeiten in der Gegend befragen konnte. Sie hatten auch kurz überlegt, ob er in das Gasthaus des Dorfes gehen sollte, da man dort sicher vieles erfuhr, aber sie hatten sich dagegen entschieden – zu riskant war es, dass dort auch graue Reiter ein und aus gingen. Wenn er auf den Straßen blieb, war Calian beweglicher und konnte spontan entscheiden, wem er sich zeigte und wann er sich lieber im Verborgenen hielt.

Tami war immer noch unruhig. Sie legte sich zu Salana und kuschelte sich an sie. Schon bald hörte sie Calians ruhige Atemzüge. Er war eingeschlafen. Salana schien Tamis Unruhe zu spüren. „Weißt du, Salana“, flüsterte Tami, „ich weiß, das Calian das großartig machen wird morgen. Aber es fühlt sich einfach falsch an, dass nicht ich gehe und mit eigenen Augen sehen kann, wie es Tante Rella geht.“ Salana sah sie mit ihren großen Augen an. Tami spürte, dass das Einhorn sie verstand. Ihr Gefühl, etwas tun zu müssen, wurde immer stärker. Dann reifte ihr Entschluss. „Salana, ich muss es selbst sehen. Ich muss einfach. Bitte verrate mich nicht.“ Damit stand sie leise auf und bewegte sich ein paar Schritte vom Lager weg – um zu testen, ob Calian aufwachte und was Salana machen würde. Aber Calian schlief ruhig weiter, und Salana sah sie aufmerksam an, machte aber kein Geräusch. Tami deutete das als Zustimmung, winkte dem Einhorn kurz zu und verschwand zwischen den nächtlichen Bäumen.

Die Nacht war zwar nicht klar, aber es war leicht windig und die Wolken zogen über den dunklen Himmel, so dass immer wieder der

Mond durchkam und Tami den Weg erhellte. Auch kannte sie die Gegend hier wie ihre Westentasche und kam gut voran. Sie schlich einen Bogen in ausreichendem Abstand um das Dorf, um sich seitlich Tante Rellas Haus zu nähern, das ja ein wenig abseits des Dorfes stand. Es war vielleicht zehn Uhr. In den meisten Häusern war es schon dunkel, aber in einigen brannte noch Licht.

Als sie sich an Tante Rellas Hof heranschlich, war sie überaus dankbar, dass Tante Rella Hunde nicht so gerne mochte und sich daher keinen Hofhund hielt. Einige im Dorf hatten ihr das immer wieder empfohlen, wo sie doch mit Tami allein abseits des Dorfes lebte. Aber wenn Rella eine Meinung zu etwas hatte, war es fast unmöglich, sie davon abzubringen. Die anderen Tiere des Hofes waren zu dieser Zeit im Stall, sie konnten Tami also auch nicht verraten. Ungehindert und sehr, sehr leise schlich Tami zum Küchenfenster, wo sie einen sanften Lichtschein aus dem Haus kommen sah. Zum Glück waren auch die blauen Vorhänge, die Tante Rella vor einigen Jahren aufgehängt hatte, und die Tami ihr geholfen hatte zu nähen, nur halb zugezogen. Tami duckte sich unter das Fenster und lauschte. Es war nichts zu hören. Langsam, ganz langsam schob sich Tami nach oben – so weit, dass sie in den Raum hineinsehen konnte. Zuerst konnte sie niemanden sehen, aber dann hörte sie von drinnen ein leises Klappern und sah, wie Tante Rella mit einer Tasse in der Hand zum Tisch ging und sich auf die Bank setzte. Da sie seitlich zum Fenster saß, konnte Tami ihr Gesicht zur Hälfte sehen.

Tami war unfassbar erleichtert, zu sehen, dass es Tante Rella gut zu gehen schien – zumindest war sie nicht verletzt oder krank, sie sah eigentlich aus wie immer. Sie nippte an ihrem Getränk – Tami nahm an, dass sie sich einen Tee zum Einschlafen gemacht hatte, wie sie das auch früher immer für Tami getan hatte. Tami musste schlucken und spürte eine Welle der Zuneigung für ihre Tante aufsteigen. Wie gerne wäre sie hineingegangen und hätte sie begrüßt, Tante Rella würde sie in den Arm nehmen und alles würde gut werden… Aber die Wirklichkeit sah anders aus. Tante Rella würde wütend sein, nicht verstehen, was Tami ihr erzählen musste, und vor allem würde das Tante Rella in Gefahr bringen. Nein, so egoistisch konnte Tami nicht sein. Sie straffte sich und wollte schon aufstehen und zurückschleichen, als sie sah, dass ihre Tante den Kopf auf die Hände stützte und sanft zu weinen begann. Sie streichelte geistesabwesend ihren Arm – und Tami sah, dass sie das Armband trug, das Tami ihr zum letzten Geburtstag selbst gemacht und geschenkt hatte. Damals war Tami sich nicht sicher gewesen, ob Tante Rella sich darüber wirklich gefreut hatte – sie hatte sich zwar bedankt, aber das Band dann weggelegt und Tami hatte nie gesehen, dass sie es trug. Nun strich sie sanft über das Band, und Tränen liefen über ihre Wangen. Tami zerriss es fast das Herz, das zu sehen. Es kostete sie alle Überwindung, die sie finden konnte, nicht zu ihrer Tante hineinzugehen.

Sie stand auf und ging zur Wiese zurück, ebenfalls mit Tränen in den Augen. Dann hielt sie inne und hatte eine Idee. Sie pflückte im Mondschein ein paar Blumen aus dem Garten neben dem Haus – jene, von denen sie wusste, dass Tante Rella sie besonders gernhatte, dazu einige Margeriten von der Wiese, die immer schon Tamis Lieblingsblumen gewesen waren. Dann band sie mit einem langen Blatt eine Schleife darum und legte die Blumen auf die Schwelle vor der Haustür. Vielleicht würde ihre Tante ja die Botschaft erkennen. Danach wandte sie sich endgültig vom Hof ihrer Tante ab und nahm den Weg in Richtung Morahs Haus. Zum Glück konnte sie das Dorf dabei umgehen, auch wenn das ein wenig länger dauerte. Aber auch wenn die Straßen verlassen schienen, es war noch nicht spät genug, um sicherzugehen, dass niemand unterwegs sein würde, und Tami würde keinesfalls ein Risiko eingehen. Bei dem Gedanken musste sie lächeln… Calian würde ihren ganzen abendlichen Ausflug als einziges riesengroßes und unnötiges Risiko sehen, und er hatte natürlich damit auch recht. Aber Tami musste das einfach tun und hoffte, dass er es nicht bemerkte, oder falls doch, es zumindest irgendwie verstehen würde.

Als sie sich Morahs Haus näherte, sah sie auch hier ein Licht aus den Fensteröffnungen scheinen, hinter denen Morahs Küche und Wohnraum lagen. Tamis Aufregung wuchs – konnte es sein, dass

Morah wieder da war? Hatten die Krieger sie wieder freigelassen? Oder – welch schreckliche Vorstellung – war jemand anders im Haus? Hier war sie noch vorsichtiger und beobachtete das Haus erst einige Minuten lang von einem Versteck hinter dem Schuppen aus, um sicherzugehen, dass niemand hier war oder sie sehen konnte. Schließlich fasste sie sich ein Herz und schlich sich vorsichtig an das erste Fenster heran, schob sich nur ganz wenig über die Kante und lugte hinein.

Fast hätte Tami einen Freudenschrei ausgestoßen, als sie sah, dass es tatsächlich Morah war, die an ihrem Herd stand und mit einem Büschel Kräuter hantierte. Sie lebte! Und sie war wieder da! Als sie sich umdrehte, um etwas aus dem Regal zu holen, konnte Tami allerdings sehen, dass sie nicht ganz so aussah wie vor wenigen Wochen, als Tami sie zuletzt gesehen hatte. Morah war merklich abgemagert, ihr Gesicht wirkte hager und besorgt. Tami atmete tief durch und versuchte eine Entscheidung zu treffen. Natürlich sollte sie sich einfach freuen, dass Morah lebte und zurück war und schleunigst den Rückweg zu Calian und Salana antreten. Andererseits… Morah könnte ihnen vielleicht helfen, und Tami brannte darauf, zu erfahren, was vorgefallen war.

Endlich fasste sie einen Entschluss, verließ ihre Position am Fenster und schlich um das Haus herum. Das Fenster zum Schlafraum war dunkel, aber Tami wusste, dass Morah die Tür zur Küche meist offen hielt. Sie hielt sich ein Stück vom Fenster entfernt hinter einem Baum versteckt, nahm ein paar kleine Steinchen und warf sie gegen das Fenster. Die Steine machten ein deutliches Geräusch, als sie auf die Scheibe prallten. Tami hielt die Luft an und zählte in Gedanken bis zehn. Nichts passierte. Das Fenster des Schlafraums war dem Wald zugewandt, daher war Tami zuversichtlich, dass niemand aus dem Dorf sie hören hätte können. Sie versuchte es noch einmal.

Diesmal hörte sie Schritte und das Fenster öffnete sich. „Wer ist da?“, flüsterte Morahs Stimme.

Jetzt war der Moment gekommen. Tami fasste sich ein Herz und trat aus dem Schatten hervor. „Ich bin es, Tami.“

„Um Gottes Willen, Tami! Ich kann es nicht glauben – schnell, komm herein! Am besten gleich hier, damit dich niemand sieht!" Morah öffnete das Fenster und gab Tami ein Zeichen, hereinzuklettern. Tami schwang sich schnell wie der Wind über das Sims und Morah schloss das Fenster hinter ihr. Dann schob sie Tami auf Armeslänge weg, wie um zu sehen, ob sie es auch wirklich war. „Oh, Tami", rief sie, und zog sie in eine feste Umarmung. „Wie froh bin ich, dass es dir gut geht!"

„Na, und wie froh bin ich erst, dass es dir gut geht, Morah – ich bin ja nicht von den grauen Reitern davongeschleppt worden! Was ist da passiert?"

Morah ließ sie los, sah sie an und nickte. „Das war eine schlimme Zeit. Sie haben mich mitgenommen, in den Kerker der Burg geworfen und tagelang verhört. Aber dann wurde ich doch wieder freigelassen. Ich bin zurückgekehrt und habe das Haus repariert."

„Aber was wollten sie von dir?", fragte Tami.

„Sie hatten erfahren, dass ich am Dorfplatz die Geschichte von den Einhörnern und Abaloria erzählt hatte. Sie wollten alles darüber wissen und herausfinden, was ich über Einhörner weiß. Es war schlimm, sie haben mich behandelt wie eine Verbrecherin. Natürlich habe ich ihnen außer den Legenden nichts erzählt", sagte Morah.

„Danke", sagte Tami, „das war sehr tapfer von dir."

„Tapfer? Das war das Einzige, was ich tun konnte – ich hätte dir so gerne geholfen. Aber jetzt komm, ich mach dir einen Tee – und dann erzählst du mir, was passiert ist. Wo ist Salana? Hast du sie zurückbringen können? Und wie geht es Ranur? Hast du ihn gefunden?"

Tami senkte den Kopf. „Es gibt viel zu erzählen, Morah, und das meiste davon ist nicht gut. Aber ich habe nur sehr wenig Zeit. Salana ist noch nicht gerettet, wir müssen zum Tor."

„Dann komme ich mit!", rief Morah aufgeregt.

„Nein, Morah, das würde zu viel Aufmerksamkeit auf dich und uns ziehen, wenn du hier verschwindest und mit uns kommst. Aber mach dir keine Sorgen, ich bin nicht allein, und wir schaffen das." Sie setzten sich im dunklen Zimmer auf Morahs Bett. Morah ließ es sich nicht nehmen, für Tami einen Tee zu holen, den sie dankbar in kleinen Schlucken trank. Und dann erzählte Tami in kurzen Worten, was sie in den letzten Wochen erlebt hatte. Sie ließ nichts aus, denn sie wusste, dass sie Morah vertrauen konnte. Das Einzige, was sie nicht erwähnte, war der Kuss mit Calian und wie ihre Gefühle in seiner Gegenwart begonnen hatten verrückt zu spielen – das war ja auch nicht wichtig, es ging nur um Salana und ihre Rückkehr nach Abaloria, sagte sich Tami.

Morahs Augen wurden während Tamis Erzählung immer größer. Als sie hörte, dass Ranur Tami wie geplant geholfen hatte, leuchteten ihre Augen. Als Tami ihr sagen musste, dass Ranur verschüttet worden war und nie mehr aus dem Berg zurückkehren konnte, liefen dicke Tränen über ihre alten Wangen. „Ranur, mein lieber Ranur", murmelte sie. „Jetzt werde ich dich niemals wiedersehen…"

Tami legte ihre Hand auf Morahs Arm. „Er war ein wunderbarer Mensch, so klug, mutig und hilfsbereit – ich habe in der kurzen Zeit so viel von ihm gelernt. Und er hat sein Leben für mich und Salana gegeben." Tami hatte ebenfalls wieder Tränen in den Augen.

Morah umarmte sie kurz und gab sich dann einen Ruck. Sie wischte ihre Tränen ab und sagte: „Aber jetzt ist nicht der Moment, Ranur zu betrauern. Erzähl weiter." Und Tami erzählte von ihrer Entdeckung der Zwerge, der Ankunft von Calian, dem Prinzen von Abaloria – hier wurden Morahs Augen noch größer, sofern das überhaupt noch möglich war – der Bibliothek und der Erkenntnis, dass sie zum Nordtor mussten. Dann von ihrem Aufbruch, ihrer Reise durch den Wald, Salanas Zauberkräften. Und wie sie den grauen Reitern an der Berol-Schlucht nur knapp entkommen waren, und ihrem Weg zu dritt durch die Sümpfe bis hierher.

Morah sah Tami mit einem ganz neuen Blick in ihren Augen an. „Ich wusste schon immer, dass viel in dir steckt, liebe Tami. Du bist etwas Besonderes, wie auch deine Mutter etwas Besonderes war. Aber was du bis hierher geschafft hast, ist einfach unglaublich. Ich bin so stolz auf dich."

Tami spürte, wie sie errötete. „Danke dir, Morah. Aber jetzt muss ich wieder zurück, wir werden alles tun, um morgen das Tor zu finden."

„Natürlich, ich verstehe", sagte Morah. „Warte nur noch einen Moment, vielleicht kann ich euch doch noch helfen." Sie ging hinüber zu der Truhe, in der sie ihre Habseligkeiten im Schlafraum aufbewahrte. „Hilf mir mal!" Sie signalisierte Tami, mit anzupacken, und gemeinsam schoben sie die Truhe ein Stück beiseite.

Unter der Truhe konnte Tami zuerst nichts Auffälliges erkennen, bis Morah eines der Dielenbretter anhob und darunter ein kleiner Hohlraum zum Vorschein kam. Morah nahm ein kleines, in Stoff eingewickeltes Päckchen heraus und reichte es Tami. Tami nahm es in die Hand und schlug das Tuch vorsichtig auseinander. Zum Vorschein kam ein silbernes Amulett, sehr schön und filigran gearbeitet, mit einem ovalen Stein in der Mitte, der selbst im schwachen Schein aus dem Nebenzimmer das Licht so widerspiegelte, dass er sanft zu leuchten schien. Der Stein war ganz glatt und von einer milchig weißen Farbe. „Deine Mutter hat mir das gegeben, als du noch klein warst, um es für sie aufzubewahren. Ich sollte es dir an deinem achtzehnten Geburtstag geben, nicht davor, hat sie mir eingeschärft. Ich weiß nicht, warum sie es nicht Rella gegeben hat, aber ich habe es immer gut aufbewahrt und geschützt. Ich konnte nicht herausfinden, was es damit auf sich hat. Aber der Stein ist etwas ganz Besonderes und auf jeden Fall kein Stein, den man hier in der Gegend findet."

Tami sah das Amulett bewundernd an. Es war wunderschön – und es war ein Geschenk ihrer Mutter! Mutter… wie sehr sie sie vermisste. Sie schloss die Hand um das Schmuckstück und drückte es an ihr Herz. „Danke", sagte sie mit belegter Stimme.

„Leg es an, aber verstecke es unter deinem Kleid", sagte Morah. „Vielleicht kann es dich schützen auf deinem Weg. Ich spüre jedenfalls, dass eine Art Magie darin steckt." Sie stand auf. „Aber jetzt solltest du gehen, Tami. Es gibt immer wieder graue Reiter hier im Dorf, es ist nicht sicher. Meine Gedanken und Wünsche werden morgen besonders bei dir und euch sein. Vielleicht gelingt es mir auch, die Aufmerksamkeit der grauen Reiter in der Gegend morgen auf das Dorf zu lenken, so dass ihr in den Wäldern ungestört seid."

„Danke, Morah, aber bitte bring dich nicht wieder in Gefahr. Du hast mir schon so geholfen."

„Liebe Tami, die Aufgabe, das wunderbare Einhorn zu retten, ist dir zugefallen. Aber das bedeutet nicht, dass mein Schicksal nicht auch damit verwoben ist. Wir schaffen das – alle zusammen." Sie zog Tami nochmals in eine liebevolle Umarmung.

Tami hielt sich ganz fest an Morah gedrückt, als würde sie einen kleinen Moment dieser Sicherheit mitnehmen wollen. „Egal was passiert, Morah, wenn wir es schaffen, komme ich zurück und bringe dich und Tante Rella in Sicherheit. Das verspreche ich."

Als Tami aufbrach, war ihr das Herz schwer. Der Abschied von Morah war ihr nicht leichtgefallen. Gleichzeitig war sie überglücklich, dass es sowohl Tante Rella als auch Morah gut ging. Das war mehr, als sie zu hoffen gewagt hatte. Nun galt es aber, sich darauf zu konzentrieren, sicher und ungesehen wieder zu Calian und Salana zurückzukommen. Leise und vorsichtig schlich sie von Morahs Haus zurück in den Wald, immer darauf bedacht keine Geräusche zu verursachen und sich hinter Sträucher oder Bäume zu ducken. Einmal meinte sie, einen Ast knacken gehört zu haben, aber sie beruhigte sich damit, dass es wahrscheinlich nur eines der Waldtiere war, das in der Nacht nach Futter suchte.

Unbehelligt erreichte sie den Rand des Dorfs und machte sich an den Aufstieg auf den Hügel und in das Wäldchen, wo sich ihr Lager befand. Jetzt galt es nur noch zu hoffen, dass Calian noch schlief und nicht bemerkt hatte, dass Tami sich davongeschlichen hatte. Sie wusste nicht, wie spät es sein mochte, aber nach dem Stand des Mondes zu urteilen, war es noch tiefste Nacht. Tami vermutete, dass sie höchstens drei Stunden weg gewesen war. Salana schnaubte leise, als Tami sich näherte. Tami wollte sich gerade wieder zu ihr legen, als Calian sich regte. Natürlich – sie hatte nicht mit den feinen Sinnen des Prinzen gerechnet. Sie versuchte, sich gleich hinzulegen, als wäre nichts geschehen, aber es war zu spät.

„Wo warst du?“, klang Calians verschlafene Stimme zu ihr herüber. „Ich… äh… musste mal…“, stotterte Tami. Salana schnaubte und schien den Kopf zu schütteln. Calian sah sie beide aufmerksam an. Er stand auf und kam zu ihnen herüber. Dicht vor Tami kniete er sich hin und sah ihr prüfend in die Augen. „Sag mir die Wahrheit, Tami, bitte“, sagte er. „Wir halten zusammen, aber dazu dürfen wir keine Geheimnisse voreinander haben. Salana denkt das auch, glaube ich“, fügte er mit einem Seitenblick auf das Einhorn hinzu. Tami senkte beschämt den Kopf.

„Entschuldige“, erwiderte sie. „Ich fürchtete nur, du würdest… wütend werden und es nicht verstehen.“ Sie schluckte.

„Warst du… im Dorf?“ Calians Frage klang gepresst.

„Ja“, antwortete Tami bedrückt. Sie hob den Kopf und sah ihn an. „Bitte, du musst verstehen – ich musste es tun. Ich musste es selbst sehen!“ Der Prinz sprang auf, sie sah den Zorn in seinen Augen. Er warf ihr einen wütenden Blick zu und wandte sich ab. Tami sah, dass er versuchte, die Fassung zu behalten, und trat auf ihn zu.

Als sie eine Hand auf seine Schulter legte und sagte: „Es tut mir leid, ich…“, fuhr er herum und starrte sie zornig an.

„Das verstehe ich ja, Tami. Aber weißt du, in welche Gefahr du dich damit gebracht hast – in welche Gefahr du uns gebracht hast? Und Salana!“

„Aber ich war so vorsichtig“, sagte Tami, „und es ist alles gut gegangen.“

„Das glaubst du, aber weißt du tatsächlich, ob dich nicht doch jemand gesehen hat, dich erkannt hat oder dir gefolgt ist? Das kannst du nicht wissen. Und das Schlimmste ist…“, er sah sie traurig an, „dass du mir nicht vertraut hast. Dass du mir nicht die Chance gegeben hast, gemeinsam nach einer Lösung zu suchen.“

Tami wusste nicht, was sie sagen sollte. Er hatte recht. Sie hatte wirklich unfair gehandelt, und das hatten weder Calian noch Salana verdient. Schwach murmelte sie noch einmal „Es tut mir ehrlich leid, Calian. So etwas wird nie wieder vorkommen, ich verspreche es. Ab jetzt machen wir alles zusammen.“

Calian schien nicht wirklich besänftigt, aber er fasste sich und begann, ihre Habseligkeiten zusammenzupacken. „Jedenfalls sollten wir hier nicht mehr bleiben. Wir brechen auf."

„Braucht Salana nicht Ruhe?", gab Tami zu bedenken.

„Ja", sagte Calian, „und du auch, nachdem du beschlossen hast, auf Schlaf zu verzichten. Aber ich will weg von hier, an einen möglichst sicheren Platz, der nicht in der Nähe deines Dorfes ist, bevor wir noch einmal Rast machen. Wenn die Karte stimmt und die Aufzeichnungen der Zwerge sowie aus Abaloria korrekt sind, müssten wir das Tor in wenigen Stunden erreichen können."

Tami fügte sich. Müde brachen sie ihr Lager ab und machten sich in der Dunkelheit auf die Weiterreise. Der Mond schien ziemlich hell, darum mieden sie die Straße, um nicht gesehen zu werden. Trotz der Tarnung war Salanas Fell im Mondschein gut zu erkennen und auf offener Straße weithin sichtbar. Tami, die sich in dieser Gegend gut auskannte, führte sie gut eine Stunde weiter, immer in der Nähe der Straße, aber doch weit genug weg, um in den Wäldern und Wiesen in Deckung gehen zu können. Schließlich nahte das Ende der Nacht, und Tami war so erschöpft, dass sie kaum einen Fuß mehr vor den anderen setzen konnte. Salana ging es wohl nicht viel besser. Nur Calians Kräfte schienen noch nicht geschwächt, unbeirrt lief er weiter, bis sie zum Rand eines großen Waldes kamen. „Ist das der Wald, in dem du Salana gefunden hast?", fragte Calian.

„Ja", sagte Tami, „ich habe nur die Straße umgangen, die daran vorbeiführt. Wir sollten von dieser Seite sicher zu der Lichtung kommen können."

„Gut", sagte Calian. „Führ uns bitte hin, dann machen wir noch eine kurze Rast, bevor wir das Tor suchen. Die Zeit drängt, aber wir wissen nicht, was uns dort erwartet, also sollten wir bei Kräften sein."

Tami führte die Gruppe in den Wald, was jetzt in der beginnenden Dämmerung noch einfach war – in tiefster Nacht hätte sie den Weg bestimmt nicht gefunden. Sie machten Rast an der kleinen Lichtung im Dickicht, wo sie damals Salana versteckt hatte. Trotz des anbrechenden Tages und des helleren Lichtes, das durch die Bäume zu strömen begann, ließ sich Tami zu Boden sinken, kaum dass sie die Lichtung und einen geeigneten Lagerplatz erreicht hatten. Sie war fast auf der Stelle eingeschlafen. Calian trat zu ihr, und sie merkte noch, fast schon im Schlaf, wie er sie zudeckte und ihr sanft über die Haare strich. „Meine kleine tapfere, eigensinnige, wunderbare Tami", flüsterte er und drückte ihr einen Kuss auf die Stirn. Aber Tami war sich nicht sicher, ob sie das nicht schon geträumt hatte.

Das Tor nach Abaloria

Als Tami aufwachte, stand die Sonne hoch am Himmel. Es musste etwa Mittag sein. Sie räkelte sich und spürte Salanas warmen Körper, an den sie sich scheinbar im Schlaf gekuschelt hatte. Das Einhorn bewegte sich nicht. Tami hörte seine ruhigen, tiefen Atemzüge. Vorsichtig, um Salana nicht zu wecken, rollte sie sich herum und setzte sich auf. Gedämpfte Sonnenstrahlen schienen durch die Blätter über ihnen, und in ihrem Versteck auf der kleinen Lichtung wirkte die Welt richtig friedlich. Nur von Calian war nichts zu sehen. Tami vermutete, dass er etwas zu essen suchte oder die Umgebung rund um das Lager erkundete. Sie machte sich auf zu dem kleinen Bach in der Nähe, um sich zu waschen und Wasser für sich und Salana zu holen. Sie wusch sich ausgiebig und reinigte auch ihre Haare mit Hilfe von etwas Seife und ihres Kammes. Es fühlte sich gut an. Tami lehnte sich kurz im Moos zurück und atmete tief durch.

Heute war es so weit. Sie würden das Tor finden, es öffnen und Salana zurückbringen. Und Tami würde – ja, was würde sie tun? Würde sie tatsächlich mit Calian und Salana nach Abaloria gehen, in diese fremde Welt? Und wenn sie das tat, würde sie überhaupt später zurückkehren können, zu Tante Rella und Morah? Tami seufzte und hatte ein ganz seltsames Gefühl in ihrem Bauch. Schließlich stand sie auf und schüttelte die Gedanken ab – jetzt mussten sie erst einmal das Tor finden! Sie ging zurück zu Salana und wollte das Einhorn gerade sanft wecken, als Calian plötzlich auf die Lichtung stürmte. Es war Tami unbegreiflich, wie der Prinz sich so schnell und gleichzeitig so leise durch den Wald bewegen konnte. Er schien erhitzt und atmete schwer.

„Tami“, sagte er, „wir müssen sofort los. Sie haben unsere Spur gefunden und verfolgen uns!“

Tami wurde blass. „Die grauen Reiter?“, fragte sie ungläubig.

„Ja", antwortete Calian. Es schien, als wollte er noch etwas hinzufügen, ließ es dann aber. Tami fühlte sich, als würde sich ein Ring aus Eis um ihr Herz legen.

„Es ist meine Schuld", flüsterte sie. „Das kann nur gestern im Dorf passiert sein, wie sonst hätten sie uns finden sollen…" Wie versteinert stand sie da, die Hände fest an den Körper gepresst, die Augen weit aufgerissen.

Calian war mit einem Schritt bei ihr. „Tami, das tut jetzt nichts zur Sache. Wir müssen uns beeilen. Ich habe sie am Waldrand gesehen und ich glaube nicht, dass sie genau wissen, wo wir stecken. Aber sie suchen uns hier in diesem Wald. Das bedeutet, wir dürfen keine Zeit verlieren und müssen das Tor finden. Weck Salana!" Tami nickte stumm und trat auf das Einhorn zu. Salana hatte die Aufregung aber scheinbar schon gespürt. Sie war bereits wach und stand auf – noch etwas wacklig. Tami hoffte, dass sie diesen nächsten und hoffentlich letzten Abschnitt ihrer Reise noch schaffen würde. Es war offensichtlich, dass sie beinahe am Ende ihrer Kräfte war.

Tami raffte ihre Habseligkeiten zusammen, versteckte das Amulett gut unter ihrer Kleidung und versicherte sich, dass der Stein Faramet gut erreichbar in der Innentasche ihres Wamses steckte. Ohne den Stein würden sie das Tor nicht öffnen können, sie musste gut auf ihn aufpassen. Sie trat auf Salana zu. „Salana, bitte hilf uns. Wir müssen das Portal finden – und du bist die Einzige von uns, die schon dort war. Ich weiß, es ist schwierig, aber kannst du dich erinnern oder die Magie des Tors irgendwie spüren, um uns hinzubringen? Es kann nicht weit weg sein, du warst ja schwer verletzt damals." Sie umarmte das Einhorn und hielt es ganz fest. „Bald bist du wieder zuhause, meine Liebe", flüsterte sie ihr ins Ohr. Dann ließ sie sie los und trat einen Schritt zurück. Calian, der inzwischen auch aufbruchsbereit war, nickte ihr zu und stellte sich ebenfalls hinter Salana. Das Einhorn sah sie, wie so oft, aus seinen klugen Augen an und begann dann, durch die Sträucher aus der kleinen Lichtung zurück in den hohen Wald zu gehen.

Scheinbar in Schlangenlinien wanderten sie durch den Wald, aber Tami erkannte, dass das nur dem Terrain geschuldet war. Immer wieder mussten sie dichteren Stauden oder Dickicht ausweichen, aber insgesamt bewegten sie sich durchwegs nach Norden. Ab und zu hörte man ein Krachen und einmal ein leises Wiehern, und Calian schaute sich nervös um. Er sagte nichts, aber Tami konnte spüren, dass er sehr besorgt war. Die Reiter kamen näher, und ihr Weg wurde zu einem Wettlauf mit der Zeit.

Schließlich öffnete sich der Wald und sie kamen an eine kreisrunde Lichtung, an deren Ende sich eine steile Felswand auftürmte. Tami kannte die Stelle nicht, hier war sie noch nie gewesen. Der Wald war aber auch ringsum sehr unwirtlich und dicht hier. Salana stand vor der Felswand und wieherte leise. Ihr Horn begann zu schimmern. Calian sprang aufgeregt neben sie. „Wir sind da! Das muss es sein!“ Er begann die Felswand abzusuchen, nach einem Eingang, einer Öffnung – eben nach irgendetwas, das darauf hindeutete, dass hier ein Tor war. Es gelang ihm nicht.

Tami trat neben ihn und half ihm bei der Suche. Es musste doch irgendwo hier sein! Salana konnte sich nicht irren, oder? Hilfesuchend sah Tami sich zu dem Einhorn um, das nun leicht wankte. Offensichtlich gingen seine Kräfte zur Neige. Tami trat auf Salana zu, führte sie an der Mähne zum Felsen und sagte: „Salana, bitte versuch es. Du musst es uns zeigen – so wie damals im Thronsaal der Zwerge, weißt du noch?“ Salana schien sich aufzuraffen und ihr Horn begann wieder sanft zu schimmern. Diesmal senkte sie den Kopf und berührte mit dem Horn die Felswand. Die Sonne war inzwischen tiefer gesunken und ihr goldener Schimmer leuchtete durch die Blätter auf die Lichtung. Zu diesem Schimmer kam plötzlich ein weiterer – aber nicht golden, sondern leuchtend blau. Wie eine Zündschnur, die man anzündet, lief das blaue Licht von der Spitze von Salanas Horn weiter über den Felsen – bis man deutlich die Umrisse eines sehr großen Tores erkennen konnte. Tami weitete die Augen und hörte, wie Calian aufkeuchte. Sie hatten es gefunden! Calian trat an den Felsen und legte seine Hände darauf. „Ja, jetzt spüre ich es auch“, flüsterte er.

„Die Magie – die Magie meines Landes!“ Er wirkte ergriffen. „Tami, es ist so weit. Wir brauchen den Stein Faramet.“

Tami nickte und schickte sich an, den Stein aus ihrer Tasche zu ziehen – als plötzlich die Welt um sie einzubrechen schien. Mit einem gewaltigen Krachen drangen Dutzende Pferde mit grauen Reitern durch den Wald und preschten auf die Lichtung, direkt auf Tami, Calian und Salana zu! Salana wieherte schrill und versuchte zurückzuweichen, was aber nicht ging, da sie ja die Felswand im Rücken hatte. Calian zog geistesgegenwärtig sein Schwert. Tami konnte nur fassungslos dastehen und darauf warten, dass die Reiter sie einfach überrannten. Dann, plötzlich, rief jemand ein scharfes Kommando, das Tami nicht verstand, und die Reiter zügelten ihre Pferde. Sie wichen zurück, nur ein klein wenig, und verteilten sich mit gezogenen Schwertern und Lanzen in einem Halbkreis um die drei Gefährten – so, dass es keinerlei Aussicht auf eine Flucht geben konnte.

Dann ritt ein groß gewachsener Mann mit langem schwarzem Haar und ebenmäßigen Gesichtszügen, rot gewandet, auf einem schwarzen Streitross auf die Lichtung. „Tiranos“, hauchte Tami. Calian wirkte eine Sekunde lang wie erstarrt, dann warf er sich mit einem Schrei in Richtung des Zauberers, als wollte er ihn eigenhändig vom Pferd zerren. Das Ganze passierte so schnell, dass die grauen Reiter kaum Zeit hatten, zu reagieren.

Tiranos aber hob fast gemächlich die Hand, und Calian stoppte mitten im Lauf, als wäre er gegen eine unsichtbare Wand gelaufen. „Du kannst nicht gegen mich antreten, Prinz von Abaloria. Generell nicht, aber hier, außerhalb deiner Heimat, schon gar nicht. Gebt auf, und gebt mir das Einhorn!“

Tami stellte sich schützend vor Salana. Ihre Gedanken rasten. Was sollten sie tun? Was konnte sie jetzt noch retten? Sie griff ihren Bogen fester, legte einen Pfeil an und reckte das Kinn nach vorne. Vielleicht, wenn Calian Tiranos ablenkte, konnte sie mit einem gut gezielten Schuss… Da legte Salana ihren Kopf auf Tamis Arm und sah sie an, als würde sie sanft den Kopf schütteln. Tami blickte sie erstaunt an und ließ die Hand mit dem Bogen sinken.

„Ich sage es nur noch einmal", donnerte Tiranos Stimme über die Lichtung. „Gebt mir das Einhorn!"

„Ha", lachte Calian spöttisch auf, „jetzt fehlt nur noch, dass du sagst, und euch wird nichts geschehen."

Tiranos lachte ein grausames Lachen. „Das wollte ich tatsächlich sagen, aber es gilt nicht für dich. Tut mir leid, aber der Prinz von Abaloria UND das königliche Einhorn in meiner Gewalt, besser kann es ja gar nicht werden. Aber du…", er deutete auf Tami, „kannst von mir aus gehen. Du hast keine Rolle in diesem Spiel. Geh nach Hause zu deinen Hühnern und Feldern", sagte er abschätzig und wandte sich wieder Calian zu.

Tami spürte, wie eine unbändige Wut in ihr wuchs. Wut auf diesen entsetzlichen Mann, der Menschen und auch die wunderbaren Einhörner, ohne mit der Wimper zu zucken auslöschte, nur aus purer Machtgier ganz Abaloria und jetzt auch noch Tamis Welt mit Krieg und Zerstörung überzog, und tatsächlich glaubte, er halte das Schicksal der Welt in seinen bösen Händen. Die Wut wuchs weiter und veränderte sich, wurde zu einer gewaltigen Kraft und Energie, die Tami von unten, ihren Füßen und der Erde darunter, erfüllte, und wie ein machtvoller Vulkan nach oben wuchs und brodelte, bis sie sie jede Faser ihres Wesens zu erfassen schien. Und in diesem Moment war Tami vollkommen klar, was zu tun war.

Sie trat auf Salana zu, legte beide Hände auf ihr Horn, schloss die Augen und konzentrierte sich. Salana stand ganz still da. Und die Energie in Tami wuchs und wuchs, begann langsam aus ihren Händen zu fließen, auf Salanas silbernes Horn, und dann durch das Horn hindurch in den Körper des Einhorns. Zuerst langsam, dann immer kräftiger, ließ Tami die Energie durch ihren Körper strömen – es war, als würde der Wald, der Boden, die ganze Natur ihre Kräfte durch Tami bündeln und dem magischen Einhorn zur Verfügung stellen. Und nun bemerkte auch Tiranos, was hier geschah. Er schrie auf und gab seinem Pferd die Sporen, um die letzten Meter zu Tami und Salana zu überbrücken und den Energiefluss aufzuhalten. Er kam aber nicht weit – die Himbeerranken und Efeustränge die den Boden der Lichtung teilweise bedeckten, schienen sich plötzlich aufzurichten. Tiranos' Pferd strauchelte, weil seine Beine sich darin verhedderten. Es ging zu Boden und begrub Tiranos unter sich.

Salana hatte inzwischen begonnen, zu leuchten – nicht nur das Horn, sondern ihr ganzer Körper war von einem strahlend hellen Licht umgeben, von einer Intensität, wie Tami sie noch nie zuvor gesehen hatte. Und plötzlich war Calian bei ihnen, nahm Tamis Hand und legte seine andere Hand auf Salanas Hals. Die Energie schien sich dadurch noch einmal zu verstärken, das Licht strahlte noch heller – es war immer noch ein sanftes Licht, aber von einer unglaublichen Intensität. Tami schloss geblendet die Augen, ließ Salana los und trat einen Schritt zurück. Sie fühlte sich plötzlich unglaublich erschöpft und müde. Gleichzeitig geschah etwas ganz und gar Wundervolles: Aus der Verbindung von Salana und Calian formte sich eine Sphäre, fast wie eine Kugel, aus diesem wundervollen, sanften goldenen Licht. Die beiden schienen zu verschmelzen, eins zu werden, in dieser kraftvollen Helligkeit.

Auch die grauen Reiter wichen geblendet zurück, ihre Pferde scheuten und versuchten wegzulaufen. In dem Chaos, das nun herrschte, bemerkte Tami nicht sofort, dass die leuchtende Sphäre um Salana und Calian sich auszubreiten begann – zuerst langsam, dann schneller. Bald hatte das Licht Tami erreicht und umhüllte sie. Im Inneren der Sphäre war das Licht nicht mehr so hell, sondern unglaublich wohltuend und angenehm. Ein Gefühl absoluten Friedens und Glücks breitete sich in Tami aus – ähnlich wie das Gefühl, das sie immer bei Salana hatte, nur um ein Vielfaches stärker.

Die grauen Reiter waren so mit ihren verrücktspielenden Pferden beschäftigt, dass sie zuerst nicht bemerkten, dass das Licht nun Tempo aufnahm und sich in ihre Richtung bewegte. Kopflos durch ihren fehlenden Anführer, der immer noch unter seinem Pferd lag und sich nicht regte, stiegen einige ab und ließen die Pferde davonlaufen. Als sie sich dann wieder den Gefährten zuwandten, mit den Waffen in der Hand, erreichte sie das Licht.

Was nun geschah, war unglaublich! Tami beobachtete es mit einer verzückten Verwunderung, immer noch inmitten des wunderbaren Lichts, das alles auf der Welt einfach nur schön und friedlich machte. Sobald die ersten Soldaten von der Sphäre berührt wurden, änderte sich ihr Gesichtsausdruck. Von grimmig und angriffslustig zu – ja, man könnte es am ehesten mit verblüfft beschreiben. Der Reiter ganz vorne drehte den Kopf und schaute seinen Arm mit dem erhobenen Schwert an, als wäre es ein Fremdkörper, den er noch nie zuvor gesehen hatte und von dem er keine Ahnung hatte, wozu er gut sein könnte. Dann ließ er das Schwert angewidert fallen und sah sich um, als würde er die Welt zum ersten Mal sehen. Mit der Freude eines kleinen Kindes blickte er auf die Bäume, den Himmel, und ein verzücktes Lächeln breitete sich auf seinem Gesicht aus. Und dieses Wunder wiederholte sich mit jedem Mann, den das Licht erfasste. Es war, als vergaßen die grauen Reiter im Moment der Berührung durch die Sphäre völlig, dass sie eigentlich kämpfen wollten. Mehr noch, als wäre ihnen völlig unverständlich, wozu die Waffen in ihren Händen, die sie alle fallen ließen, überhaupt taugten. Auch jene Pferde, die nicht weggelaufen waren, beruhigten sich sofort und begannen entspannt an Blättern zu knabbern. Zwei der Reiter umarmten sich und hatten Tränen der Freude in den Augen. Es war ein ganz und gar magischer Anblick.

Tiranos und sein Pferd waren von dem Licht ebenfalls erfasst worden, aber das Pferd stand immer noch nicht auf – wahrscheinlich war es verletzt, obwohl Tami sah, dass es noch atmete und seine Augen offen waren. Es war jetzt ganz ruhig. Tiranos bewegte sich nicht.

Nach einer Weile begann das Licht zu verblassen, nach und nach, bis es schließlich ganz verschwunden war. Tami merkte, dass das Gefühl des tiefen Friedens aber blieb. Auch bei den Reitern hatte das Nachlassen des Strahlens keinen Effekt. Sie blieben ruhig und friedlich, und begannen nach und nach in kleinen Gruppen die Lichtung zu verlassen, als hätten sie vergessen, warum sie überhaupt hierhergekommen waren. Der vorderste Reiter warf noch einen Seitenblick auf Tiranos, schüttelte dann den Kopf, als würde er einen ärgerlichen Gedanken verscheuchen, und trat dann einen Schritt auf Tami und die Gefährten zu. Er verbeugte sich und sagte: „Ich danke euch. Ich kann mich nicht mehr erinnern, warum wir hier sind, oder wie es dazu gekommen ist. Aber dank euch habe ich erkannt, dass wir hier völlig falsch am Platz sind. Wir gehören nach Hause zu unseren Familien, unseren Wäldern und Feldern. Habt Dank für dieses Wunder – ich habe mich noch nie in meinem Leben so wundervoll gefühlt. Lebt wohl.“ Er verbeugte sich nochmals, folgte seinen Kameraden und verschwand im Wald. Man konnte noch einzelne, leiser werdende Geräusche von frohem Lachen und Gesprächen hören, als sie abzogen. Dann wurde es still.

Tami wollte sich gerade Tiranos zuwenden, um zu sehen, ob er tatsächlich tot war, als Salana einen beunruhigenden Laut ausstieß. Tami drehte sich um und sah gerade noch, wie dem Einhorn die Beine wegknickten und es zusammenbrach. Calian war schon bei ihm – Tami in wenigen Schritten ebenfalls. Calian untersuchte Salana fachkundig und versuchte herauszufinden, was ihr fehlte. Dann wandte er sich mit einem Kopfschütteln an Tami. „Sie hat ihre ganze Energie und Magie, die ihr noch verblieben war, aufgebraucht. Es war unglaublich, was sie vollbracht hat, so etwas habe ich noch nie gesehen, nicht einmal in Abaloria.“

„Was ihr beide vollbracht habt“, korrigierte ihn Tami. „Es war so wundervoll – ihr wart wie eine Einheit voller Frieden, Kraft und Freude. Calian, es hat geklappt! Deine Verbindung mit Salana!“

Calian lächelte und wurde dann wieder ernst. „Nur durch dich, Tami. Ich weiß nicht, wie du das gemacht hast, Salana so viel Energie zu geben, aber nur dadurch war das möglich. Ich…“ Er hielt inne und sah auf seine Hand, die immer noch auf Salanas Fell lag. „Tami, wir müssen uns beeilen und das Tor öffnen. Salana wird schwächer, und ich glaube, diesmal kann ihr nur helfen, wenn sie nach Abaloria zurückkehrt. Ich kann ihren Lebensfunken kaum noch spüren.“

Tami sprang auf und ergriff den Stein Faramet in ihrer Tasche. Die blauen Linien, die die Umrisse des Tors erahnen ließen, waren kaum noch zu sehen. Aber als Tami den Stein an einer Stelle daranhielt, leuchteten sie in einem hellen Blau deutlich auf. Tami begann, die Linie mit dem Stein nachzuziehen, ohne zu wissen, ob das der richtige Weg war, das Tor zu öffnen. Es schien aber eine gute Idee zu sein, denn an den Stellen, die sie schon nachgezogen hatte, wechselte das blaue Licht die Farbe und wurde warm und golden. Calian blieb bei Salana und beobachtete aufmerksam, wie sich die Linien weiter verfärbten. Die ganze Lichtung schien den Atem anzuhalten, auch die Tiere und Vögel, die sonst im Wald zu hören waren, verstummten.

Als Tami den Halbkreis des Tores fast geschlossen hatte, und Calian erwartungsvoll aufgestanden war, erschütterte plötzlich ein donnernder Schlag die Lichtung. Tami erschrak. Der Stein Faramet glitt ihr aus der Hand und fiel zu Boden. Zitternd wandte sie sich um, und sah – Tiranos. Er lag nicht mehr unter dem Pferd, sondern stand da, mit blitzenden Augen. Sein Umhang bauschte sich durch einen Wind, der plötzlich aufgekommen war. „Ihr glaubt doch wohl nicht, dass eure billigen Tricks bei mir funktionieren! Bei mir, Tiranos!" Er warf den Kopf zurück und lachte höhnisch. Tami warf einen verzweifelten Blick zu Calian. Warum hatte Salanas Zauber bei Tiranos nicht gewirkt? Und was sollten sie jetzt tun? Calian sah Tami nicht an, sein Blick war unverwandt auf Tiranos gerichtet. Er trat vor. „So endet es, wie es enden muss, Tiranos. Du und ich, wir beide, in einem ehrlichen Kampf gegeneinander!" Er zog sein Schwert.

Likandur leuchtete diesmal nicht, wie damals im Zwergenreich, sondern sah aus wie ein kunstvolles, aber doch ganz normales Schwert. Tiranos lächelte überheblich. „Du glaubst, du kannst dich mit mir messen, kleiner Prinz?" Er sah gelangweilt drein. „Das könnte mir sogar Spaß machen, aber ich habe nicht viel Zeit, und möchte nun endlich durch das Tor gehen, das deine kleine Freundin netterweise schon fast für mich geöffnet hat." Er trat einen Schritt auf Tami zu, als Calian schon mit voller Wucht gegen ihn prallte – zumindest versuchte er es. Tiranos hob die Hand, und der Prinz konnte ihn nicht ganz erreichen, wie durch ein unsichtbares Hindernis. Dann aber berührte Calian mit der Spitze von Likandur die Stelle, an der die unsichtbare Wand stand, und das Schwert schnitt hindurch und löste die Barriere auf. Tiranos' Aufmerksamkeit war nun doch geweckt. „Ah, ein kleines Zauberschwert, na dann wird es ja vielleicht doch noch interessant." Er drehte sich nun ganz zu Calian um und zog selbst sein Schwert aus der Scheide. „So sei es denn. Dann kämpfe mit mir, wenn du unbedingt dein Leben lassen möchtest!"

Ein erbitterter Zweikampf begann. Tiranos war stark, aber Calian war wendig und schnell. Man konnte sehen, dass er als Prinz von Abaloria sein Leben lang trainiert hatte und wusste, wie man einen Schwertkampf führte. Die Waffen klirrten, und die beiden umkreisten einander immer wieder. Dann, als die Kämpfenden gerade nahe an dem Platz waren, an dem Tami stand, trat Tiranos rasch zwei Schritte zurück, und hob die freie Hand. Tami schrie auf – sie befürchtete, er würde einen Zauber wirken, gegen den sich Calian nicht schützen würde können! Ohne nachzudenken, warf sie sich nach vorne, direkt vor Calian – genau in dem Moment, als ein roter Blitz aus Tiranos' Fingerspitzen schoss. Der Blitz traf Tami genau in die Brust. Calian schrie erschrocken auf – nein, das durfte nicht sein!

Doch der Blitz drang nicht in Tamis Brust ein, sondern schien dort aufgehalten zu werden. Tamis Amulett war aus ihrem Ausschnitt gerutscht und lag nun auf ihrer Brust, als der rote Strahl es traf. Doch wie von einem Spiegel wurde er zurückgeworfen, als er auf den weißen Stein prallte. Er war auch plötzlich nicht mehr rot, sondern weiß – und traf nun Tiranos selbst! Der Zauberer ächzte, fasste sich dann aber wieder und versuchte noch einmal, seinen Zauber auf Calian und Tami abzufeuern. Aber aus seinen Fingerspitzen kam – nichts. Der Magier keuchte erschrocken auf – und Calian sah seine Chance. Er fasste das Schwert Likandur mit beiden Händen, schloss kurz die Augen – und Likandur begann zu strahlen, fast ebenso hell wie Salana zuvor. Und mit einer raschen Bewegung trieb der Prinz entschlossen das Schwert mitten in Tiranos' Brust.

Dann geschah – zuerst einmal nichts. Tiranos stand da, das Schwert in seiner Brust, mit weit offenen Augen und offenem Mund. Er ging nicht zu Boden, und es kam auch kein Blut. Tami hielt den Atem an. Dann, ganz langsam, bewegte er den Arm und zog das Schwert mit einem Ruck aus seiner eigenen Brust. Tami erschrak. War Tiranos zu mächtig, sogar für das magische Schwert der Zwerge?

Likandur fiel zu Boden und das Licht erlöschte. Aber da, wo es in Tiranos' Brust gesteckt hatte, breitete sich nun ein Leuchten aus – von innen, als würde es den Körper des Zauberers durchdringen wollen. Anders als bei den Soldaten war es aber keine sanfte Umarmung des Lichts, sondern es erschienen leuchtende Risse in Tiranos' Körper. Keine wirklichen Wunden, aber ein Netz aus Lichtstrahlen, die Teile von ihm durchzogen, ihn aber nicht ganz umhüllen konnten. Das Netz breitete sich immer noch aus, bis hinauf zu seinem Gesicht. Da erwachte der Zauberer aus seiner Erstarrung, stieß einen gellenden Schrei aus – und fiel reglos zu Boden, immer noch leuchtend. Das Licht in seinem Körper nahm allerdings schnell ab und verlöschte schließlich. Alles war still.

Calian trat zu dem unbeweglich auf dem Boden liegenden Tiranos und legte seine Hand auf seine Brust. Dann blickte er auf. „Ich glaube, er ist zu böse, als dass Likandur das Böse vollständig aus ihm entfernen könnte. Und er ist auch nicht tot. Aber ich spüre, dass er sehr stark geschwächt ist und kaum mehr Magie in ihm steckt. Ich glaube nicht, dass er noch eine Gefahr für uns ist. Aber um sicherzugehen…" Er zog einen Dolch aus seinem Stiefel und hob ihn.

Tami hielt seinen Arm fest und sah ihm tief in die Augen. „Nein, Calian", sagte sie. „Du bist ein Prinz des Friedens. Tu das nicht. Deine Seele würde sich davon nicht wieder erholen."

Calian sah sie lange an, nickte dann und ließ den Arm sinken. „Du hast recht. Wir überlassen ihn seinem Schicksal. Er wird uns nicht mehr gefährlich werden."

Tami nahm seine Hand und sie gingen zurück zu Salana. Das Einhorn atmete nur noch flach und ruckartig. Ein eisiges Gefühl erfasste Tami. Was, wenn sie trotz allem zu spät waren? Sie lief zur Felswand hinüber, hob den Stein Faramet von der Stelle auf, an der er ihr aus der Hand gefallen war, und zog rasch den Halbkreis des Tores fertig nach. Kaum war er geschlossen, erstrahlte nicht nur die Linie des Torbogens in dem sanften goldenen Licht, sondern auch innerhalb des Bogens begann der Stein zu schimmern, dann zu leuchten, und schließlich standen sie vor einem Tor aus reinem goldenem Licht. Ähnlich wie das, durch das Tami im Zwergenreich gegangen war, aber ungleich stärker und beeindruckender. Calian rief freudig aus, und Salana hob schwach den Kopf. Calian und Tami traten beide zu Salana. Ohne sich abzusprechen, wussten sie, was zu tun war. Sie legten ihre Hände auf den Hals des Einhorns, schlossen die Augen und übertrugen einen Teil ihrer eigenen Kraft auf Salana. Tami staunte, wie einfach das ging, als hätte sie es schon tausende Male gemacht. Sie spürte aber auch, dass sie die Kraft aus der Erde, die sie vorhin durchströmt hatte, nun nicht nutzen konnte, und die Kräftigung von Salana sie selber stark schwächte.

Dennoch, sie schafften es. Salana konnte aufstehen! Tami schwankte und griff sich an die Brust. Als sie das Amulett unter ihren Fingern spürte, kam ihre Kraft wieder ein wenig zurück, und sie fühlte sich stärker. Calian sah sie verblüfft an. „Deine Kette… sie leuchtet“, sagte er. „Was…“

Tami unterbrach ihn. „Ich werde es dir erzählen. Aber lass uns jetzt Salana nach Hause bringen.“ Calian nickte. Sie standen nun zu dritt vor dem leuchtenden Tor, das sie von Beleriem nach Abaloria bringen würde. Salana in der Mitte, links Tami und rechts Calian. Beide hatten ihre Hand auf Salanas Mähne gelegt, und dort fanden sich nun auch ihre Hände.

„Bist du bereit?“, fragte Calian Tami. Tami atmete tief ein. Jede Frage, jeder Zweifel, ob sie es wirklich wagen sollte, mit nach Abaloria zu gehen, war verschwunden. Sie würde Salana und Calian nicht allein gehen lassen, und sie wusste mit absoluter Gewissheit, dass dieser Schritt richtig war. Sie lächelte Calian an und nickte. Und alle drei traten durch das leuchtende Tor.

Die Welt der Magie

Tami, Calian und Salana standen auf einer Wiese. Hinter ihnen lag der Wald, aus dem sie gerade gekommen waren. Das Tor war auf Abalorias Seite ebenfalls in einer Felswand gelegen, bei dem Abhang, den Salana damals hinuntergesprungen war, um den Verfolgern zu entkommen. Calian hatte es nach ihrer Ankunft sorgfältig wieder mit dem Stein Faramet verschlossen. Der Wald sah auf den ersten Blick gar nicht viel anders aus als der Wald bei Tami zuhause. Die Farben schienen ihr ein wenig intensiver zu sein, aber das konnte auch daran liegen, dass Tamis Sinne überreizt waren, nach allem, was geschehen war. Salana schien mit jedem Schritt ein wenig kräftiger zu werden. Nach einer Weile waren sie an einen sprudelnden Bach gekommen, wo Salana in großen Zügen trank. Auch Tami und Calian stillten ihren Durst und wuschen sich etwas. Sie hatten noch kaum miteinander gesprochen, seit sie durch das Tor gegangen waren. Auch schien Calian es eilig zu haben, als wären sie erst wirklich angekommen, wenn der Wald hinter ihnen lag.

Und nun, da sie auf dieser Wiese standen, verstand Tami auch, warum. Es war der schönste Anblick, den sie je gesehen hatte. Die Landschaft war sanft gewellt, mit weitläufigen Hügeln unterschiedlicher Größe und Höhe. Dadurch entstand ein unglaubliches Gefühl von Weitblick und Freiheit, das Tami ergriff. Die Hügel waren von Wiesen und Wäldern bewachsen, dazwischen gab es Felder. Tami konnte auch einige Seen und Teiche in der aufgehenden Sonne glitzern sehen. Kurz wunderte sie sich, dass hier offensichtlich der Tag erst vor kurzem angebrochen war – die Sonne stand auch hier tief, aber es waren Tautropfen an den Gräsern und das Licht war eindeutig nicht das Licht des Abends, das vor dem Tor in Tamis Welt geherrscht hatte, sondern der Glanz des frühen Morgens. Die Zeit schien hier anderen Gesetzen zu gehorchen.

Dann aber wurde ihre Aufmerksamkeit wieder von der wundervollen Umgebung in Bann gezogen. Die Wiese, auf der sie standen, war von einem üppigen Grün, durchzogen von Blumen in allen Farben – auch Farben, die Tami noch nie gesehen hatte, als wären sie für Abaloria eigens erfunden worden.

Es gab Blumen in allen Größen und Formen. Als Tami eine besonders riesige Blume, die neben ihr wuchs, genauer anschaute, um die schöne Blüte zu bewundern, die von einem sanften Aquamarin war und wie eine Mischung aus einer Lilie und einer Rose wirkte, sah sie zu ihrem Erstaunen im Trichter der Blüte ein Wesen sitzen, das ganz und gar unglaublich und wunderbar aussah. Es hatte eine menschenähnliche Gestalt, trug ein Gewand, das ebenfalls wie ein Blütenblatt aussah, und hatte kleine, durchsichtige Flügel am Rücken. Es lag am Boden der Blüte und schien zu schlafen. Es sah ungemein friedlich dabei aus und wunderschön. Tami ging vorsichtig in die Hocke, um das Wesen nicht zu stören, es aber dennoch näher betrachten zu können. Calian lächelte, als er sie dabei beobachtete und blieb still neben ihr stehen. Als Tami sich wieder aufrichtete, trat er auf sie zu und nahm ihre Hand. „Willkommen, Tami, in Abaloria. Ich kann dir niemals genug danken. Ohne dich wären wir nicht hier, und Salana…“ Er hielt inne. Tami sah hinüber zu Salana, die ruhig neben ihnen stand, den Blick in die Ferne gerichtet, den Kopf mit dem nun wieder strahlenden silbernen Horn stolz erhoben. Ihre Mähne wehte in der sanften Brise. Nie war sie Tami schöner erschienen als in diesem Moment.

„Es geht ihr wieder gut“, stellte Tami fest.

„Ja“, antwortete Calian. „Hier ist ihr Zuhause, das Land und die Einhörner sind in ihrer Magie verbunden und brauchen einander.“

„Sie ist so wunderschön“, murmelte Tami. „Und es ist so wunderschön hier.“

Calian lächelte. „Ich kann es kaum erwarten, dir alles zu zeigen.“

Tami sah wieder zur aquamarinfarbenen Blüte, in der das geflügelte Wesen schlief. „Ist das – eine Fee?“

Calian schüttelte den Kopf. „Das ist ein kleiner Waldgeist. Sie schlafen am liebsten in den Blüten der Wiesen am Waldrand. Sie sind scheu, aber liebenswürdig."

„Und sehr hübsch", befand Tami, woraufhin Calian lächelte. „Gibt es noch mehr so besondere Wesen hier in Abaloria?", fragte sie.

„Es gibt vieles hier, das es in deiner Welt nicht gibt", antwortete Calian. „Aber das außergewöhnlichste Wesen, das ich jemals getroffen habe, kommt aus deiner Welt", fügte er hinzu. Tami sah in fragend an.

Calian zog sie noch ein Stück näher zu sich und sah ihr tief in die Augen. „Ich meine natürlich dich", flüsterte er ihr ins Ohr.

„Oh", Tami errötete. „Ähm, danke…", stotterte sie. Ihn so nah bei sich zu haben, schien ihre Gedanken irgendwie ein wenig zu benebeln – auf eine ganz wundervolle Art.

„Tami, ich…" Bevor er seinen Satz zu Ende bringen konnte, bekam Tami von hinten einen Stups – nicht wirklich unsanft, aber doch so, dass sie einen Schritt seitwärts machen musste, um ihre Balance nicht zu verlieren. Calian fing sie lachend auf, und beide drehten sich zu Salana um, die Tami nun nochmals anstupste – fast so, als wäre sie ungeduldig. Sie schüttelte die Mähne und schnaubte leise. Calian trat zu ihr und streichelte ihr den Hals. Dann wurde sein Gesichtsausdruck still, als würde er nach etwas lauschen, und wandte sich dann wieder an Tami, mit einem erstaunten Gesichtsausdruck. „Salana will zum Schloss, um ihre Familie zu sehen. Sie hat natürlich recht, wir sollten uns auf den Weg machen. Wir müssen zu meinen Eltern, Salana zu den Einhörnern bringen, und berichten, was wir wissen und erlebt haben. Und…", er zögerte kurz. „Sie möchte, dass wir auf ihr reiten."

Tami riss erstaunt die Augen auf. „Ich dachte, du hast gesagt, auf Einhörnern kann man nicht reiten? Ich meine, auch wenn sie hier sind und ihre volle Kraft haben?"

„Ja", sagte Calian, „eigentlich ist das auch so. Einhörner sind keine Lasttiere und tragen niemals Reiter. Aber Salana ist sehr ausdrücklich mit ihrem Wunsch." Wie zur Bestätigung schnaubte das Einhorn nochmals und stupste Tami an. Ungläubig legte Tami ihre

Hand auf Salanas Hals. Fast sofort schickte Salana ihr ein Bild, in dem Tami und Calian auf den Rücken des Einhorns stiegen.

Unsicher und aufgeregt sah Tami Calian an. Der Prinz nickte ihr aufmunternd zu. „Wenn es Salanas ausdrücklicher Wunsch ist, sollten wir ihm folgen“, sagte er. Tami nickte. Calian trat mit ihr neben Salana und mit sanftem Schwung hob er Tami hoch auf Salanas Rücken. Dann schwang er sich selbst hinauf und kam hinter Tami zu sitzen. Er legte seine Arme um Tami, so dass Tami nicht nur von dem unglaublichen Gefühl, auf dem Rücken eines magischen Einhorns zu sitzen, sondern auch von Calians Nähe an ihrem Körper fast schwindelig wurde. Salana drehte den Kopf, wie um zu sehen, ob sie bereit waren. Calian nickte und sagte: „Wir sind bereit, Salana“, und zu Tami: „Halt dich an der Mähne fest. Einhörner sind schnell.“

Tami wand ihre Finger in die dichte und weiche Mähne, gerade als Salana sanft antrabte und begann den Hügel hinabzulaufen. Schon nach wenigen Schritten fiel sie in einen rascheren Schritt, bis sie in schnellen und gleichzeitig sanften Bewegungen über die Wiese galoppierten. Und dieser Ritt war mit nichts zu vergleichen, was Tami jemals erlebt hatte. Die wunderbare Welt Abalorias zog neben ihnen vorüber, zu schnell, um Details erkennen zu können, aber wunderschön, bunt und hell. Das silberne Horn leuchtete und glänzte in der Sonne.

Während Salana über eine besonders prächtige Wiese lief, veränderte sich ihr Fell und leuchtete in allen Farben des Regenbogens. Tami und Calian wurden von einem Gefühl so unbändiger Freude, so unbegrenzten Glücks erfüllt, dass Tami nicht anders konnte, und einen lauten Freudenschrei in die Welt rief. Calian lachte glücklich und stimmte mit ein. Das Leben war so wunderschön – Salana war gesund, sie hatten es geschafft, Tiranos besiegt, sie waren im wunderbarsten Land der Welt, und Calian war an ihrer Seite – Tami hatte sich noch niemals so lebendig und glücklich gefühlt. Und auch wenn noch so viele Fragen offen waren und noch vieles vor ihnen lag – dafür war auch morgen noch Zeit.

Epilog

Im Schloss herrschte geschäftiges Treiben. Tami war kaum zur Ruhe gekommen, seit sie vor ein paar Tagen angekommen waren. Noch immer konnte sie nicht fassen, wie unglaublich schön hier alles war. Das Schloss des Lichtes, das auf einem Plateau stand und die gesamte Umgebung überblickte, hatte mit den Burgen von Tamis Welt kaum etwas gemeinsam. Die Wände waren hell und freundlich. Eine der Wände im Thronsaal bestand sogar ganz aus Glas, das in den Farben des Regenbogens leuchtete.

Durch eine Tür in dieser Wand aus Glas kam man direkt auf die Wiese der königlichen Einhörner, wo Salana voller Freude mit ihren Artgenossen herumsprang. Der schönste Moment war gewesen, als Salana ihre Familie und Surina wiedersah. Das königliche Einhorn, verbunden mit König Asturian, hatte sich zwar von seinen Verletzungen nicht mehr ganz erholt und konnte keine Magie mehr wirken. Aber zumindest lebte es, und Salana und Surina waren unzertrennlich, als müssten sie die Zeit, in der sie voneinander entfernt waren, nachholen. Salanas Bruder allerdings war und blieb verschwunden, er war zusammen mit anderen Einhörnern bei dem Überfall auf die Zauberwesen damals entführt worden. Niemand wusste, wohin Tiranos ihn gebracht hatte. König Asturian, Calians Vater, hatte berichtet, dass Surina sicher war, dass er noch lebte. Bisherige Suchen waren allerdings vergeblich verlaufen. Calian war fest entschlossen, ihn zu finden – aber das war nur eines der vielen Vorhaben, die auf den Prinzen warteten.

Mit Hochdruck wurde auch daran gearbeitet, das Tor ins Zwergenreich zu reparieren, damit die Zwerge aus Tamis Welt mit dem Teil ihres Volkes, das in Abaloria lebte, vereint werden konnten. König Asturian wollte natürlich das Wort halten, das Calian den

Zwergen gegeben hatte, und ihnen hier in Abaloria einen Platz zum Leben anbieten. Tami hoffte, dass es den Zwergen gut ging und sie ihre Freunde, allen voran Karea und Rurin, wiedersehen würde. Und dann war natürlich noch die Frage, was aus Tiranos geworden war, ob er tatsächlich besiegt und machtlos war, wie sie gehofft hatten. Auch das würde die Zukunft zeigen.

Als Erstes jedoch wollte Tami zurückkehren und sichergehen, dass es Tante Rella und Morah gut ging, und auch den anderen Menschen in Tamis Dorf – und ob der Sieg über Tiranos auch in Tamis Welt Dinge zum Besseren gewandt hatte, oder ob die Menschen immer noch damit beschäftigt waren, sich wegen Macht und Geld gegenseitig zu verletzen und zu bekämpfen. Aber all das musste warten – das Wichtigste war jetzt einmal Calians Krönung, durch die das Band zwischen ihm und Salana gefestigt wurde und sie beide zu ihrer vollen Macht über die Magie von Abaloria bringen würde.

Tami war auf einen der Türme des Schlosses gestiegen, auf denjenigen, der der Wiese der Einhörner am nächsten lag. Sie liebte es, die Stille hier oben zu genießen und die Einhörner zu beobachten, die zusammen noch unglaublicher und wundervoller waren, als sie sich je hätte vorstellen können. Tami dachte darüber nach, wie glücklich die Königsleute, König Asturian und Königin Nianna, gewesen waren, als sie Calian wiedergesehen und von seiner Geschichte gehört hatten. Und wie freudig und offen sie Tami begrüßt und in ihrer Mitte aufgenommen hatten, wie dankbar sie ihr waren für ihre Hilfe. Tami freute sich besonders für Calian und Salana, die nun ihre Bestimmung bald erfüllen würden. Gleichzeitig nagte aber eine Frage an ihr. Was war ihre Bestimmung? Was würde ihr Weg sein? Salana würde immer ihr Freund sein, da war Tami sicher. Nichts konnte dieses Band zerstören, dass sie mit dem Einhorn verband. Aber… würde in Calians Leben, wenn er erst einmal König war, noch Platz für Tami sein? Und wenn ja, welche Stelle konnte sie darin einnehmen?

Die Zukunft würde es zeigen. Tami vertrieb die nachdenklichen Gedanken mit einem Kopfschütteln, stieg die Treppe hinunter, ging durch das kleine Tor am Fuße des Turmes und lief quer über die Wiese auf Salana zu, die strahlend leuchtend auf der Wiese stand und ihr freudig entgegensah.

ENDE

Danksagung

Mein Dank gilt ganz besonders meinem Sohn Nicolas Jung, mit dem ich unzählige Ideen für diese Geschichte und für Tami's Welt darüber hinaus entwickeln durfte. Deine Fantasie und Begeisterung haben „Salana“ von Anfang an mit Leben erfüllt, und mich stets erinnert, dass die Spannung niemals zu kurz kommen darf :)

Ein herzliches Dankeschön an meinen Mann Christoph Jung, der mich auf dieser Reise unterstützt und ermutigt hat – in großen wie in kleinen Momenten.

Danke an meine Mama, an meine liebe Freundin und kreative Sparringpartnerin Martina, sowie an meine wunderbaren Testleser und Testleserinnen Cordula, Emmi und Susi – eure Rückmeldungen waren für mich von unschätzbarem Wert. Und ein ganz großes Danke an Christina Starzer und ihre Tochter Alba für die finalen und wichtigen Touches am Cover, die Tami und Salana auch visuell zum Leben erweckt haben.

Ein besonderer Dank geht an Kurt Bamacher vom Bamacher Verlag, der an dieses Buch geglaubt und die letzten Schritte auf dem Weg zur Veröffentlichung mit viel Engagement begleitet hat.

Und schließlich danke ich meinem Papa, der leider nicht mehr miterleben konnte, wie Salana in die Welt hinauszieht. Wir haben Seite an Seite unzählige Fantasyromane gelesen und diskutiert, und einige Ideen und Figuren dieses Buches sind in unseren Gesprächen entstanden. Danke, dass du mein Leben mit Geschichten und Fantasie bereichert hast.

Zur Autorin

Christina Jung ist Mutter eines zwölfjährigen Sohnes, Psychologin und liebt fantasievolle Geschichten. Schon als Kind tauchte sie begeistert in die Welten von Jugend- und Fantasyromanen ein. Später widmete sie sich fast zwei Jahrzehnte lang als Kommunikationsexpertin dem Geschichtenerzählen rund um nationale und internationale Marken.

Christina ist im Mühlviertel aufgewachsen, hat in Wien studiert, zwei Jahre in Dubai gewohnt und lebt mit ihrer Familie in der Nähe von Wien.

Mit „Salana" erfüllt sie sich einen lang gehegten Traum: eine eigene Geschichte zu schreiben – über eine Heldin mit großem Herzen, die ihr vertrautes Leben hinter sich lässt und in einer magischen Welt voller Abenteuer, Gefahren, Freundschaft und Liebe zu sich selbst findet.

Besuche **www.salana-book.com** und folge ihr auch auf **Instagram/Facebook (christinajung.books)** für Einblicke hinter die Kulissen und Neuigkeiten.

FSC
www.fsc.org
MIX
Papier | Fördert gute Waldnutzung
FSC® C083411

Zeitfracht Medien GmbH
Ferdinand-Jühlke-Straße 7
99095 Erfurt, Deutschland
produktsicherheit@kolibri360.de